ベスト・ストーリーズ I
ぴょんぴょんウサギ球

THE BEST STO-RIES I
: BR'ER RABBIT BALL AND OTHER STORIES

若島正 編

早川書房

ベスト・ストーリーズⅠ　ぴょんぴょんウサギ球

THE BEST STORIES I: BR'ER RABBIT BALL AND OTHER STORIES

Edited by

Tadashi Wakashima

装幀／早川書房デザイン室

目次

ぴょんぴょんウサギ球

Br'er Rabbit Ball

リング・ラードナー

森慎一郎訳

1930年9月13日号掲載

リング・ラードナーは一八八五年、シカゴ近郊のナイルズ生まれ。アメリカ口語を駆使したユーモラスな語り口でスポーツ記者として絶大な人気を得たのち、『メジャー・リーグのうぬぼれルーキー』（一九一六）で小説家デビュー、以後、スポーツもののみならず、市井の人々を描いたすぐれた短篇も数多く残した。一九三〇年発表の本作は、飛びすぎるボールによる打高投低の野球に物申すといったエッセイだが、お読みになればわかるとおり、実際には物申すというより老人の愚痴みたいに聞こえる。もっとも、このときのラードナーはまだ四十五歳だから、これも実は話芸のうち、古き良き時代への郷愁を絶望と紙一重のユーモアにくるむ本作の趣向の一部なのだ。ラードナーはのちに、野球への興味は一九一九年に失ったと述べているが、これはいわゆるブラックソックス事件（ワールドシリーズの八百長事件）の年であると同時に、本作で痛撃されている「飛ぶボール」導入の年でもあり、また一方で、悪名高き禁酒法が成立した年でもある（やや投げやりな感もあるオチはこの文脈で理解すべし）。なお、禁酒法はこのエッセイの三年後、一九三三年に廃止され、ラードナーも同年に亡くなっている。

（訳者）

毎年春になると、野球業界にいる知り合いの一部がご親切にも入場証を送ってきてくれるというのに、過去三シーズンの私の野球場出席率はシーズン平均二試合といったところ（ワールドシリーズを除く）、実はこれでも多すぎるくらいで、どっさりいる孫たちをたまには屋外に連れ出すという義務がなかったら、そもそも重い腰を上げないんじゃないかというもっぱらの噂だ。試合中は、その孫たちが向けてくる質問に無い知恵を絞って答えるほかは、ただ黙々とエドガー・ウォーレスのポケット版お色気小説を読んでいる。グラウンドで起こっている出来事に目を向けようものなら、たちまち酔い止め薬の瓶に手を伸ばしたくなるからだ。

試合で使われている公式球とやらの製造業者や、メジャーリーグのお偉いさんたちの主張するところによれば、あの球体には昔と同じ成分が昔と同じ割合で入っているのだそうだ。この言葉を鵜呑みにする人がいるとしたら、なるべく早いうちにご近所の精神科医にかかったほうがいい。

私がカブスやホワイトソックスの偉業を後世に伝えるべく遠征に同行していた頃には、試合でどちらかのチームが十点リードしていたりすると、私も同業の面々も、七回頃にはさっさとボックススコアの仕上げにかかるのが常だった。ところが最近の野球記者は、たとえ九回裏ツーアウト、スコアが二十一対十四でも、結果を予想しようなどという勇気はとても持てない。

昔から私は、腕のよい仕事は報われるべきだという考えの持ち主である。先発投手がすばらしい投球をしていたら、勝利投手になってほしいと願わずにいられなかった。だから、最近ではお決まりのあの娯楽、すぐれた投手が一時間五十分にわたる好投で相手打線を抑えこんだ末に、突如四、五人の打者に打ちこまれてヘボ投手のごとき醜態をさらすという、ああいうゲームは見ていていささか気分が悪くなる。しかもその強打者連中というのが、昔ならナイルズ高校二軍チームのバットボーイにさえなれなかったような手合いなのだ。

たとえばカブスがブルックリンでの連戦に臨むとしよう。チームは午前十一時には現地入りしている。まずは試合開始までに球場を見つけるのがひと苦労なのだ。試合展開は投手戦の様相を見せる。カブスはチャーリー・ルートからバド・ティーチアウト、ガイ・ブッシュ、パット・マローンとつなぎ、ロビンスはダジー・ヴァンス、ジム・エリオットからアドルフォ・ルケへ。九回裏を迎えてスコアは十二対八でカブスがリード——最近だとノーヒットゲームに匹敵するロースコアだ。打者はなんとか三振を試みるものの、投手のマローンが見事バットに命中させてしまい、打球は軽やかに三塁線をすっ飛んでいく。ウディ・イングリッシュが勇猛果敢にその行く手を阻もうとして、指を二本骨折。こんなのは近頃の内野手にしてみれば浅傷《あさで》のうちだから、ウディは出場を続ける。打った選手は一塁セーフ。続くブルックリンの打者は左打ちで天性の垂直《フライ》ヒッター、力強い踏みこみとともに、強烈な凡フライを一塁手チャーリー・グリムの頭上に打ち上げる。すると打球は弾丸のごとく右翼フェンスをはるかに越えて、四ブロック先のシナゴーグの窓ガラスを叩き割る。

マッカーシー監督はマローンを降板させてブレイクを送り出し、せめて四球連発で失点ペースを遅らせようと目論む。しかし期待のブレイクは四球を二つ続けたところでコントロールを失い、投球はプレート上へ。打者は再び左打ちで、昔のボールなら、そのへんのミニチュアゴルフコースでノックのフライも打ち上げられるかどうかという非力ぶりなのに、打球は軽々とフェンスの彼方、ファー・ロッカウェイのビーチでくつろぐローゼンウォルドとかいう若夫婦にあわや直撃しそうになる。かくして勝利はブルックリンのもの、公式記録員は、ラッカーやらグライムズやらも含めたありったけの投手の名を紙に書きつけて帽子に放りこみ、最初に引いた名前を勝利投手として記録する。

こんな調子で、すぐれた投手たちが、私の記者時代ならさしずめ球場案内係がお似合いの連中に滅多打ちにあうところを見せられるのだから、さすがにどうなっているんだと言いたくなる。これでもプロチームかと、体の具合までおかしくなってくる。何せレギュラー外野陣が三人揃って、奇跡的にもフェンスを越えなかったフライというフライを頭でゴツンと受け止めるのだ――本当なら入場料を払わせてもいいくらいの連中なのに、どっさり給料をもらってスター選手として名を馳せ、それで何ができるかと言えば、革きれにダイナマイトを詰めこんだ球体をとにかく高々と打ち上げられるという、それだけなのだ。

私の老齢をご存じの方々がときおりこんな質問を向けてくる。あのラリー・ラジョイがいまどきのこの「野球」で現役だったら、どれくらいやれたでしょうね。いや、たぶん何もやれなかったと思う。一日で引退だ。ラリーは打ち上げるタイプじゃなかった。捉えた打球はたいていワンバウンドでフェンスに達し、その道中の大半を地上およそ五フィート三インチの高さでかっ飛んでいくものだから、内野手はみな耳を削ぎ落とされないよう、バットを振るのが見えた途端に地面に身を伏せたものだった。それがこの球になれば、よける暇なんてまずないし、一戦終えた時点で耳なし内野陣が会合を開き、ゼネストの脅しをちらつかせつつ、今後あのでかいフランス人ガンマンを球場に入れるときには爪楊枝一本持たせないでくれと要求することになるだろう。

もっとも、手元の古文書を引っ張り出すまでもなく、フライやライナーで大飛球をかっ飛ばす左の強打者なら楽に一ダースは思い出せる。打席がまわってくるたびに相手チームの右翼手や中堅手が守備位置を下げ、フェンスに背をもたせかけて打球を待ち構える、そういう打者たちだ。

こうした連中のうち、ここでは四人ほど——各リーグから二人ずつ——名前を挙げておけば十分だろう。私と同年輩の方は、お孫さんがレフティ・オドゥール、チャック・クライン、ベイブ

・ハーマンといった昨今の選手の猛打ぶりを自慢してきたら、反論の根拠として使ってくれていい。思いつくままに四人選ぶと、アメリカンリーグからエルマー・フリックとサム・クロフォード、ナショナルリーグからハリー・ラムリーとフランク・シュルト。

一九一一年のシーズン（だったと思う）、シュルト氏がナショナルリーグの本塁打王になったときの本数は二十一本。昨今は投手でもそれくらい打ちかねないから、いささか不面目な数字と思われるかもしれない。だが賭けてもいい（どのみち結果はわかりっこないし）、フランクが現在の公式球でプレイしていたら、本数は三倍近くに増えてベイブその人の記録に肉薄し、MVP票を数えるのに十二月までかかっていただろう。大昔のおぼろげな記憶ながら、フリックやクロフォードの打席になると、フィルダー・ジョーンズとエディ・ハーンがバックして即席フェンスに張りつくのを何度も見た覚えがあるし、あるときなど、東部に向かう汽車でデトロイトのチームと乗り合わせて、そのジョーンズとサム・クロフォードの愉快な掛け合いを小耳に挟んだこともある。その日のデーゲームで、ジョーンズはサムが打ち上げた飛球を三度、守備位置から一ヤードも動かずにグラブに収めていた。しかもその守備位置というのが、フェンスを背もたれにして快適そのもの。

「おまえなあ」とサムがぼやく。「なんでいつも俺の打席ではグラウンドからはみ出しそうなところにいるんだよ？」

「おまえこそ」とジョーンズが返す。「なんでいつも同じところに打つんだよ？」

右翼手が外野フェンスにのんびり寄りかかっていたおかげで、ラムリーやフリックが二塁打とか、もっと大きな損をするのはしょっちゅうだった――ついでに思い出してもらえば、あの大昔には観客席とフィールドがずいぶん離れていて、一塁コーチや三塁コーチが客席に腰かけるなんて不可能だったのだ。

ラムリー氏と言えば（その話は前にも聞いたというあなた、いいから黙ってもう一度聞きなさい）、あるシーズンのこと、東部に遠征に出てきたうち（カブス）のチームにエドワード・ロイルバックという投手がいて、これが制球のいいときは最高だけれど、制球が乱れだすと最低という投手だった。そしてこの遠征のときは制球が乱れっぱなしで、たまりかねたチャンス監督がこんな命令を出した。いわく、午前のうちから敵地の球場を訪ねて、相手チームの打撃練習で投げこんでこい。相手方としても文句はない――打撃投手を務めて消耗する味方投手を一人減らせるわけだから。

さて、チームがブルックリンに乗りこんで試合をこなしたところで、シュルト氏、ラムリー氏、および当記者の頭に、同時に一つのアイデアがひらめいた。すなわち、夜のブルックリン見学に出かけるべし。明けて翌朝、ラムリーは練習に顔を出さねばならず、当然ながら彼自身はきわめて視界が不良だった。その彼をロイルバックは、内角低めのカーブで三度三振に仕留めた。

「ラムリーの弱点を見つけました！」エドはその午後チャンス監督に報告した。

「いいだろう」と監督。「連中がシカゴに乗りこんできたときに試してみろ」

ブルックリンのチームがついにシカゴ遠征にやってくると、ロイルバックはラムリーの内角低めにカーブを投げこんだ。前の晩ぐっすり眠っていたラムリーの打球は、仮に一九三〇年もののボールだったら、きっとアイオワ州デモインあたりまで飛んでいったに違いない。現実の打球はフェンスの十フィート頭上を越え、ライトを守っていたシュルトがその行方を見上げて叫んだ。

「おや、ラムリーの弱点が飛んでいくぞ!」

さて先日のこと、ここでは名前を出せない某名選手が(ホームラン記録の持ち主で年俸八万ドルを稼いでいる)、私の友人にこっそり教えてくれたところによると(だからあなたもこの件は口外無用)、目下、彼の所属リーグにいる外野手のうち少なくとも十五人は、彼がデビューした当時だったらベンチにも入れなかったはずだという。私自身はいいかげん腹に据えかねているけれども、話によればブルックリンは最近のシカゴ遠征四連戦で計十一万人を動員したそうだから、どうやらもう低アルコールワインやビールすら手に入らぬ世に甘んずるほかなさそうである。

深夜考

The Little Hours

ドロシー・パーカー

岸本佐知子訳

1933年8月19日号掲載

ドロシー・パーカーは飼っていたオウムに「オナン」と名前をつけていて、理由を聞かれて「いつも種を地にこぼすから」と答えた……というのはよく知られた逸話で、ことほどさように彼女のユーモアはつねに教養と表裏一体で、一拍おいてにやりとさせられるような類のものだ。本作も、柄にもなく早寝してしまったために夜中に不眠に陥った作者が、脳内に居座ったラ・ロシュフコーを撃退するために四苦八苦する、というもので、あたかもラ・ロシュフコーにストーカーされて迷惑がっているかのような前半の毒舌もおかしいが、後半の怒濤の引用句大会も、シェイクスピアやミルトンやキーツがあるかと思えばどさくさにまぎれてグレタ・ガルボなんかも混じっていて愉快だ。ちなみにカーライルがインディアン向けの学校を創ったというのは、インディアン工業学校のあるペンシルヴァニア州カーライルを（おそらくわざと）人名と混同したもの。ついでにラ・ロシュフコーの読書に関する箴言もどうにも原典が見当たらず、彼女が冗談で捏造していたとしても不思議はない。パーカーは一八九三年生まれのニューヨーカー。《ヴォーグ》《ヴァニティ・フェア》を経て《ニューヨーカー》の編集委員となる。文芸サロン「アルゴンキンの円卓」の主要メンバーの一人で、辛辣なユーモア詩や辛口書評で有名になった。小説家、脚本家としても知られ、夫（同じ人と二度結婚している）と共同で書いた『スタア誕生』でアカデミー最優秀脚本賞にノミネートされた。他にもアル中とか赤狩りとか、ここに書ききれないくらいいろいろあった人生の末、六七年没。

（訳者）

はて。私をすっぽり取り囲んでいるこの黒い物質は、いったい何？　まさかちょっと目をはなした隙に、ひとを生きたまま埋葬したとか？　あの連中ならやりかねないと思ってた！　いや待って。そうじゃない。わかった。目が覚めたんだ。真夜中に寝床の中で目を覚ましたのだ。上等じゃないの。最高だ。午前四時二十分きっかりに、ベイビーはマリーゴールドみたいにお目目ぱっちり。まったくいいざまだ。まっとうな市民の皆さんがそろそろ眠りにつこうという時間帯に、ひとり起き出さなきゃならないなんて。しょせんこの世に正義なんてものはないんだ。こんなひどい不公平が許されていいものだろうか。きっとこうやって革命は起こるんだ。まちがいなく。

どうしてこんなひどいことになったのかって？　決まってる、夜の十時なんかに寝てしまったからだ。おかげで大惨事だ。十時就寝《ジュウジシュウシン》と書いて大惨事《ダイサンジ》と読む。早寝早起き、地獄行き。早起きは三文の損。日没とともに眠れ、さらば日の出とともに発狂せん。寝る子はグレる。ゆうべは宵のうちに静かに本を読んで、それから寝床についたのだ。読書――そう、世に名高きこの悪習。私だって自分をこんな状況に追いやった元凶が読書でなければ、とっくに電気を点けて本を開いてる。いったい読書のせいで、どれほどの不幸が人類にもたらされてきたことか！　誰だって知っていることだ。赤ん坊だって、犬の仔だって知っている。世の賢人たちはとっくの昔に読書から足を洗っている。それに関してはラ・ロシュフコーがうまいことを言っている。もしもこの世に読書の習慣がなければ、恋をする人もごくわずかであろう、そう彼は言ったのだ。偉大なこの人にして、この言葉。よくぞ言ってくれました。でかしたぞラ・ロシュフコー。私も読書なんて知らなければよかった。服の脱ぎ方なんて知らなければよかった。そうすれば夜中の四時半にこんな羽目に陥ることもなかったろうに。もしもこの世に脱衣の習慣がなければ、恋をする人もごくわずかであろう。だめね、彼ほどうまくない。まあ、どうせこの世は男性社会だ。

だいいち、当のラ・ロシュフコーは安らかに眠っているっていうのに、なんで私が寝床の中で悶々としてなくちゃならないのよ。今はラ・ロシュフコーに熱くなっている場合じゃない。ラ・ロシュフコーについて考えはじめると、ものの数分でもう心底うんざりしてしまうに決まってるのだ。ラ・ロシュフコーがああ言っただの、ラ・ロシュフコーがこう言っただの。そうよ。私に言わせりゃ、この世に引用の習慣がなければ、ラ・ロシュフコーに恋する人もごくわずかだろう。賭けてもいいけれど、仲介人なしにまともにラ・ロシュフコーを読んだ人なんて、知ってる人の中に十人もいないはず。みんな「これはかの愛すべき皮肉屋ラ・ロシュフコーの言であったと思うが……」で始まるぬるま湯みたいなエッセイを読んだだけで、もうあの大家のことを何もかも知り尽くしているみたいな顔をする。ああいうのを無知文盲の徒と言う。いいさ、知ったことじゃない。ラ・ロシュフコーなんかあいつらにくれてやる、私はラ・フォンテーヌと仲良くするから。ただ私、ラ・フォンテーヌはアルフレッド・ラントと結婚したと考える癖がどうしても抜けなくて、それを直さないかぎり彼とは仲良くできそうにないけれど。

　そもそもこんな夜中にフランス人の作家たちのことをああでもないこうでもないと、私ったらいったい何をやってるんだろう。このままじゃ今に『悪の華』を暗唱しだして、ますますろくでもないことになっちゃいそう。ヴェルレーヌも願い下げ、あの人はランボーの尻ばかり追いかけていたし。あれだったらまだラ・ロシュフコーのほうがマシだ。ああ、いまいましいラ・ロシュフコー。あの大物蛙《フレンチ》。さっさと私の頭の中からお引き取り願えないかしら。いったい何の用があってそんなとこにいるのよ。ハムレットのヘカベーじゃないけれど、ラ・ロシュフコーが私の何だというの、だ。こっちはあの人のファーストネームもろくに知らないっていうのに。しょせん彼とはその程度の仲。そんな私にどうしろというの、ラ・ロシュフコーの使いっ走りにでもなれとでも？　きっと向こうはそのつもりなんだろう。おあいにくさま、とんだ無駄足だったわね。わるいけど何のお役にも立てません。彼の言ったことで私が覚えていることといったら、さっきのやつとあと一つだけ——他人の不幸というのはいつも少々愉快なものだ、たとえそれが最愛の友であっても、とかいうやつ。これ一つ聞いただけで、もうムッシュウ・ラ・ロシュフコーとはすっぱり縁切りできるというものだ。これっきり《マントナン・セ・フィニ・サ》、はいさようなら。

最愛の友。最愛の友なら私にだって腐るほどいる。私がこうして元気に活動しているときに、豚みたいに惰眠をむさぼっている連中が。一日の最良の時間、人間がもっとも生産的であるべき時に、あの人たちは寝床でいぎたなく伸びているのだ。生産せよ、生産せよ、生産せよ、夜が来る前に。そう言ったのはカーライルだ。ラ・ロシュフコーもラ・ロシュフコーだけれどカーライルもカーライルだ、よくも偉そうにそんなことが言えたものだ。おおトーマス・カァァライルさん、私があんたのこと何も知らないとでも思って？　いやいやストップストップ、もうこのへんでやめておこう。このごに及んでカーライルのことでまでカッカするなんてたくさん。インディアン向けの大学を建てたっていう以外に、あの人がどんな立派なことをしたっていうのよ（どう、ぐうの音も出ないでしょ）。ここはひとつカーライルさんにはご退場願ったほうが、ご本人にも身のためだ。こっちは愛すべきかの偉大な皮肉屋ラ・ロシュフコーだけで手一杯なんだから――ラ・ロシュフコーと彼の最愛の友人たちの不幸のことでね！

まず私がやるべきは、大急ぎで最愛の友人たちを一から作り直すことだ。話はそれから、ほかのことは全部あとまわし。だからどうかどなたか、生活が土台からひっくり返ってしまったこの私に、いったいどうやったら今から誰かと新しく知り合えるのか、教えていただけないだろうか――私以外の全人類がぐっすり眠っているっていう、今のこの状況で？　なんとかずれを修正しないといけない。いますぐ眠り直さないと。世の人々のぐうたらな基準に、こっちが合わせるしかない。私ひとりのために、世間さまの堕落した習慣をあらためていただくのは忍びない。いえいえほんと、めっそうもございません。私が我慢すればすむことです。なに、それが女子たるもののつとめ。四の五の言わずに人さまに言われたとおりにすること。自分の意見をささやくなど、もってのほか。

で、どうすれば私がすみやかに眠りに戻れるのか、誰も私に意見をささやいてはくれないわけ？　真っ昼間みたいに目を覚まして、ラ・ロシュフコーについて頭の中で延々こねくりまわしているこの私のために？　まさかこの歳で恥も外聞もなく羊を数えるわけにもいかない。羊、嫌いだし。かわいげがないと言われそうだけれど、子供のころから羊はずっと嫌いだった。ほとんど羊嫌悪症と言ってもいいくらい。一頭でも部屋にいればすぐにわかる。この真っ暗闇のなかで、あの小さな嫌らしい顔を私がおとなしく数えると思ったら大まちがいだ。たとえ次の八月のなかばまで眠れなくなろうとお断り。仮に数えなかったとして、それでどんな悪いことが起こるというのだ。この世の架空の羊の数が推測のままであったからといって、それで誰かが得したり損したりするんだろうか。ほかの人はともかく、この私はだまされない。そんなに数勘定にこだわるっていうんなら羊たちが自分で自分を数えればいい、面倒な労働を人に押しつけたりしないでさ。こんな夜中にひとの部屋に押しかけてきて数を数えろだなんて、図々しいにもほどがある。しかも実在の羊ですらないのに！　こんな非常識な話、聞いたことがない。

でも何かあるはずよ、ほかに数えるものが。ええと。指はだめ、自分の指の数はもう暗記しちゃってるから。請求書を一つひとつ数えあげるっていうのはどうだろう。それか、昨日やるはずだったのにやらなかったことを数えるとか。あるいは今日やらなきゃいけないのにたぶんやらずに終わることを数えるか。私っていう人間は何ひとつきちんとやりとげない。それはもう絶対にたしかだ。この先けっして有名にもならない。〈何ゴトカヲナス人物〉の一覧表に私の名前が大書されることもない。とにかく何もしない。本当に何ひとつだ。昔はよく爪を噛んだものだけれど、それすら今はやらなくなった。爪の垢ほどの価値もない。吹けば飛ぶよな塵みたいな存在、そうそれが私だったんだ。ああ、なんてみじめ。

まずい。このままだと憂鬱への道まっしぐらだ。これはたぶん今が危険な時間帯だからだ。新しい日と古い日のはざまで宙ぶらりんになった魂がゆらゆら揺れて目をまわし、あっちと向き合うことも、こっちを振り返ることも怖くてできない。そんな時刻には、未知のことも既知のことも、心にのしかかる鉄の重しとなる。来し方も行く末も、すべての道が踏みまどう足の下でがらがらと崩れさり、どんなに目をこらせど見えるのは暗闇ばかり。げんにほら、黒、黒、なにもかもが黒一色だ。忌まわしい時、闇がすべてに勝利を収める魔の時刻。なにしろもっとも暗いのは洪水の前だと、たしかこれはかの愛すべき皮肉屋ラ・ロシュフコーの――。

そうら。言わんこっちゃない。これでまた振り出しに逆戻りだ。ラ・ロシュフコーと私、二人きり。ほんと、勘弁してよ――頼むからもう私のことはそっとしておいてもらえません？　こっちにはやんなきゃならない急ぎの仕事があるの。眠るっていう難事業が。だってこのままいくと、私が明日お日様の下でどんな姿をさらすはめになると思う？　睡眠たっぷり、お目目ぱっちり、お肌つやつやのわが最愛のお友だちの前で、私ひとりがよれよれのぼろぼろだ——ああ、いまいましい連中！　おやまあドティ、いったいゆうべ何してたの？　禁酒してたんじゃなかったっけ？　うんちょっとね、ラ・ロシュフコーとひと晩じゅう羽目はずしちゃってさ。あんたたちの不幸の話で腹かかえて大笑いよ。いやいやだめだめ、もうたくさん。たったの一度、出来心で夜の十時に寝床に入っただけなのに、どうしてこんな仕打ちを受けなきゃいけないの。本当に、もう二度といたしませんから。これからは心を入れ換えて真人間になります。もしいま眠れるのなら、二度と寝床に入らなくたってかまいません。あのフランスの皮肉屋（c. 一六五〇）のことをさっさと忘れて甘美な眠りに落ちられるのなら、何だってします。一六五〇年。きっと今の私は一六五〇年からずっと寝てないみたいな顔をしているにちがいない。

　人間って、どうやって眠るんだっけ。なんだかコツを忘れてしまった。ナイトランプで自分のこめかみに一発がつんとお見舞いしようか。古今の賢者たちの麗しき言の葉を、慈しむように、味わうように、諳んじてみようか——ま、そんなもん覚えてりゃの話だけど。うん、それだ。四時二十分からこっちずっとここに居座っているフランス人を、これでうまいこと追っ払えるかもしれない。よし、やってみよう。でも待って、まずは枕を裏返してと。枕カバーの裏にラ・ロシュフコーがもぐりこんでるみたいで落ちつかないから。

さてと、どこから始めよう。ええと――そうそう、一つ知ってた。……何より肝心なのは己に誠たらんこと、さすれば夜が昼に繋《つな》がるように、全ての人に誠ならん。うん、出だしは上々。一つ思い出せば、あとは芋づる式にどんどん出てくるはず。ええとそれから。おお、王家の玉座の輝きも、神々しき御姿も、この世のすべての美と徳も、ローズ・エイルマーよ、すべては汝のものなりし！　ほいそれから。手をこまねき待つだけの者も、等しく神の僕《しもべ》なり。冬来たりなば、などか春の遠からん。百合も腐れば雑草より臭い。ダリエンの頂《いただき》に立ちて声もなく。ポーターのかみさんとその娘、ソーダ水で足洗い。アガサのアースはよき父さん、でもあたしのいい人は根無し草。羊が草食《は》む季節《とき》になぜ死んだ、林檎が落ちる季節に死なましものを。いざ共に乗らん呼吸《いき》合わせ、かく許されし一日《ひとひ》の幸よ、たとえ今宵世界が終わろうとも。その者、八時の鐘は聴けど、九時の鐘は知らず。長くは続かぬ、涙も笑いも、愛も望みも憎しみも、我らひとたび門をくぐらば、露のごとく消え去るとぞ思う。でも墓場で抱き合う人などいないと思います。一本の木よりも美しい詩などないと思う。今日は死ぬのはやめておこうと思う。ゔぁたし、スヴェーデンに帰りたい思います。

　ええとそれから。孤独は凡人の楯であり、才人の畏友である。整合性とは小人《しょうじん》の頭が作り出す魑魅魍魎なり。何ちゃらは静けさの中で刻まれた想いである。皮肉屋とは、あらゆるものの値段を知りながら何ひとつ値打ちを知らない者のことを言う。かの愛すべき皮肉屋の……おっといけない、気をつけないとすぐにまたあそこに戻っちゃう。お次はなんだ。状況証拠はミルクの中の鱒である。教養を覆すには、聖痕一つで事足りる。神がお金についてどうお考えか知りたければ、彼がそれを与えたもうた人々を見るがいい。もしもこの世に読書の習慣がなければ、恋をする人も――。

オーケー。わかりました。降参します。この際いさぎよく負けを認めましょう。無駄な抵抗はもう終わり。こうなったら明かりを点けて、いやってほど読書してやる。何なら夜の十時までぶっ続けで。ラ・ロシュフコーならこれについて何か言ってくれるんじゃない？　そうよね？　言ってくれるわよね？　ほかに誰がいるっていうの？　ラ・ロシュフコーと、彼のごくわずかな誰かさんたちのほかに？

ウルグアイの世界制覇

The Supremacy of Uruguay

E・B・ホワイト

柴田元幸訳

1933年11月25日号掲載

E・B・ホワイト（一八九九―一九八五）はエッセイスト、作家。一九二五年から、ほぼ六十年にわたって《ニューヨーカー》に寄稿した。『シャーロットのおくりもの』（一九五二）などの児童文学も有名。「ストランク・アンド・ホワイト」の通称で知られる文章教本 ***The Elements of Style*** は、一九二〇年にウィリアム・ストランクによって書かれ、五九年にホワイトによって大幅に改訂された文章術指南書の定番である（邦訳『英語文章ルールブック』）。ドイツによるユダヤ人「追放」を予見した本篇「ウルグアイの世界制覇」は一九三三年十一月発表だが、同年一月ヒトラーはドイツ国首相に任命され、ナチスの独裁体制が始まっていた。

（訳者）

ヴェルサイユ講和条約が結ばれた十五年後、ウルグアイはきわめて重要な軍事機密物を入手した。それはある発明品であり、効力はきわめて単純、製作費はきわめて安く、これを手にすればウルグアイが地上の全国家を制覇できることは疑いようがなかった。当然ながら、機密を知った二、三人の政治家は強大な権力を夢に見た。歴史を見るかぎり、大国の方が小国より幸せだという証拠はどこにもないにもかかわらず、彼らは一刻も早く計画を進めんと欲した。

この装置の発明者はマルティン・カサブランカという名の、モンテヴィデオのホテル従業員であった。着想を得たのは、一九三三年、ホテル従業員代表者大会出席のため市長選挙戦が進行中のニューヨーク・シティに赴いた際のことであった。投票日も迫ったある十一月の晩、カサブランカ氏がブロードウェイ近辺をぶらぶらしていると、街頭集会に行きあたった。歩道につき出た劇場のひさしの上に演壇が作られ、演説の合い間に、オーバーを着た寒そうな若者がマイクに向かって歌っていた。「ありがとう」と若者は甘い声でささやく。「君に抱《いだ》かれ　天にも昇る嬉しさよ……」。その愛の言葉は、抑揚としてはヒソヒソ声のそれなのに、増幅された声の音量はすさまじく、何ブロックも先、有権者たちの人波の奥にまで届いた。ウルグアイ人は立ちどまった。愛の抱擁の嬉しさなら彼とて知らぬわけではなかったが、これまでの経験では、そういうものはもっと小さな音で発せられ、もっと親密に、一人きりに向けられていた。こうして遠くまで広がる、いかにも公的な音は、奇妙な効果を彼に及ぼした。「ありがとう、かけがえない　忘れがたい夜を……」。人々の体が左右に揺れ、彼にぶつかった。あまりに混みあった人波の、とりわけ明るいその一隅《いちぐう》で、ラブソング歌手のとてつもなく大きい、探るような声の轟きがカサブランカ氏の体に鋭く突き刺さり、数秒のあいだ氏は——のちに自ら理解したとおり——狂人となった。人々の顔、仮面の顔、肌寒い空気、広告塔の光、四十七丁目上空に据えられたA&Pコーヒーのジャンボカップから立ちのぼる湯気、それらすべてが彼を包む魔法を上乗せし、錯乱状態を促進した。いずれにせよ、タイムズスクエアを立ち去り、愛の抱擁の粘着的なる轟音から離れるにあたって、カサブランカ氏の頭にあったのはこんな思いであった——

あんなにソフトな甘い声を少し増幅しただけで私のたがが外れてしまうのなら、もっとずっと大きな音をもっとずっと大きく増幅したら、もう何だってできるのではないか？

カサブランカ氏は立ちどまった。「何てこった！」と氏は独りささやいた。あたかもそれもまた増幅されたかのように、己のささやきに彼は怖気づいた。

翌日の午後、氏は従業員大会を放り出し、ウルグアイに向かう船に乗った。十カ月後、軍事史上類を見ない戦争機械を彼は完成させ、政府に提出した。すなわち、引込み式流線型ラッパ付き電気蓄音機を搭載した無線操縦の飛行機。これを作るにあたって、ウルグアイ一声の大きいテナー歌手をカサブランカは連れてきて、タイムズスクエアで聞いた一節を録音させた。「ありがとう」とテナーは絶叫した。「かけがえない　忘れがたい夜を……」。これを十五万倍に増幅し、フレーズが無限にくり返されるレコードを作った。パイロットもいない飛行機の編隊が、この耐えがたい音を外国の領土にまき散らせば、住民はたちまち狂気に追いやられるというのが彼の説であった。そうなったらウルグアイは悠々軍隊を送り込み、空《うつ》け者どもを鎮圧し、領土を併合する。何と魅力的な計画であろう。

この時期、世界は急速にナショナリズムの時代へ移行しつつあった。世界大戦の途方もない癌は忘れられ、軍備が再編され、すべての要塞に憎悪と恐怖が居すわった。ジュネーヴ条約は延長されたが、軍縮会議の場を中立国の島の城壁都市に移し、待機していたそれぞれの国の駆逐艦に代表団を寝泊まりさせてようやく実現したにすぎなかった。合衆国議会は海軍補強計画にさらに一億ドルを充当した。ドイツはユダヤ人を追放し、軍用ヘルメットの鋼鉄をより堅固な鋳型で作り直した。こうして世界は、一九一四年前夜をふたたび生きていた。ウルグアイはじっと好機を待ち、やがて一気に打って出た。微睡《まどろ》む北・南半球一帯で、黒光りする高速の飛行機が夜の空を飛翔し、ウルグアイを除く世界中の国々が、陸でも海でも聞かれたことのない音に包まれた。
　効果はカサブランカの予測どおりであった。四十八時間のうちに諸国民は消しようのない音に打ちのめされてどうしようもない狂気に陥り、耳はボロボロに壊れ、精神のたがは外れた。いかなる防御も不可能であった。音が聞こえる領域に入ったとたん、人はみな正気を失い軍事的にはまったくの役立たずになったのである。飛行機が過ぎていったあと、生活はほぼ元どおりに進んでいったが、ただし正気がなくなったいま、万事がいっそう安定していた。誰もみな、自分の頭の中で鳴っている音しか聞いていなかった。騒音に打たれたまさにその瞬間、滑稽な出来事が当然ながらあちこちで生じた。西フィラデルフィアに住むある婦人は、そのとき電話で肉屋と話していた。「ありがとう」と彼女は言ったところだった。「昨日あの固いステーキ肉を引きとってくれて」。そして彼女は、飛行機が通り過ぎていくとともにつけ加えた。「そしてありがとう、かけがえない　忘れがたい夜を」。植字室の植字機《ライノタイプ》オペレーターたちはセンテンスの途中で言葉を切った。たとえば、サンペドロを訪れた海軍大将をめぐる記事の字を拾っていたオペレーターは——

「先日の大演習に際し艦隊の兵士たちにサンペドロの御婦人方が示してくださった素晴らしい歓待に心から感謝いたします。そしてありがとう、かけがえない　忘れがたい夜を　ありがとう　かけがえない　忘れがたどう見てもウルグアイの世界制覇は完全と思えた。むろん、軍隊によって型どおり占領を行なうプロセスが残ってはいる。心的能力を失っていないウルグアイ軍隊が、空けどもに対し覇権を得るものと、ウルグアイは一瞬たりとも疑わなかった。敵にあるのは狂気のみとあっては、占領行為といっても、そこそこに刺激的で愉快な営みでしかあるまいと彼らは考えた。狂った敵が戦艦や戦車を使って、いくつか面白おかしい独創的な真似をやってくるだろうが、早晩降伏することは目に見えている。ウルグアイにとって予想外だったのは、狂ったゆえに敵がいっさい戦争をしようとしないことだった。占領は無血の、およそパッとしない営みであった。たとえば軍の一分遣隊がニューヨークに上陸し、ほとんど空っぽのRKOビルに陣を取っても、兵士たちは街かでピシアス騎士会（アメリカの秘密慈善事業団）ほども目立たなかった。ある戦艦は英国に向かったが、敵がいっこうに戦意を見せず船も出してこないので、業を煮やした司令官が無線でメッセージを送った——「出てこい、臆病者の鼠野郎ども！」（もちろん英国じゅう誰も聞かなかった）

どこでも話は同じだった。ウルグアイの覇権は愚者の臣民たちからいっさい抵抗を受けず、そもそもほとんど気づかれもしなかった。領土獲得に関しては最高の征服だったが、政治的にはまったくの失敗であった。世界中の国民はウルグアイ人たちにろくに注意を払わず、ウルグアイ人たちの方も占領地域の大半に退屈し、とりわけリトアニア人には我慢できなかった。どこへ行っても狂った人々は子供のように楽しく暮らし、頭の中にはあのリフレインが響いていた。「ありがとう、かけがえない……」。何十億もの人々が、愚者の楽園で幸せに生きていた。地は豊かで、平和と豊饒が広がっていた。ウルグアイは己の広大な領土を見渡し、この一件全体に真実味が欠けていることを認めざるをえなかった。

何年も経って、いち早く愚者となったアメリカ人たちの子孫が成長し、正気を取り戻したのをきっかけに、一気に正気が世界に戻ってきて、陸軍も海軍も戦える強さに復活し、報復の闘争が始まった。やがてそれは地球上の全人類を巻き込み、ウルグアイを押しつぶし、人類は何の形跡も残さずに滅びた。

破風荘の怪事件

（手に汗握る懐かしの連載小説、一話完結）

The Gables Mystery

ジョン・コリア

若島 正訳

1934年7月28日号掲載

異色作家短篇集に収録されている『炎のなかの絵』をはじめとして、我が国でもほとんどの短篇がすでに翻訳紹介されてきた、いわゆる「奇妙な味」の作家ジョン・コリア（一九〇一―一九八〇）は、イングランドを離れてハリウッドに渡り、映画脚本家になる直前の一九三三年から三四年にかけて、五作の短篇（いずれも未訳）を《ニューヨーカー》に発表しているが、そのほぼすべてが夫の浮気を題材にした作品であることには驚かされる。一九三四年七月二十八日号に掲載された「破風荘の怪事件」もそのうちの一つである。考えてみれば、ジョン・コリア・クラシックスと呼ぶべき「雨の土曜日」など、妻殺しを扱った作品がコリアにはどれだけ多いことか。そんなコリアは実人生ではどうだったんだろう、と下衆な興味をそそられるところだが、彼は一九三六年にサイレント映画の女優だったシャーリー・パルマーと最初の結婚をした後、離婚している。やっぱりね。

（訳者）

「ハーバート、これ、あなたのボタン？」とフィルビー夫人がたずねた。

「おや、たしかにそうだな」と夫が言った。「どこで見つけた？」

「敷物の上よ、メイドのベッド脇の」と夫人。

「だとすると、ほんとに珍しいことがあるものだな」と夫。「カササギが拾ってそこに運んだんだろうか。ヘロドトスの話では、誰の治世のときだったたか、ある奴隷が――」

「カササギかもしれないなんて、しらばっくれないで、ハーバート」少し辛辣な口調で夫人が声をはりあげた。

「いやいや」夫は指を一本突き出した。「カササギに決まっているとは言っちゃいないよ。もしかしたら、誰かの飼っているオオガラスが逃げ出したのかもしれない。そういうこともいかにもありそうだし、コクマルガラスかも」

「絶対にカラスなんかじゃないわ！」と夫人が叫んだ。

「そうかもしれないな。ひょっとすると何かのケダモノが――」

「まったくそのとおりよ」とフィルビー夫人が言いかけた。

ところが、夫は立て板に水の調子で続けた。

「どんな種類の小さな猿でも、ぼくの部屋の窓までよじのぼって入り、ボタンを取り、窓から出ていって、メイドの部屋の窓までよじのぼって入り、ベッド脇の敷物の上にボタンを置き、窓から出ていって、このささやかな楽しいパズルを解いてごらんとぼくたちに残していくのは、ごく簡単にできることじゃないか。たとえば、ひどく悪戯好きの、黒っぽいマンガベイ（オナガザルの一種）か、社交界のご婦人方がペットにしているような、マーモセット（オマキザルの一種）の二、三種類の変種か、あるいはその逆で、巡回サーカスか動物園から逃げ出した、何か大型の猿か。ボタンを別の場所に移すことよりもっと重大な問題で、庶民ではなく警察を悩ませてきたのがそういうやつだ。モルグ街の殺人というのは決して作家の空想の産物じゃないのさ。それは事実に基づいていて、そこからぼくたちが学べるのは――」

「ハーバート」とフィルビー夫人が叫んだ。「猿じゃありません！」

「猿じゃない、ときみは思うのか。なるほど、そう言われてみれば、ぼくにもさほど自信はない。でも、リスがボタンをクルミと間違えて、ぼくの部屋から持ち出し、後になってから間違いに気づき、何かぼんやりした原始的な道徳本能が頭をもたげて、自分にとっては用がないけど、持ち主にとっては何か独特の価値があるかもしれないようなものを、返してやろうと思いついたのかもしれない、というのは認めるにやぶさかではないな。強盗というのは、ほら、恋文とか、亡き我が子の形見として残してあった髪の毛とかを、ときどき返してくることがあるだろ。ただし、細かいところの違いに鈍感だから、リスは二度目の旅で、窓を別の窓と取り違えてしまったのかもしれない」

「ハーバート！　リスだなんてばかなことを言わないで！」

「ちょっと待ってくれよ、アンジェラ。きみはなかなかの気難し屋だな。きみは猿の可能性を否定し、鳥類全体を一蹴した。それが今度は、リスの可能性を考慮すらしないというんだね。たぶん、マングースか、飼いならされたネズミか野生のネズミか、それとも尾っぽを巻いたキツネザルだと思ってるんだな。しかしだからと言って、先入観で速断してもいいということにはならないよ。ロンドン警察はそういう捜査方法は採らない。たとえば、鳥類の潜在的可能性は、まだほとんど触れられていないんじゃないか。野鳥がどれだけ多種多様か考えてみたまえ。きみはこういう可能性を考慮したことがあるかい。ダチョウがだな、ぼくの部屋の窓から長い首を突っ込んで、ボタンを呑み込み、それから一分後、メイドの部屋を通り過ぎていくときに、ほんのちょっとしたゲップを出して――」

「ばかばかしい！」と妻が叫んだ。「ハーバート――」

「ばかばかしいかもしれないが、ねえおまえ、それは砂利に足跡がなかったらの話だ。きみの許可をもらえれば、ぼくは足跡があるかどうか見てくるよ。ダチョウは――」

「そこを動かないで、ハーバート」とフィルビー夫人。「もし足跡があったとしたら、それは人間のものに決まってます」

「ハ！　ハ！　そりゃまた大胆な推理だな！」と夫は力をこめて叫んだ。「ぼくたちはすてきなおしどり探偵になれるぞ、ねえおまえ、あのフレンチ警部と奥方みたいに。ぼくは地道なやり方でのたのた進み、あらゆる可能性を検討する。ぼくよりも勇猛果敢で、直感力があって、いささか衝動的かもしれないきみは、科学と論理のゆっくりとした歩みを払いのけ、事件の核心に向かって一直線というわけだ。きみがいかにもありそうな説を思いついても、ぼくはちっとも驚かないさ」

「わかってるわ！」と彼の妻が叫んだ。「それに——」

「きみの大胆な推理とやらを再構成してみようじゃないか。まず思い浮かべるのは、ボタンが元の場所から取れて、庭の通り道に落ちているところだ。こう言わせてもらえるなら、ぼくの衣服に付いていたのが突然の動作で取れたに違いなく、雑草をすばやく払おうとしたのか、それとも何か花の香りをかごうとして屈み込んだのか——」

「そんなばかな」と妻。「いくら——」

「おいおい」とフィルビー氏。「代わりばんこといこうじゃないか。お願いだからぼくの説を述べさせてくれ。ただし、きみの話からヒントをもらったものだがね。その後でいくら批判してくれてもかまわない。結局のところ、ぼくたちは共同でこの事件を捜査しているんだから。じっくり考えてみれば、ぼくが述べたような過程を経てボタンが取れたと想定するのは、そんなにばかなことでもないときみもきっと同意してくれるはずだ。それどころか、世界中でボタンがなくなるのはまさしくそれが原因で、年間数百万個の損失にのぼるのは間違いない。さてこれで、庭の通り道にボタンが落ちていることになる。それをメイドの敷物のところまで運んだのはいったい何者か？　そこは数メートル離れているし、おまけに壁にさえぎられているが、ただしその壁には窓があって、いつもだと上の方か下の方が開いているわけだ。ねえおまえ、ここでようく聞いておくれ。ボタンを移動させる多種多様な状況を思い浮かべるとき、想像力というものは大海の岸辺で小石を拾っている幼い子供のようなものだ。ところで、そういう幼い子供がふらふらっとぼくたちの庭に入ってきて、子供がよくやるように、ゴム輪でできた原始的なパチンコを持っていたとしたら――」

「いくらでも好きなだけ続けたらいいわ、ハーバート」フィルビー夫人が唇をキッと結んで言った。「子供なんかじゃないって、よくよく知ってるくせに」

「たしかに、それが膨大な可能性の一つにすぎないことは認めよう」と夫は答えた。「きみが考えているのは、思うに、誰か大人、おそらくは男性なんだな。ああ、女ときたらこうなんだから！　つまり、きみは恋人の匂いをかぎつけた」

「当たり前じゃないの！」と妻が不吉な口調で叫んだ。

「誰か恋に狂った男が、真夜中に庭の門からこっそり侵入し、ぼくたちのけなげなモーディをささやきのセレナーデに呼び出そうと、窓ガラスめがけて投げる砂利をつまむために屈み込んだとでも？　その男の指がぼくのボタンをつかみ、それが都合の悪い形のせいで、まっすぐ飛んでいく代わりに空中でカーヴを描き、窓ガラスには当たらずに、窓の開いているところを越えてきて、敷物の上に落ちたと？　ねえおまえ、この説には大きな難点があるんだ、きみみたいな女性には思いつかなそうな。ぼくは男性だからわかるんだが、ぼくたちの善良なモーディは、顔だちはまあまあだけど、いかなる運命の悪戯か、セックスアピールのかけらもないときているから、恋い慕う男なんてまったくの問題外なんだよ。かわいそうなモーディ！　あの料理女の方が、体重は百キロで歳は四十いくつだけど、よっぽど恋人がいそうなものさ。もしかすると料理女の恋人が、窓を間違えて――」

フィルビー夫人が立ち上がった。夫はさらに早口になって続けた。

「結局のところ、使用人がどんな生活をしているか、わかったものじゃない。なにしろ家の中にいる他人なんだから。ぼくたちにはただの自動人形としか見えないが、彼らにも喜怒哀楽やらなんやらがある。モーディの身内で、父親か、母親か、歳のいった叔父さんか――彼女に性的魅力が欠けているということがなかったら、私生児を想定してみてもいいところだが――、その誰かが不意の病で床に伏せっていたのかもしれない。身内の他の誰かか、あるいは隣人が、彼女を病床に呼ぼうと駆けつけて、恋人がそうしたかもしれないようにボタンを拾いあげ、窓めがけて投げつけ――」

「ボタンはその部屋で取れたのよ！」自信たっぷりにフィルビー夫人が叫んだ。

「何だって？　メイドがそこでぼくの服にブラシをかけたっていうのかい？」と夫は叫んだ。

「違う、違うよ、ねえおまえ。それともきみは、彼女が『モーパン嬢』（テオフィル・ゴーチェの小説）を読んだことがあって、あるいは、それを読んでもいないのに、あの女主人公や、なんとか大佐や、他のあまたの女たちみたいに、男装してみたいという気を起こしたのかもしれないっていうのかい？　お願いだから、ぼくの服を彼女に着せるのはやめてくれ。そんなことは思っただけで不愉快きわまりない。それとももしかして、彼女が母親の家に泊まるために暇を取った、あの晩にそこで落としたのかな？　たしかきみにも言ったと思うが、ぼくはこそ泥が彼女の部屋に入ってきたような物音を聞きつけて、蠟燭を手にそこへ行ってみたんだ。でもそれは先週のことだったし――」

「ハーバート」とフィルビー夫人は言って、額に手を当て……


（続かず）

人はなぜ笑うのか
——そもそもほんとに笑うのか?
（結論出しましょう、ミスタ・イーストマン）

Why We Laugh ~ Or Do We?

(Let's Get This Thing Settled, Mr. Eastman)

ロバート・ベンチリー

柴田元幸訳

1937年1月2日号掲載

ロバート・ベンチリー（一八八九―一九四五）はユーモア作家、劇評家、俳優。《ヴァニティ・フェア》や《ニューヨーカー》の常連寄稿者として長年活躍。芸達者の俳優でもあり、主演短篇映画「眠り方」は一九三五年のアカデミー短篇映画賞を受賞している（"How to Sleep"をはじめ、本篇「人はなぜ笑うのか」にも通じる彼のユーモア感覚が発揮された短篇はYouTubeで何本か観ることができる）。ヒッチコックの『海外特派員』などの名脇役としても知られる。

（訳者）

何かを笑うためには、以下のことが必要である。（1）自分が何を笑っているのかわかっていて、（2）なぜ笑っているのかわかっていて、（3）何人かの人をつかまえて、なぜあなたが笑っていると彼らが思うかを質問し、（4）いくつかメモを取り、（5）笑う。これだけやってもまだ、何日か解明に至らない可能性もある。

笑いとはすべて、くしゃみの代用としての反射行動にすぎない。私たちが本当にやりたいのはくしゃみをすることなのだが、それがつねに可能だとは限らないので、代わりに笑うのである。時おり人は自分の力を過小評価して、笑いとくしゃみを同時に行なう。これをやるとえらい騒ぎになる。

「くしゃみすることではない」《ザット・イズ・ナッシング・トゥ・スニーズ・アット》（軽く見ていいことではない、笑いごとではない、の意）という古くからある言い回しが私の論を裏付けている。言われているのは明らかに「笑うことなど何もない」ということなのだ。驚かされるのは、目の前にずっと証拠があったにもかかわらず、笑いをめぐるこうした説明をいままで誰一人思いつかなかったことである。[i]

人がくしゃみをするのは、意志を挫かれたから、落胆したから、あるいは無謀だからである。くしゃみに失敗して、ほかに手がないから《フォート・ド・ミュ》笑うのである。何でもいい、私たちが「笑う」滑稽な話やコミカルな状況を分析してみるがいい、この説の正しさがわかるであろう。ついでに言えば、「ユーモア」の分析が済んだあかつきには、笑う必要も取り除かれているであろう。

浴室に馬を入れた男をめぐる有名なジョークを例に取ろう。[ii] ここに思考‐くしゃみ過程の、あるいはくしゃみ‐思考過程と言ってもいいがその完璧な例がある。男は明らかに内向型であり、浴室支配欲に駆られ、そこにほかの下宿人たちの上位に立ちたいという欲望が組みあわさった。この状況のユーモアは、一見「『ああ、知ってるよ』って言いたいんです」という最後の一言に存するように思えるかもしれないが、実のところ私たちは、この科白が来るずっと前に半ば無意識にこのジョークに笑っているのである。実際、私たちが本当に笑って（あるいは、くしゃみして）いるのは、すでに自分が聞いたことのあるジョークを誰かが語っているという思いに対してなのである。

かりにこの話が転倒されて、馬が人間を浴室に入れたとしてみよう。だとすれば私たちの笑いは、女将が馬に質問して、馬が答えたという思いによって引き起こされたことになる。これはまったく違った形のジョークである。

この場合、男は話とは何の関係もなく浴室の中に取り残されることになる。同様に、もし男が女将を浴室に入れたなら、馬は明らかに戦闘の外に《オー・ド・コンバ》出たことだろう（これはさらに別の、馬《ホース》とフランス語の外《オー》との音の類似に基づいたジョークである――ついて来れますか？）。
いかなるジョークも、人にくしゃみをさせたくする以外に、五つの主要点を有している必要がある。音《ね》を上げる前にまずはこれを一通り見ておかないといけない。

（1）ジョークは私たちが理解できる言語で語られねばならない。

（2）ジョークは私たちが聞こえるくらい大きな声で、もしくは私たちが読めるくらい鮮明な印刷で語られねばならない。

（3）ジョークは何か内容がなければならない。「こんなジョークがあるんですよ」と言ってそれで終わりにしてはいけない（してもいいが、笑いを待っても無駄である）。

（4）ジョークは挫折か達成、劣等感か優越感、意味か無意味、快か不快、その他とにかく分析可能な感情を扱わねばならない。でなければ、いつ笑ったらいいかどうやってわかる？

---

i　論文「死後のユーモア」で次のように述べるとき、シュヴァンツレーベンは問題の核心に間接的ながら触れている。「笑いとはすべて、不随意のひきつりによって断続的に緩和される筋肉のこわばりである。いわゆる『ジョーク』によって同様、電気によっても引き起こすことができる」

ii　下宿屋に住む男がある晩に馬を連れて帰り、二階まで上げて、浴室に閉じ込めた。騒ぎを聞きつけた女将は文句を言い、壊れた階段の手すり、破れた階段の絨毯を指さし、この一件全体の明らかな不謹慎さを指摘し、馬を共用の浴室に閉じ込めるなんていったい何を考えたんです、とこっそり男に訊いた。すると男はこう答えた。「朝になったら下宿人が一人ずつ浴室に入っていって、きっと『浴室に馬がいる！』と叫びながら飛び出してきますよね。そのとき『ああ、知ってるよ』って言いたいんです」

（5）ジョークはWの文字で始まらねばならない。[iii]

さて、浴室の馬のジョークがこうした条件をどう満たしているかを見てみよう。ゲシュタルト法（別名、回転＝摩擦法）を用いてジョークの皮を剝がし、図を示すのがもっとも明快な説明方法である。すべてのジョークは私たちが理解できる言語で、聞こえるように（あるいは見えるように）はっきり語られ（あるいは書かれ）ねばならないことはすでに見た。さもなければ我々が得るのはこれである――

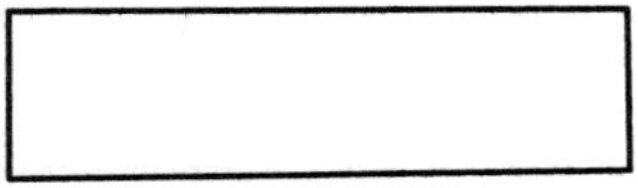

図1
その言葉が聞こえも、見えも、理解できもしないジョーク。

図2では我々が男と馬とともに二階に上がり浴室まで達することが了解されよう。ここで我々

は、それが実話ではないことを、はじめからずっと疑ってはいたけれど触れたくはなかった事実を意識するに至る。この突然の不条理《アブサーディティ》（ラテン語の〈～から《アブ》〉と〈聾《スルドウス》〉から来ている）の啓示は、図では古風なぐるぐるによって表わされている。

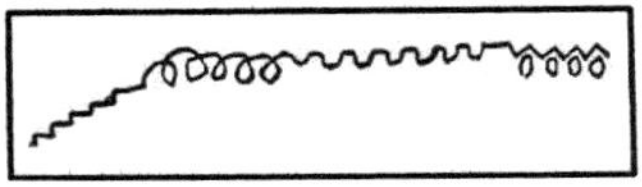

図2
理想的な条件下での浴室の馬ばなし。

iii 「笑いを共有病として考察する」においてガンフィは、Wで始まることはジョークの本質ではなく、終わるまでのどこかで入れればよいと論じている。しかし、ハーヴァード応用笑い研究所において被験者五百人を対象にメルゲンターラー笑い探知機を用いて行なった実験によれば、Wで始まらないジョークの場合、笑いはわざとらしい、時にはほとんど不快なものになるのである。

話が実話でないことの衝撃に続いて、女将が抗議する地点まで我々は図を進んでいく。ここで我々は実際の事実《アクチュアル・ファクト》、もしくは事実の行為《ファクチュアル・アクト》に至る。正気の女将であれば誰でも、自分の下宿屋の浴室に馬が閉じ込められたら当然抗議するはずである。ゆえに図において我々は、正常な推論行為を、もしくはクラウザー病を得るのであり、これが波線で表わされている（ヤッホー！）。

ここからあとは、どう論じようと勝手である。何もかもがまるっきり馬鹿馬鹿しくなり果てるのだ。図示するならこれを卵と矢で表わし、何かがはっきり狂ってしまったことを伝えることができる。私は個人的には、男が言わんとしたのは「あれは馬じゃないよ——俺の女房だよ」だったのだが抑圧されて言えなかったのだと考える（こうしたジョークには、この私でさえ十分理解できないように思えるものがいくつもある）[iv]。

iv　小冊子「ユーモアとは何か——ジョーク?」においてA・E・バシネットは、笑いを引き起こす小さな熱帯産の蝿を発見したと主張している。この専門家によれば、この蝿はコロンブスの部下たちによって中央アメリカからスペインに連れ帰られ、そこからヨーロッパ中に広がったのち、一六六七年、ジョージ・アルトシューなる男の体に乗ってアメリカ大陸に里帰りを果たした。

いかにもいかめしく

Graven Image

ジョン・オハラ
片岡義男訳

1943年3月13日号掲載

ジョン・オハラ（一九〇五―一九七〇）はペンシルヴァニア州生まれの作家。アイルランド系の裕福な家庭に生まれたが、父の死により若いころからジャーナリストとして働きはじめた。一九二〇年代から六〇年代まで《ニューヨーカー》に二百を超える短篇を発表。一九三四年に発表した第一長篇『サマーラの町で会おう』は好評を博し、第二長篇はエリザベス・テイラー主演で映画化された（「バターフィールド８」）。本短篇は、次官とブラウニングという二人の男のやりとりを描く。一見、仕事の紹介を頼むブラウニングが下手に出ているようだが、ほのめかしに満ちた会話からは、出自の差、そしてそれに対する二人の意識が浮かび上がってくる。市民生活や社会の風俗、社会階層の影響に注目しつづけたオハラの巧みな筆致を堪能できる作品である。

（編集部）

三日月のかたちをした短い車寄せに入ったその自動車は、前にいた二台のタクシーが走り去ったあと、所定の位置まで進んでいき、ドアマンがうしろのドアを開き、小男がひとり降りて来た。その小男は必要最小限の愛想の良さでドアマンにうなずいてみせ、運転手には「待つように」と言った。「次官殿はこちらで時間をおかけになりますか」とドアマンは訊いた。

「なぜそう訊く」と小男は言った。

「こちらでのお時間がわずかでしたら、運転手には列の先頭で待つように言うことも出来ますが」

「いずれにせよ車はそこに」と次官は答えた。

「承知いたしました」とドアマンは言い、敬礼し、次官がホテルに入っていくのを見ながら、やや眉根を寄せただけだった。「さてと」とドアマンは独りごちた。「やっとこうなったか。普通より時間がかかったけど、遅かれ早かれ誰もが――」次の自動車のドアを彼は開いた。大佐と少佐のふたりにそれぞれの肩書で挨拶の言葉をかけたが、発進して車寄せの先に停まった次官の自動車については、なにもしないままだった。

メイン・ダイニング・ルームへ向かうまでのあいだ、次官は何人もの人から話しかけられた。ある人は、「お急ぎのようだね」と言い、それに対して次官は、微笑してうなずき会釈を返した。このワシントンに長い人たちからは、きわめて無理のないかたちで長官と呼ばれることがしばしばだったが、人をその肩書で呼ぶことに関してアメリカ人が感じる困惑にも似た気後れをともなってであることが多かった。ロビーを抜けていきながら、ザ・ボスにより近いところにいると認めざるを得ないふたりの男性に、ホワイト・ハウスでの彼らの愛称で次官は声をかけた。すでに人でいっぱいのダイニング・ルームまで、次官は元気の良い様子で歩いた。入口で彼は急に足をとめ渋い表情となった。ここで会うことになっている相手であるチャールズ・ブラウニングが、たいそう機嫌良く、フランス語で、このホテルの支配人と、軽い会話を交わしていた。ブラウニングと次官はハーヴァードで同期だった。

次官はブラウニングにまっすぐに歩み寄り、「少し遅くなったかな」と言い、懐中時計を取り出して時間を見ながら、右手を差し出した。「そんなに遅くはないね。調子はどうかね、チャールズ。それにフレッド、私からの伝言は届いているだろうね」

「届いております」とホテルの支配人は言った。「右側ずっと奥の、いいテーブルにお席を用意してございます」そう言いながら支配人は給仕長を指の動きで呼び寄せ、給仕長は次官とそのゲストを十二番テーブルまで案内すべく、支配人のかたわらに立った。「またお目にかかれて光栄です。ブラウニング様がワシントンへおいでの節は、ぜひまたこちらへ。お待ち申し上げております」

「かならず寄るよ」とブラウニングは言い、次官に向き直り、「席へいこうか」と言った。

「そうともさ。席へいってすわろうじゃないか」と次官は言った。


給仕長が先頭に立ち、続く次官の歩きかたは、やや横にぶれていた。次官の二歩分をブラウニングが一歩で歩いてそのあとに続いた。席の椅子にふたりはすわり、次官は給仕長の手からメニューを取った。「すぐに注文しようよ。あのふたりの野郎を席から見上げて話をする、なんてことがないように。どのふたりだかは、わかってるよな」レストランで席の椅子にすわったばかりの人がよくやるように、ブラウニングは右にそして左に目を向けた。次官の言葉に彼はうなずき、

「わかってるつもりだよ。あの上院議員のふたりだよね」

「そのとおりだ」と次官は言った。「私はカクテルはいらないよ。きみは飲みたまえ……。私はロブスターだな。それにピーズとシューストリング・ポテトだ……。カクテルは飲むかい」

「やめとこう。次官とおなじものを」

「注文は以上だ」と次官は言った。

「かしこまりました」と給仕長は言い、歩み去った。

「さてと。チャールズ。きみから手紙をもらって驚いたよ」

「うん」とブラウニングは言った。「そうだと思うよ。私からの手紙にあんなに早くに返事をもらって、お礼を言わなきゃ。あんたがいかに忙しいかはよくわかってるし、手紙にも書いたとおり、都合のいいときで結構だったから」

「そうだねえ。まあ、はっきり言って、先にのばしても意味はないことだし。来週か再来週くらいにということなんだけど、きみに会うのは今日でもあるいはひと月あとでもなんら変わらないのだから、早いほうがいいよ。ひと月あとの自分がどこでなにをしてるのか、見当もつかないね。クリッパーでロンドンへ向かってるかもしれないし、お払い箱になってニューヨークへいって、仕事はないかねときみに訊いたりしてても、おかしくはないんだ。きみがこうして私に会うのは、職のことなんだよね」

「かしこまって待ってるよ」

「いや、いや、きみがかしこまるなんてことは想像できん。誰に対しても。ザ・ボスに対してですら」

ブラウニングは笑った。

「なにを笑ってるんだ」と次官は訊いた。

「彼のことを私がどう思ってるか、よくわかってるはずじゃないか。それだのに、ザ・ボスだなんて、とんでもない呼びかただよ」

「この町にはいろんな知り合いがいるだろう。なぜ私のところへ来たのかな。ユニオン・リーグやジュニア・リーグだとかなんだとか、そういったところへいけばよかったのに。ほら、あそこにいる大きな体をした、ブルーのスーツにストライプのタイの男なんか、どうだったかね」

大きな体をしたブルーのスーツにストライプのタイの男に、ブラウニングは視線を向けた。そしてそのとき、ふたりの目は合い、ふたりはうなずき合って会釈をした。

「あいつを知ってるのかい」と次官は訊いた。

「知ってるけど、だからと言って、あの男のやりかたに賛成してるわけじゃないよ」

「それはまあ結構なことだ。先方もきみを知ってるようだね」

「自宅へいったこともあるよ。父が存命のときはうちへも来てるし。だから当然のこととして、ニューヨークではずっと見続けた顔だよ」

「当然だ、当然だ。ではなおのこと、彼のところへいってみればよかったのに」

「なぜいかなかったのか、その答えは簡単だよ。あの男にはどんなお願いごともしたくはないよ。少なくとも政治家としては、あの男のやりかたを私は認めてないし。あの男のところへ出向いてお願いごとをするなんて、出来ないよ」

「しかしそのいっぽう、きみは私のほうの一員ではないよね。それでいて、私に頼みごとをしようとしている。それはどういうことだい」

「わかってるはずじゃないか。こんな単純な話もわからない人が、いまの地位にいるわけないんだから」

嫌々ながら——誰の目にもはっきりと嫌々ながら——次官は愛想笑いを浮かべた。「わかった。私はきみをちょっと試してみたんだ」

「そうだろうと思うよ。そうされて当然だし、いま自分がこうなってるのも当然のことなんだ。一九三二年には私は次官の側についてすらいなかったから。このことを認めるのは大変なことだけど、それが本当のところだから。でもいまとなっては、すべてが昔話かなあ。違うかい」給仕が料理を運んで来たのでふたりの会話は途切れ、給仕が立ち去るまでふたりは無言でいた。

「でもいまとなってはすべてが昔話かなあ、ときみは言ったけど、なぜそうなるかね」

「明々白々だよ」

「我が祖国、それは主のもの、というやつかい」

「まさに。それ以上になにがあるんだ」

「あそこにいる仲良しクラブの友だちのためなどではなくて」

「よく知ってるねえ」

「そりゃそうだよ」と次官は言った。「この国のあらゆる仲良しクラブを私は知ってるよ。さかのぼるなら二十三年ほど昔からこのかた。外側から客観的に観察するだけの時間がその頃はまだあったということさ。ところできみはいま腕時計をしてるね。あの可愛らしい生き物はどうなるんだい」

ポケットに手を入れたブラウニングは細い鎖で束ねられたいくつかの鍵を取り出した。次官に見えるように手から下げてみせたその鎖の先端には、小さな金色の豚があった。「いまでもこうして持ってるよ」と彼は言った。

「五年ほど前、高名な会員が収監されたとき、きみたち大勢の人たちが、それをふたたびポケットに入れ始めたのだってね」

「そうかもしれない」とブラウニングは言った。「それまでは持ち歩いていなかったかなりの数の連中が、単純な忠誠心からふたたび持ち歩くようになった、と聞いてるよ。大人の話をしよう。あの件はいまだに根に持ってるのかい。あのメンバーでいて、自分になにかいいことがあったと思うかい。いまでも多少は根に持ってるからこそいまのあんたがあるのだとしたら、少しは恩を感じなくては。連中の目を覚まさせてくれよ。なるほど、確かに目は覚まさせたよ。私たちの目を。あんたがあのときあれほどにご立腹ではなかったら、いま頃のあんたは一介の弁護士かもしれないね」

「妻もときどきおなじことを言ってるよ」

「そうだろう。そういうものだよ」とブラウニングは言った。「さて、本題である私の職の話だけど」

次官は微笑した。「これは逃げられないよね。きみたちはなにかを握ってるのだから。よしきた、どんな仕事をしたいんだね。もちろん、なにも約束は出来ないけど。それに、きみがやりたい仕事に関して、この私が力になれるかどうかすら、わかってないんだから」

「そこが私の勝負だよ。ワシントンに来た理由もそこにあるんだ。勝負だよ。私が思うには、あんたには力になってもらえるはずだ」自分が求めている職についてブラウニングは次官に語った。その職に自分がいかに適任であるかについても、ブラウニングは次官に語った。次官はうなずきながら聞いていた。自分が求めているその職について自分が知るかぎりのことをブラウニングは次官に語り、次官は無言でうなずくことを続けた。ブラウニングの話が終わる頃になると次官は思案顔になっていた。次官がブラウニングに語るには、いまのきみの話に関してはある人物と多少の面倒があるかもしれないけれど、その人物はなんとかすることが出来るだろう、なぜかと言うと、決定権を持っているのは次官の友人であり、したがって職の話はなんとかなるだろうと、いまここで言い切ってもいいほどだ、ということだった。

これを聞いてブラウニングの顔には得たりとばかりの笑みが広がった。「それはすごいことだ、ぜひとも一杯やらなきゃ。これは久しぶりのいい話で——」と、彼は給仕を呼んだ。次官もつきあうことにしてコーディアルを、そしてブラウニングはスコッチを注文した。すぐに酒は届き、ブラウニングは言った。「私の職のことだけど、もうこれ以上はなにも言わずに、期待を込めて待つことにするよ。しかし、あんたは最高だね。あんたに乾杯」ふたりは酒を手にした。次官はすするが如く、そしてブラウニングは最初のひと口で半分あけた。自分の手のなかのスコッチを見てブラウニングは、「じつは少しだけ心配してたんだよ。仲良しクラブの話がね」

「そうか」と次官は言った。

「私にまったくわからないのは、あんた程度の人がよくも——千年かかってもあんたには無理だと思ったけど」と言った彼は、そこで顔を上げるまでもなく、自分のひと言ですべてが台無しになったことに気づいた——「まさに言ってはいけないことを、私は言ってしまったね」

「そのとおりだよ、ブラウニング」と次官は言った。「まさに言ってはいけないことを言ったのさ。私はもういかなくては」立ち上がった次官は向きを変えてダイニング・ルームを出ていった。威厳に満ち満ちた様子そのままに。

雑　草

The Weeds

メアリー・マッカーシー

谷崎由依訳

1944 年 9 月 16 日号掲載

メアリー・マッカーシー（一九一二―一九八九）はシアトル生まれの批評家・小説家。名門女子大学ヴァッサー・カレッジでの体験をもとにした長篇『グループ』（一九六三）がベスト・セラーとなる。編集者からキャリアを始めた彼女に小説を書くよう勧めたのは、二人目の夫にして大物批評家エドマンド・ウィルソンだった。「雑草」は、そうしてできた最初期の作品。家を出たいと願いながらも植物を捨ておけない主婦の葛藤を描いた短篇だが、ハンナ・アーレントとのあいだに往復書簡も残されている〝知識人〟マッカーシーの文体だけあって、疾駆する思弁とケレンとが作品を異様なものにしている。まさに〝雑草〟のような熱量。ニューヨークでの交友関係や、その夫婦生活が彷彿とされもして興味深い。インタビューにいわく、「仕事を成功させることが、ウィルソンに勝つ唯一の武器である」。ほかに長篇『アメリカの鳥』（一九七一）など。（訳者）

ペチュニアが咲いたら離婚しよう。そう思ったら、喜びの感情がはっきりと込みあげて、彼女は移植ごてを降ろし、かかとに体重を預けた。茶色い地面をさらした庭に座っていた。わずかにいびつな長方形の土地に列を作って植えた花の種。几帳面なのにゆがんだ線は、定規をなくした子どもの書いた手紙の文字列みたいだった。本にあった指示通り、杭と紐とで印をつけながら種まきをするべきだった。来年こそは、きっと。そう思ってからすぐに、その考えが何をもたらすかに気づいて、愕然とする。来年こそは、もちろん、わたしはここにはいない。この五週間というもの、つねに言い聞かせてきたというのに、どうにも忘れがちだった。怠惰な心は気を抜けば、先の計画へとひとりでに伸びていってしまいそうになる。何も知らないペルセポネの手が、冥王の差し出す石榴の実へと伸びていってしまったように。

彼女は思い出す。夫のもとを出ていくことは、以前にも考えた。でもそのたびに邪魔が入ったのだ。土曜日の夜のパーティーにはぜひとも出たかったし、葡萄棚の青く熟れた葡萄はジャムにしてやらねばならなかったし、居間に置く予定のソファは〈メイシーズ〉が翌週配達に来ることになっていたし、給湯器の具合を見に来てもらう予定だって入っていた。そしてソファが運ばれ、給湯器が直され、葡萄のジャムができるころには、夫に対する憤りは消えてしまっていた。少なくとも怒りは勢いを失くし、ただの石ころのような不満のかたまりと成り果てて、彼女はそれを手のひらの上でぼんやりと転がしていることになるのが落ちだった。

けれどもいまや、問題は解決した。荷作りをして出ていく代わりにスイートピーを植えた四月の朝（もちろん彼女は荷作りのほうをするべきだった）、口に出すのも憚られる言葉を夫が発言して以来、彼女を掻き乱してきた問題は。出立の日をカレンダー上に定めた。心のカレンダーのみならず、実在のカレンダーにも記した。その心のカレンダーでは一年が一日のように記され、数週間もすれば仲間たちのもとへ帰るのだという気がいつもしていた。あらたな人生の断片と、たくさんの物語を手に帰還する旅人となるのだと。四月以来、彼女はずっとそうしようと試みてきた。土を掘り、水やりをして雑草を取り除きながら、八月になったら花が咲く、と同時に、自分はもうここにいなくて、ニューヨークの、家具付きのあたたかい部屋にいるのだと思い続けてきたのだ。それはどこか、自分自身の死を思い浮かべることに似ていた。とはいえ、実行に移せそうな朝もあった。道具を地面に降ろし、こんな簡単なことに思い至らなかった自分に驚きながら、明日出ていけばいいじゃない、と思う。わたしをここに縛るものなど何もないのだから、と。だがそう思うときにはいつも、ペチュニアのことを忘れている。家のなかのコンテナに植えてあるため、見落としてしまうのだ。その花が、突如心にひらめく。白く波立つ花びらの、黄色い喉をした花の群れ。マツムシソウの天上的な青の色を偽物の空のように背景として、ヒャクニチソウの暗い赤と交互に四角になるように植えた花の群れ。愛と絶望に心は痛んだ。花たちと別れることはできないと悟る。この花が枯れでもしない限り、わたしはここへ縛られている。

　でもそんなふうに認めたら、パニックに陥りそうだった。庭は時間と季節の移り変わりを教えたし、急げ、出ていくならいまだと促す。手遅れになる前に、歯車がふたたびめぐり、誕生、生殖、そして死の、ゆっくりとした道のりに、またもや巻き込まれてしまう前に。彼女は初めて、ペチュニアが咲くまでの週を数えるようになった。変化への絶え間ない期待に、敏感な心は震えた。容易に苛立ち、極端に走り、友人や家や食器といったものに心のなかで八つ当たりした。ときには日に十回以上も。追い詰められて、ある選択肢が浮かんだ——ペチュニアを殺してしまったら？　ペチュニアは、立ち枯れ病にてきめんに罹りやすい。水やりは慎重に。庭づくりの本にはそうあった。昼食のテーブルの、氷の入った水差しを見つめた。老人の枕元で、遺産相続人が睡眠薬の小瓶を見つめるのとおなじ目つきで。けれど決心はつねに鈍った。グロテスクな誘惑が去ると、震えながら、そっと家を出た。夫が見咎め、口実をつけて彼女を引き留めることがないように、そっと（というのも、彼は自分の妻が働きすぎると思っているのだ。目の届くところにいたためしがない、機嫌が悪いのも働きすぎのせいだと文句を言う）。移植ごて、熊手、耕作器といったものを掻き集めると、彼女は柵のなかへ入った。野ウサギやマーモットの侵入を防ぐ囲い込まれたその土地で、またもや悔恨の作業をはじめる。すなわち、庭づくりという苦悶。

「楽しくないなら、なぜやるんだ」夫はそう尋ねる。「おれのためにやってるなんて、見え透いた嘘はつかないでくれよ」どう答えるべきかわからなかった。一度だけ、夫を振り返って言ったことがある。「どうせあなたは、わたしのすることはなんでも気に食わないのよ。庭がすっかり荒れ地になれば、満足でしょうね」彼女にも、なぜ庭いじりをするのかわかっていなかった。ただ、夫に逆らってしているということだけはわかった。夫が嫉妬含みの敵意を向けてくることへの対策として、植物たちへ余分の、目に見える忠義を与えねばならないかのようだった。夫は隙あらば、急な用事や性的欲求や、その他なんでも理由をつけて、彼女を扉の内側へ閉じ込めておこうとした。時折自分は、植物を守る保護者としてここにいなくてはならないのだと感じた。この世へ生み出してやった彼らと、母子の関係を結んでいると。べつのときにはもっと露骨で、肥沃だが気難しいこの土地から労働と愛とによって勝ち得たものを、彼女が失えば夫が満足するだろうし、それだけはさせてなるものかと厳しく自分へ言い聞かせた。彼女は間違っていたし、それに気づいてもいた。かつて植木屋に警告された。「やりすぎはいけません、やりすぎは」春風に揺れる雑草の群れを、彼女は見つめていた。囲み地の柵へ押し寄せて生え、野原にあるときよりずっと高く、険しく鬱蒼と茂っていた。野原はさながら敵意ある海で、遠くで膨らんでは吹き寄せて、この長方形の島に打ち寄せる瞬間、緑の高波となってぶつかる。まるで何かの仇のように。彼女は恐怖した。身震いして仕事へ戻った。一分一秒たりともおろそかにしてはいけない。さもなければこの海に溺れ、自然のジャングルという水のなかに、仕事も道具もともに没してしまう。夫は、つねに雑草の肩を持った。学者ぶってこう言うのを好んだ——雑草と花のあいだには、植物学上の違いはない、と。降り続いた雨のやんだ朝、彼女は急いで外へ出る。すると世話をしている茶色の地面が、たった二日で生えてきた野生カラシナの緑に覆われかけていて、夫の勝利を宣言しているのだ。彼女は傷つき、涙を溜めて、熊手で地面を引っ掻いてはそれに抗うのだった。

かつてはこんなふうじゃなかった。そのころのことを憶えている。囲み地の境界が、ピンクや緋色、レモンイエローやヤグルマソウの青といった、はっきりとした明るい色で飾られていた日々を。夫がそこに立ち、「お前は緑の親指を持ってる」と称賛したことを。そのころは彼女にも、庭いじりの道具を置いて友人に会いに行ったり、ピクニックをしたり使用人に指示を出したりする用意があった。夏の午後には、夫は飲み物を手にベンチに座り、彼女は花々にホースでやさしく水を掛け、時折彼のグラスから飲み物を啜ったものだった。

のちに彼女は庭に出て、膝をついては考えた。いったい、すべてはいつ変わったのか。水やりをするひとがいないという理由で、夫と街へ出ることを断ったときだろうか。それとも彼の飼いはじめた犬が、チューリップを掘り返してしまったとき？　そうじゃない、と彼女は思う——庭が苦しみで満ちることは、はじめから決まっていた。四旬節のころが来れば、花がみじめな赤紫に枯れてしまうのとおなじこと。すべては、もとの姿に戻る。孤独と絶望でできた婚姻は、孤独で絶望的なものになる。わたしが庭を慰めとすれば、あなたは犬を飼うでしょう。その犬が庭を破壊する。そんなことの繰り返し。すべて善きものは悪しきものへと変わる。人生は隅まで憎しみに溢れる。不満を数えあげることには意味がなくなっていた（彼女の写真はまんなかから破られ、台所のゴミ箱に捨てられている）。なぜなら不満を抱くことは、なんらかの人間的な協定が破られたと断言することだ。それは過去の協定であり、過去の償い、過去の許しなのだ。愛や道徳、世論を喚起するのは、聖職を売って金を得るのと変わらない。戦争中の国の司祭たちは、戦いに勝利するために祈るのだ。

どのくらい遠くへ来てしまったか、昨日まではわかっていなかった。彼女は花々の名前を呟いていた。ススキノキ、アカバセンニチコウ、悲しみの花嫁の異名を持つマツムシソウ（そうよ、と彼女は思った。それはまさにわたしのこと）、スノウストーム、ピュリティ、そして種屋さんがばら撒いた、無料の種が入った袋——それは「平和」と名づけられていた。ああ神よ、と彼女は叫んだ。まるでわたしは、お葬式の花を育ててきたかのようです。わたしが夫の死を願うなんて、そんなことがあるでしょうか？　するとたちまち、古い幻灯機に映像がうつるように、若くして寡婦となった自分が脳裏に浮かんだ。青褪め、黒衣に身を包み、身近な女友だちに悔悟の言葉を呟いている（「ええ、わたしたちが上手くいってなかったのは事実。だけどこんなこと、一度も望まなかった。いまはすべてを悔いているし、そのことを彼に伝えたい。ほんとうは愛していたのだと、わかってくれたらいいのだけど」）。そうだ、と彼女は思う。もしも夫が死んだなら、そのときこそわたしは心底から愛することができる。なんて理にかなったことだろう！　そうなれば、何ひとつも手放す必要がないのだ。スポード社のサラダ用の皿も、庭も、明るい縦縞模様の居間の壁紙も。ロースト用の鉄板を持っていくべきか悩む必要もない（それはもともと彼女のものだった）。この家を出ていくならば手放そうと決めたもの、もはや自分のものではないと半ば諦めていたものすべて、彼女のもとへ戻ってくるのだ。しかもそのあいだを、今度はひとりで動きまわることができる。すべてを望んでいた通りにしておくことができるのだ。誰も咎めたりしない。誰も彼女に、「なぜお前は、スープとサラダを一緒に出す？　もう少し節約したらどうだ」と言ったりする者はいないのだ。

おかしなことだ、と思う。お金の問題じゃないのに。夫は死んでも、何も残してくれない。振り込みは自動的に止まるだろうし、保険金すら入らないだろう。彼の死がもたらすものは、決断の重荷からの解放だ。金でも愛人のためでもなく、ただ出ていけないからという理由で夫を毒殺する妻が、世にどれくらいいるだろうか。究極の解決は、いつだってとても単純だ。スープに除草剤を入れる。すると男は死ぬだろう。後悔してももう遅い。取り返しなんてつかないのだ。殺人は離婚より洗練された手口である。ヴィクトリア朝のひとびとは、やっぱり賢かったのだ。

こんな考えを抱いてしまうのなら、いよいよ出ていかねばならない。やがて恐ろしい虫の知らせが心臓を打った。はじめは軽く。馬に乗った貴婦人の打つ鞭のように。――いま家に入っていって、設計図の散らばる仕事机のそばで死んでいる夫を見つけたら？　まるで千里眼で見るように、そのとき感じる良心の呵責を予知したし、それに耐えきれないだろうこともわかった。しばし恐怖にかたまった。いますぐ夫を探さねばならないのに、動くことができない。だって、と自分に言い訳をする、もしもあのひとが死んだなら、遅かれ早かれ女中が見つけて知らせにくるはずだもの。探しに行く必要なんてない。ただここにいればいい。だが言い聞かせても無駄だった。夫が死んでいることは、ほぼ確信に近かった。でも望みがまるでないわけじゃない。急いで駆けつければ、まだ……。気づくと邸内の車道を走っていた。夫の窓のそばまで来ると立ち止まった。窓は高くてなかが見えない。無理だ、といっそ幸せな気持ちになる。覗くことはできないし、できることは何もない。それでも、あることを思いついた。意志の力を総動員して、オレンジの箱をなんとか動かすと、上へ登った。なかを覗くことができた。夫は机に向かって動かない。息をしているのかもわからない。はじめ彼女は、その姿を遠い何かのように見ていた。茶色い背広を着、何枚かの書類に屈みこんでいる。まるでどこかの画家が描き、置き去りにした絵のようだった。由来も何も定かでない、それでいて強固にそのものである絵。それは動いた。するとふたたび人間に戻った。彼女のよく知った、嫌いな男。大丈夫だ、生きている。彼女は深く息をつくと、夫が振り向き、見つかることのないうちに、オレンジの箱をすばやく飛び降りた。午後じゅう庭にいて、危うく何かを逃れた人間が――または逃れたと信じ込んでいる人間がするように、ひとりそのことを祝っていた。だが五時になって呼びに来た夫が後ろからそっと近づくと、驚きのあまり宙をつんざく長く恐ろしい悲鳴をあげた。彼女が去ってしまっても、いつまでも庭にこだまするかのようなその悲鳴。犯行現場を押さえられたようなものだった。

今朝もまだ悲鳴は庭に残っていた。一晩のうちに、事態が手遅れになる恐れがでてきた。決行しなければならない。彼女のうちのある部分――ジャムを作ったりテラスを整えたり、冬に備えて石油を蓄えたりする部分は、彼女のべつの部分――列車の時刻表を頭に入れ、宝石箱に十ドル札を隠し持つ部分と、折り合いをつけねばならない。みずからを囲む義務という名の藪を払って道をあけねばならないし、結局は茨の道を取らねばならないとしても、それでも構わないではないか。ペチュニアを棄てられないなら、一緒に抱えて逃げればいい。重要なのは、八月をまたぐ予定を立てないこと。ただのひとつも立ててはいけない。決然と移植ごてを手に取ると、ハマスゲが尖った明るい緑の葉を茂らせるそばの土へと突き立てた。移植ごてを慎重に探らせ、株を土から掘り出す。その根にぶら下がった塊茎を満足げに眺めた。ハマスゲの除草において大事なことは、塊茎をきちんと取ることである。じゃないと毟《むし》っても無駄だ。一週間もしないうちに、ハマスゲはまた育ってしまう。その際、鍬なんか使ってはいけない。熊手か移植ごてで掘らなければ。「もう諦めたらどうなんだ」耕したばかりの土地に、ハマスゲの尖った緑の葉がすでにたくさん生えてきているのを見せると、夫は冷たく言ったものだ。「もう。あっちへ行ってて」彼女は答えたものだったが、ほんとうはそれこそ――中途で投げ出してベッドに横になり、二度と顧みず、ひたすら眠り、食事も女中に運ばせて、静かに、何かに寄生して、自分も雑草のように生きること――それこそが彼女の望みなのだった。なのにいつだって花たちがうるさく呼び立てる。腹を空かせたコスモスたちが、丈高い草のあいだでちいさな頭を振っている。その様子を思い浮かべると、心臓は痛み、ハマスゲの意地悪な茶色い根っこに絞られているかのような苦しみを味わう。そうだわ、と自分に言い聞かせる。来年なんてものは、ないのだ。来年になれば植物たちは、好きなようにするだろう。幸いなことに、多年草は植えていない。

午前の残りの時間、彼女は上機嫌で仕事をした。女中の声が昼食を告げると、おとなしく立ちあがった。小道を歩くとき、谷間の野百合が咲きかけているのが見えた。ベランダに沿って日陰になった場所がある、そこにあの花を植えられる。耕した土地で肥料を施せば、来年には倍のおおきさの花を咲かせるだろう……。土の塊がついたままの植物が、気づくと手のなかにあった。自分が何をしようとしているのかを知り、愕然とした。「なんてこと」と呟いた。「なんてこと」そして移植ごてで掘り返したばかりの、もとの穴へと植物を返した。周囲を土で埋め、足で踏み固めた。間一髪、危ういところだ。高く脈打つ心臓が、これ以上の過ちを犯すなと告げていた。敷地はどこもかしこも、彼女を陥れようとする罠でいっぱいだった。そんな危険のなかを歩いているのだ。一刻の猶予もならない。

受話器をあげたときも、ホテルのボーイは背後で扉を閉めることがなかった。彼女にはなんの当てもなかった。ひそかに働かせていた想像力（それもあんなに長いこと）は、せいぜいこの程度の距離しか彼女を運んでこなかった。彼女の考えた未来とは、手袋をしたままホテルの受話器に伸ばされる手だった。だが最初に掛けた五本の電話を取るひとは誰もいなかった。こんなことは計算外だ。計算では不確定の要素は彼女のほうであり、みなの待ち遠しく期待する、いまかいまかとその到来を待たれている親類であり、愛されている妹なのだ。その部屋が出ていったときのままに残されているような妹。結婚生活のあいだずっと、仲間のことを思うと良心が咎めた——みんな彼女を待っていたし、田舎の何が彼女を引き留めるのか、理解できないだろう。五つめの番号に掛けたあとで、ドリルのように耳障りな音を切り捨てるように受話器を置いた。電話が取られることはなく、呼び出し音はいつまでも続いた。気晴らしに、風呂に入ってみた。そして誰も電話に出ないのは、まだ時間が早いからだとか、夏の休暇で街の外へと旅行に出ているのだとか、予期しなかったことだからとかいうふうに理由をつけた。しかし風呂から出てしまうと、今度は何を着ていいかわからない。晩餐に呼ばれることも、呼ばれないことも、どちらも想定できた。六番めに掛けた相手は電話に出た。あら素敵、と友人は言った、あなた街に来てるの？木曜の夕食にいらっしゃいよ。木曜は四日先だった。彼女は答えに躊躇した。素晴らしい知らせがあるのに、とたんに伝えにくくなった。この文脈は違う、けれども知らせは口のなかへ残り、舌の上で肥大して、触知すらできそうだ。彼女は慌てて受話器を置いた。さもなければ自分の落胆が、電話線の向こうまで聞こえてしまいそうだった。七番めに掛けた電話では、先方がみんなそろってコネティカットへ移動したことを知らされた。八番めの電話で、翌日の昼を一緒に食べる約束を取りつけた。知らせを公表せずにいる自分の意識に、狂気じみたものを感じた。彼女は助けを求めていた。仕事を、お金を、安心を。それなのに、友情を隔てるように築かれた社会的な壁を感じ、それを破ることもできなかった。五年のあいだに、自分はただの訪問者になってしまったとわかった。都市の外からやってきて、ビルトモア・エステートに数日滞在していくだけの過去の友人。不在のあいだに仲間たちの輪は閉じられてしまっていた。かつてそこに入って繋いでいた手は、いまや彼女抜きで互いに繋がれ、ふたたび入れてもらうことはできない。みんな彼女を忘れてしまった。つまり昔の彼女自身を。その姿はただ彼女の記憶のなかでのみ、いまだ緑に輝いていた。彼女にとってだけ、時は止まっていた。

電話機を離れ、しぶしぶながら服を着た。三十分後、ホテルのレストランで、食事する彼女をひとりの男が見ていた。彼女の頭は夕食の皿へしっかり屈みこんでいたけれど、気持ちのほうはゆらゆら揺れた。あの知らない男と一緒に……。だが分別が戒める——話し相手になってもらう対価は、高くつくかもしれない。気を強く持たなければ。我慢できたというちいさな勝利に励まされ、と同時に、ありふれた誘惑に駆られそうになる内なる欲求を意識して動揺もしながら、会計をすませた。部屋に戻ると、雑誌はもう読みつくしてしまったので、ギデオン会の聖書を手に取り、年代記を辛抱強く読んでいったが、やがて眠りに落ちた。

目覚めると、仕事場にいるひとへ電話するにはまだ早かった。朝食をすませ、求人広告に目を通した。できる仕事はなさそうだった。午前十時になるころには、単調さと困惑の感覚が身内で膨れあがり、動くことさえままならず、仕事をくれそうな相手に電話することさえできなかった。きっと訊かれるだろう質問——なぜ、という問いが、目の前に立ちはだかった。同情と好奇心とが綯《な》い交ぜになった「なぜ」。その問いへの準備ができていない。そうだ、と彼女は思いつく。雇用代理事務所へ行くほうがいい。そこなら個人的な事情を説明する必要もない。十分後にはロックフェラー広場に立っていた。取得済みの資格を列挙する用意もできていた。けれどヴィクトリー・ガーデンに若いハツカダイコンがならんで植わっているのを見ると、たちまち彼女自身の庭が、目の前に立ち現われてきた。告白し忘れていた罪のように。神よ、ああ神よ。ひとり呟いた。わたしは相応しくありません。誰がわたしなんか雇うでしょう。彼女は、まだ十分遠くまで来ていないようだった。かつての自分はすっかり捨ててしまわなければならない。よいことを思いついた。料理人として雇ってもらうのだ。ペラムのどこかのお屋敷の、三階にある女中部屋で名もなく暮らす自分の姿。ぺらぺらの毛布に硬いマットレス、赤ん坊を風呂に入れながらの入浴、そしてトイレは地下にある。そんな住まいが浮かんだ。女中仕事に伴うみすぼらしい品々は、彼女には魅惑的に思えた——すべてを失って、その結果救われるのだ。これから一四番街へ行って、安物の服と靴さえ買えば、夜までには万端整えることができるだろう。もともと着ていた服はホテルの部屋へ置いていけばいい。あのひとが探しに来ても、ボンウィット・テラーやマーク・クロスの服、ジョン＝フレデリックスの帽子やスキャパレリの香水なんかが見つかるだけだ。そんなことを思いながら、すでに頭のなかで新生活に相応しい靴を選びはじめていた（お出かけのときにも使えるような、リボンのついたエナメル革の靴。それとも何の飾りもない、ぺたんこの黒靴がいいかしら？）。だがやがて、彼女のうちなるある部分——良心か良識かが、そんなことをしても仕方ないと告げた。そんなものは、子どもの夢想する復讐と変わりがない（ご覧なさい、あなたがわたしをどこまで遠くへ駆りたてたか）、悪意ある自己満足だ。冒険は後悔のうちに諦めた。

　それでもなお、わたしは何かをしないではいられない。明日には所持金が尽きてしまう。ハンドバッグには母親から譲り受けた宝飾品があった。いまこそ、これを売るべきだ。昼食のあとはポケットに現金を入れ、より堂々と雇用代理事務所へ向かうことができるだろう。五九番街を目指してきびきびと歩いていった。田舎を出てきたあのときの、高波のような高揚にふたたび持ちあげられていた。数時間のあいだにせよ、彼女はふたたび自由だった。決断も実行も、ひとまず棚上げされていた。まるで飛行機が終着点へ着地するように、金やダイヤモンドを扱う骨董店へ立ち寄った。カウンター越しに宝石を渡したときが、財産すべてを手放したときだった。鑑定人は百ドルの値をつけた。もはやこれ以上失くすものはない。札入れに押し込むと、ホテルまで早足で帰った。

　フロントのデスクには、彼女宛てに伝言が届いていた。昼食の約束が駄目になったこと、折り返し電話をして欲しいことが書かれていた。浮足立つ気持ちはたちまち消えた。一日はからっぽで、ただ漠としてそこへ広がっていた。彼女は道へ取って返した。ハンバーガー・ヘブンがあったので、昼を食べた。それから映画を観て帰り、部屋に戻っても誰にも電話せず、ベッドに横たわり、寝てもよいと思える時間になるまでマタイの福音書を読んだ。夕食は取らなかった。三日めもさして変わらなかった。映画を観て、聖書を読んだ。

　四日めの朝は、電話で起こされた。あのひとに違いない、即座にわかった。「まったく」と夫は言った。「やっと見つけたよ」彼女は答えた。「そうね。難しくはなかったはず」「そうだな」彼は短く返すと、「出てきて、一緒に朝めしを食わないか」「嫌」「勝手にしろ、畜生」悪態をついて電話は切れた。夜になってまた掛けてきたとき、夫は酔っ払っていた。今度は彼女が切る番だった。ホテルに着いて以来、誰とも会っていない。最初の晩以来、ドラッグストアのカウンターで出されるハンバーガーとサンドイッチしか食べていない。いかなる種類の注意を払われることも苦痛だった。ボーイ長にもフロント係にも動揺した。出ていくときも帰ってくるときも、鍵を預けずに行き来した。彼女は怪しげであると同時に誰の目にもつかなかった。雇用代理事務所に行って、一枚の書類に書き込んだ。扉を出てから、過去の職歴について書くのを忘れたのに気づいた。だが戻ることはできなかった。彼女は隠れていると同時に待っているのだった。彼を、またはべつの誰かを。誰か友人か見知らぬひとが訴えに応じて助けに来てくれるのを待っているのだが、けれどそのための訴えを、まだ起こしていない。一種特異な期待のうちに彼女は生きていた。あまりに包括的すぎて、神でもなければ応じられない新聞広告を打っているようなものだ。彼女が日々待っている伝言——ホテルの紫のインクで書かれ、部屋の扉の下に滑り込ませられるはずのその伝言は、ふつうの、社会的なものではなかった。

　だがこの期待の感覚、法外で度を越して不合理な希望の感覚は、この奇妙な無気力の日々において、その自然な帰結として、諦めと絶望の態度を伴っていた。自分を駆りたてることが必要だとわかっていた。所持金はすぐに尽きるだろうし、ホテルからも追い出されるだろう。しかし彼女はそうした破局を、一種の救いとして待ち望んでいるのだった。顧客信用調査主任は救世主かもしれず、聖なる伝説にあるように、不思議な仮装に身を包んで顕れるのに違いない。いまや彼女は完全に偶然のなすがままだった。立ち退きの宣告は彼女の未来を、かろうじて引っかかっている解決への手がかりから、真っ逆さまに突き落とすだろう。いまの状態からすれば、あの家出という飛翔さえ、最高に大胆不敵な行為だったと思った。あんな決断をする人物が、自分のどこに隠れていたのか見当もつかなかった。実際、と彼女はひとりごちるのだが、結末を見通すことができていたら、なりふり構わぬ一歩を踏み出すことはしなかっただろう。脅しと約束のうちに行動を留保し、そして死んだだろう。三十年の結婚生活の果て、夫のもとを飛び出していたら人生はどんなに違ったろうと夢想しながら死んだだろう。なんて愚か！　彼女は叫んだ。なんていう狂気の沙汰！　暴君の守る牢獄を、自分自身の牢獄と交換しただけのことだ。そして自分という牢獄からは、脱出する望みなどはない。かつて木曜日の夕方六時、晩餐に何を着るべきか彼女は決められずにいた。丈の長いワンピースか、短いのか。二着のワンピースをベッドへ広げたが、結論を出すことは不可能だった。六時半には外へ出てウェスタン・ユニオンの事務所まで歩いた。そして晩餐の主催者である女性へ謝罪の電報を打った。この世界と繋がる最後の糸を、過去においても未来においても、切りつつあるのだと知りながら。

けれど六日めの朝になっても、夫がふたたび電話をしてくることはなかった。そのとき彼女の胸のうちに、かすかな希望が八月の海風のように波を立てた。諦めて、田舎のあの家へ戻っていったのかもしれない。それなら、助かったということだ。ホテルですごす長い朝のうちに、決意が溶けていくのを感じた。そしてもはや彼に対して無傷ではいられないことも。夫が呼び出すなら、彼女は応じるだろう。自身の信念が内側で崩壊していくのにつれて、夫に対する不服申し立てもまた無効になったのだ。一方で、彼が彼女を捨てようとするならば、それにも耐えるだろうと思った。なぜなら身体は生きているのだし、消極的な不屈の精神にとらわれているだけなのだから。結局は外へ出ていくだろうし、電話を掛け、仕事を得、そうすればやがて環境が周囲にあたらしい網の目を編んでくれるだろう。外科医が正しい縫合処置を取らなかったとしても、傷口の周辺には瘢痕組織が形成されていくように。

六日めになり、電話が鳴らずに午前がすぎてゆくうちに、彼女の気持ちは上向き、忘れかけていた快活さが隅々まで行き渡るのを感じた。あのひとは今度こそ去ったんだ。彼女は自分へ言い聞かせた。いよいよそのときが来たのだし、きっとそれは楽しいはずだ。見張られているという感覚は去っていった。上等の白いワンピースに着替え、黒い靴を履いて広いつばのある黒い帽子をかぶった。確信に満ちて思った。夏場に白と黒を着ることほど粋なものはない。午後の三時だった。何も食べていなかったけれど、空腹は軽さの感覚と勇気とを与えてくれた。エレベーター付近の石の床で、ハイヒールのかかとが小気味よく鳴った。日焼けした剝き出しの腕にハンドバッグを思うさま揺らした。エレベーターのボタンを押したときやっと、自分がどこへ行こうとしているのかわかった。広告事務所で重要な地位にいる、昔馴染みを訪ねるのだ。彼は彼女を褒めるだろうし、洒落たバーへと誘うだろう。二杯めのカクテルが彼女を酔わせ、口を開かせる。そして彼女はじつに自然に、じつにたやすく打ち明ける——自分が夫のもとを飛び出してきたのだということを。その理由を、優しく問い詰められたら、ただ妥当な形式を見つけさえすればよい。憎悪や復讐心を隠し、事実をオブラートに包む慈愛を兼ね備えた形式を。その場にいる男が、不快にならずに呑み込むことができるように。エレベーターが下に降りるにつれ、その文句がすらすらと思い浮かんだ（「もうずっと以前に出てくるべきだったのよ、あのペチュニアどもさえいなければね」）。ぴったりの台詞だと、即座に思った。この言葉が相手にもたらす効果、その表情が前もってわかった。疑い深さと信じる気持ちのはざまで揺れる葛藤は、笑いのうちに解消されるに違いない。その会話をはじめから終わりまで、その行き着くところまで予見することができた（「でもきみが出てきたのは五日前だろう。いままで何をしてたんだい？」「ホテルで寝そべって、ギデオン聖書を読んでたわ」）。彼女は微笑んだ。自分の土俵にいると感じた。五年前この地をあとにした港へ帰ってきたかのようだ。懐かしい言葉遣い。ここでは洒落や冗談は、真実に仮面をつけはしても、それを否定することはない。

エレベーターが停まり、扉があいた。ロビーに夫が座っていた。

二日後、夫は家の鍵をあけ、彼女を軽く小突いてなかへ入らせた。犬か怠惰な子どもに対してするような仕草だった。入ったとたん、この一週間で家が古びてみすぼらしくなったと感じた。リビングの敷居に立ち、はじめてここへ来たようなまなざしで周囲を鋭く見まわした。窓枠の塗料がはがれているのを見た。壁紙を足して貼ったところは、継いだ部分の縦縞がきちんと合っていなかった。青色の椅子はそもそもこの部屋にまったく似合わない。ソファの背には彼女が頭をもたせていた箇所にしみがあった。結婚式を思わせる花飾りが二束、大理石の天板のコーヒーテーブルに載っていたが、安っぽい印象だった。このテーブル板は彼女が古いものから切り出してきたのだ。花たちは女中が「お帰りなさい」という意味を込めて飾ったのだろう。このようなことが起きたとき——住み慣れた部屋や恋人の顔が記憶と違って感じたとき、彼女は目を細めて対象を見る。ちょうど鏡に対してするように。焦点がずれ、像がわずかにぼやけてくるまでそうするのだ。そして想像力のすばやい手つきで、ちょっとしたものを付け加える。ひと鉢の花、ガラス製の葉巻入れ——またはちょっとした皮肉や微笑みなどを。そうすれば、部屋や相手の顔はやがて落ち着いて見えてくるし、彼女も細めていた目をいっぱいにひらき、いとしさをもって眺めることができる。けれども今回、いつものように目を細めても、そういうふうにはならなかった。部屋はますます暗くなり、といってまとまりも欠いている。「ほら」と夫は、いつもの義務的な調子よりはやや心を込めて、「何もかもそのままだろう」と言った。あまりにタイミングのいい台詞だったので、彼女は結婚生活において致命的なこと、つまり親しげな口調で答えるという過ちを犯した。「そうかしら？」と彼女は言った。「ほんとうに？　わたしには奇妙に見えるんだけど。まるで誰かが黒色を混ぜていったような色合いだし。女中がべつの電球に替えたんだと思う？」「馬鹿を言うな」と彼は答えて、妻をわずかに階段のほうへ押しやった。「なんだってそんなことをする必要がある？」そしてこう付け加えた。「いますぐ晩飯にするぞ」ふたたび彼女を軽く押した。妻が何かぞっとする、彼と相容れない要望を口にしようとするのを防ぐかのように。彼女は夫に従った。ホテルのロビーに座る彼を見て以来してきたように機械的に。敗北は決定的で、かつ恥ずべきものに思えた。感情は幸か不幸か死んでいた。反抗心も叛乱も起きない。この敗北した国において、官僚たちは隠密裏に侵略者と結託し、地下活動は眠ったままなのだった。

夕食のあいだ悩まされたのは、だから単に、照明がおかしいのではないかということだけだった。食卓のテーブル越しに、彼女は夫の顔をほとんど見分けることができなかった。蠟燭は普段通りの十二本。食事のちょうど最中に、彼女は断りを入れて立ちあがり、電灯のあかりをつけた。でもよくはならなかった。夫の顔は不自然に白くなっただけだった。料理もまた、下手な変更を加えられたかのような味がした。夫は見たところ、美味しそうに食べている。それでも何かが間違っているという疑念を振り払えない——女中さん、煮込みにシェリー酒を入れ忘れたのではないかしら？　夫が警告するように言った。「きみは疲れているだけだ」その理由づけを、彼女は甘んじて受け入れた。それでもなお納得がいかず、夕食がすむと電球という電球を、埃が溜まっていないかどうか指で拭って歩いた。でも指は少しも汚れなかった。

視覚的な混乱は、朝になってもまだ続いていた。眠りから覚めたとき、窓のブラインドに目を留めた。彼女がニューヨークへと出ていったとき、それは白色だったはずだ。だが今朝は、間違いなくアイボリーだ。かすかに恐怖しながらも、ふたたび目を瞑り、眠りのなかへ逃避した。そしてまた目を覚ましたが、昼食を告げるガラスのベルが鳴ったためか、虫の知らせを聞いたためなのかはわからない。何かが確かに間違っている。何か彼女の忘れていること、ひかりの加減がずっとおかしいとか、夫とおなじベッドに戻ってきたとかよりも、重大なことが何かある。けれど記憶力はそれを当てることができなかった。昼食の会話が途切れ、窓の外を見、窓枠にならんだコンテナのなかで枯れたペチュニアを目にするときまでは。おおきく息を呑む音がしたので、夫は、妻の視線の先を追った。「何ごとだ?」と彼は訊いた。「なんでもない」と答えた。「ちょっと、思い出しただけ」夫はそれ以上追及しなかった。そしてその後で、「もう庭は見てきたのか?」と訊いたとき、夫は庭の重要性に気づいていないのだ、と知ってほっとした。夫にとって、その問いかけは儀礼的なもので、妻の好みにあわせて投げた餌のようなものにすぎない。夫はぎこちないながら、まだ彼女を客のように扱おうとしているらしかった。けれど気持ちが伴っていないのは明らかで、尋ねておきながら妻の返事を待つことはなかった。

しかしながら彼女の側では、その問いはずっと深刻な響きを持っていた。少なくとも行って見ることくらいは、即座にしなければならない。けれども先延ばしにした。一日、二日と、何もせず、ただベッドに横になり、市場へ買い物に行くことも、食事の献立を作ることも、フレンチ・

ドレッシングを作ることも拒み、ホテルでそうしていたように、ただひたすら眠り続けた。それでいてしょっちゅう目を覚ました。麻酔や酒の酔いから醒めるときしばしば経験するような、人生において何かが変わってしまったのに、それが何かがわからない、そんな恐怖の感覚がはじまって起きてしまうのだ。夫の問いかけが、二度、三度と繰り返されることがなかったら、ほとんど耐えがたい努力をして道具小屋まで這っていき、移植ごてと耕作器を手にして庭の小道を歩いていって、原っぱのなかの囲み地まで行くこともなかったかもしれない。行くものかと自分に言い聞かせていたのだ。だが三度めの問いかけを発したとき、夫は当惑しているようだった。庭を避け続ける妻の態度が、彼には奇異に映りはじめたのだ。波立つ気持ちを、しずめたがっているようだった。というのも、いまやますます明らかになってきたのだが、夫は過去一週間のことを何ひとつ理解できていない。彼はこの一連の出来事は、自分の勝利なのだと思っている。自分は家庭を守った、逃亡を企てた妖精を言いくるめ、堅固な意志によって家のなかへと埋葬したのだ。彼女の崩壊が内面的なものであるとは考えなかった。ちょうどフランスがそうであったように、彼女は足を引き摺って、堕落し汚名を着せられて、勝者の腕のなかへ降伏したのだとは考えなかった。そして夫が気づかずにいる限り、妻のほうではそれを取引に使う多少の用意があると思った。とはいえ、幻影を抱かせ続けるためには、妻は変わっていないのだと思い込ませなければならない。彼女の従順さ、彼に対してだけでなく、あらゆることにおいて発揮される従順さに疑義を抱かせてはいけないのだ。部屋で長時間すごすことについて、彼女は精神的な疲れを言い訳にした。だがそんなものは永遠に続くわけがない。夫はすでに、食卓において批判の態度を見せはじめていた。掃除されていないテーブルの表面を、指でなぞるようになった。その仕草は、日常への帰還をあらわしていた。すなわち、お馴染みの敵対関係が戻ってくるということだ。

あまりにも庭を待たせすぎだ。彼女はそう自戒した。もう遅すぎる。湿気の多い六月に、庭を十日も放置したらどうなるか、常識で考えれば予想がつく。最悪の事態に彼女は備えた。だが小道を半分ほども行ったところで、不安は希望に取って代わった。彼女は走った。最後に急ぎさえすれば、それまでの長い遅れを取り戻せるかのように。庭が変身していくその瞬間を摑まえて、最後の最後、蓋然性に逆らい助け出せるとでもいうように。けれども庭は、もうなかった。あとかたもなく消えてしまった。十日のあいだに雑草が吞み込んでしまったのだ。茶色だった囲み地は緑色に変わっていた。畝のしるしは消失していて、事業のうちで残っているのは柵だけだった。その長方形は、かつて人類の努力がなされた舞台であったことの滑稽な証言だった。あまりのことに、目を閉じた。彼女が春のあいだ格闘していたのは、まさにこの悪夢だったのだ。あまりに残酷な活人画——題名は、「雑草の勝利」である。自由へと向かう道の途上で、それは何度も立ちはだかった。感じやすい彼女を苦しめ、その優しさと情に訴えた。彼女はそのたび、百たびも訴えに背を向けた。最後にはとうとう心を鬼にし、わたしは彼らが見えないのだと自分に言い聞かせた。けれどいま、恐れていた通りのものが目の前にあった。ただ季節だけが、早い時期ではなくて季節のまっただなかだということだけが違っていた。家具付きのあたたかい部屋は、一方で遠かった。彼女はふたたび目を開けたが、苦痛を和らげる状況を見つけたいという希望のためではなく、この惨事のあらゆる細部をいっそ目に焼き付けたいという、どこか病的な欲求のためだった。彼女は個々の雑草を見分けた。外の野原にはキンポウゲやヒナギクの花々が咲いているのに、この囲み地のなかには、もっと猛々しく青い、いかにも雑草らしい雑草ばかりが生い茂っているのだった。野ゴボウ、アザミ、トウワタ、野良ニンジン。それから地を這う植物たち――ブタクサ、カキドオシ、そして何よりハマスゲだ。ハマスゲは地面の下を這うように根を伸ばし、狂暴に地上へ顔を出しては芽吹く。これには何か、自然の理由づけがあるはずだと思った。茂りすぎた雑草は、おそらくこの世でもっとも強く、その種子はほかの何より生き延びるのだ。そして良識はそれに勝てない。目の前の現象は、裁きであり、また呪いであった。彼女の心はそれを受け入れた。

絶望的だ、と呟いた。柵にもたれ、絶望的だ、と。そしてこのときはじめて、一時的でない真の敗北を感じたのだった。このときまでは、心のどこかに希望のちいさな避難所があり、感情は時折そこへ隠れていた。現実世界と結んだ契約には免責事項が設けられていて、そこで彼女は、たとえばこの場合なら、日照りが続いて雑草の生長を阻害してくれるとか、女中か思慮深い隣人か、夫が雇ってくれる下男とか、そんな誰かが土に鍬を入れて魔法のように雑草を片づけてくれる、そんな展開を想定することを許されていたのだった。けれどもいま、既成事実は揺るぎなく目の前にあった。回復することのできない、失われた庭。取り戻せるものもあるかもしれないが

（たとえばヤグルマソウの枯れかけた株を、足許の植生地から救うことはできるだろう）、もともとの設計、いわば完璧なる美の鏡像のような、彼女が自分自身をそこに垣間見ることができた絵姿は、粉々にされてしまった。大儀そうに草むらにしゃがみ込むと、あたりを見まわした。とある言葉がやってきて、おのずとそれを口にした。「もう、生きる理由がないわね」

あまりに馬鹿げた台詞だったため、それは止血剤のような作用をもたらした。良識がふたたび声を持ち、このように呼びかけた――お前はいずれにしろ、少なくともあと五十年生きるのだ。そのあいだ、何かせねばならない。心身を病むことはできないし、とにかく人間は、理想や主義や、ほかのひとびとのために生きるものであり、庭いじりのために生きるものではない。この庭は、破壊されてしまったかもしれないが、それでも移植することはできる。ヤグルマソウやヒャクニチソウ、それにコスモスで第二の庭を作ることができる。マツムシソウも使えるかもしれない。もっと丈夫な植物に手を付けてもいいし、そうすれば八月にはテーブルに花を飾れるだろう――。彼女はこの考えを、自分の気持ちに照らし合わせた。よく知った感覚、はじけるように身体が動き、腕まくりするあの感覚が訪れるのを待った。そのようなとき、心はおおきなもてなしの家に変わり、夕方からのパーティーに備えることができるのだ。けれど動力はつめたいままだった。第二の庭は、つかの間も彼女の信念に訴えない。雑草がすべてに終止符を打った。雑草は、じつに、彼女の庭、彼女のいとなみの最終的な産物なのだった。子どもたちが「唾」と呼ぶ白い泡が、若い草に付着していた。それは草の病気だが、彼女の病いの外面的な発露のようにも思われた。考えることも感じることもなしに、何もせず、ただあたたかい土の上に座っていた。家に戻るのは恥ずかしいとだけ思った。

そのとき、夫の足音が近づくのが聞こえた。けれど自尊心から、顔をあげることはできなかった。庭の入り口に立つ彼女の、すぐ後ろまで来たと感じても、やはりあげなかった。「なんてこった！」と彼は言った。「これはひどいな！」「そうよ」と彼女は挑戦的に応えた。「破壊されたのよ」沈黙があった。夫は肩をすくめているのだろう。怒りがふたたびふつふつと身内に湧きあがってきた。くるりと振り向き、夫の顔を見た。過去の口論で交わされた言葉が口の端までのぼってきた。非難と怒り。そのお決まりの台詞（「あなたがわたしに何をさせたか、見たらどう？　こうなればよかったって思ってたんでしょう？　ほらご満足？」）。だがそこで夫の表情に目を奪われた。それは喜びも無関心も表してはいなかった。ただ知りたがっている、不思議そうな顔だった。だって彼は、これまでほんとうに信じてはいなかったのだ。妻の心の闇がでっちあげた怪物だと思っていた。でもいまは、本物のそれが目の前にあらわれたのを見て、恐れと畏敬の念に打たれていた。しばらくのあいだ、二人は、ひとつのおなじ感情を黙って共有していた。

「あのものすごいのは、なんだ」彼はようやくそう言うと、しゃがんでハマスゲの尖った葉っぱを毟った。慣れない手つきに根っこがちぎれた。「駄目よ、そんなふうにしちゃ」妻は言った。「こうよ」移植ごてで塊茎ごと上手に掬《すく》った。「これが雑草ってものよ。わたしが春じゅう言ってたのはこれよ」夫はそれを二本の指でそっと摘みあげ、ためつすがめつ眺めた。「なんだい、ちいさな球根ができてるぞ」そんな台詞を訂正してやることもないだろう。球根と塊茎の、植物学上の違いを説明することは、いまこの場にある嫌悪と恐怖、二人を近づけたその感情から逸らせてしまうことになる。自分の失ったものの細部へと、彼を引き込みたく思った。そして言うのだ——ほら、わたしが何と闘っていたかわかったでしょう？　あのカタバミを、野の草を、ブタクサをご覧なさいよ。あそこにはスイートピーが育つはずだった。あそこには溝を掘って、肥料と一緒に種を蒔いたのよ。石灰消毒も水やりも、草取りも、わたしのしたことすべて思い浮かべてみなさいよ。一種野蛮な興奮と喜悦に掻き立てられていた。人生においてろくに庭のことを知らずにきた自分の夫が、いま、いわばその死後に、直面し、敬意を払おうとしているのだ。けれど思慮深さか気配りが、彼女を抑制していた。入門の手ほどきは、焦ってはならない。彼はこの庭で、彼女の苦悩の隅っこに立っていた。茶色い靴を履いた彼のおおきな足は、生き残ったヤグルマソウの一株に乗っていた。彼の有罪を宣告する文を、修飾する絵のようだった。でも、彼は罰せられてはいけない。ぼんやりとでも、わかちあってくれればいいのだ。喪失という重荷、植物たちとの告別は、ある程度まで彼も受け取るべきだ。半ば怯え、半ば高揚しながら、次の言葉を彼女は待った。

「なんてこった！」彼は繰り返した。より感情を込めて。彼女は直感した。待ち受けていた奇跡がいま起こる。抱擁だろうか、涙、あるいは謝罪だろうか。でもどんなかたちを取るにせよ、その悲しみは本質的に、庭へではなく彼女へ向けたものでなければならない。彼がニューヨークから連れ戻した、いまは死んだも同然の若い女。ベッドで、朝食のテーブルで、ソファで、彼が助け起こす女。崩壊の匂いのなかで。

「お前は仕事をしすぎだ」と彼は言った。一瞬、聞き違いをしたのだと思った。

「下男を雇って手伝ってもらおう」事務的な調子でそう続けた。

終わった、と彼女は思った。それでも最後の抵抗をした。「庭は破壊されたのよ」意固地な、敵意を込めた声で、けれどゆっくりと、この発言がどんなに大事か伝わるように、強調して、そう言った。

「馬鹿を言うな」夫は切って捨てた。「お前はいつだってそう極端なんだ。明日、ジェンキンスさんに電話して、誰か手伝いに寄越せるかどうか……」

近所の農夫の名が出たところで、彼女の唇は、ひらき、そこから悲鳴が飛び出した。「そんなことしたら、殺す！」叫び、熊手を手に取ると、思うさま地面に突き刺した。そのまま芝生や植物を掘って空中へ放り投げた。完全に逆上していた。放られた土はばらばらになって、彼女の髪に、顔に、落ちかかり、涙と一緒に流れ落ちた。自分が醜く、いっそ不快な姿をさらしていることに気づいた。その光景と音とに、彼が衝撃を受けていることにも。喘ぐように噎《むせ》び泣きながら、けれども彼女は満足だった。これこそが最後に残された罰、彼女が夫に与えることのできる罰なのだから。魔女のような姿を見せること、魂の衰弱をこのようなかたちで可視化することこそ、結局は彼女にとっての復讐に値した。彼女は熊手を頭上で振りまわし続けた。最初にそこにあった怒りは、次第に薄れつつあった。それでも夫の、頑固で硬直した後ろ姿が視界から消えてゆき、彼の最後の台詞が耳のなかでこだましなくなるまで、振りまわしていたのだった。

八月も終わりのこと、夫がさまざまの植物を使った花束を持って居間に入ってきた。庭に咲くもののうち、丈夫な花たちがそこに混じっているのに気がついた。コスモス、ヤグルマソウ、そして暗い赤をした小型のヒャクニチソウ。雑草も一緒だった。桃色をしたサボンソウの小花、野良ニンジンの緑がかった白。間違いない。夫は彼女の庭を訪れているし、これが初めてではないはずだ。六月の終わりにかけて、窓の外で彼が、ツルバラをまとめようとして悪態をつくのを聞いた。七月にはラズベリーを摘んできて、「これ、夕食に食べられないかな?」と言った。ラズベリーの実は柔らかく崩れていた。収穫するのが遅すぎる――。いま彼女はソファに横たわり、探偵小説を読んでいた。見ていると、夫はその花束には背の高すぎる花瓶を持ってきて、花々を詰め込みはじめた。直してやろうという気は起こらなかった。夫の不器用さは、むしろ彼女の気に入った。花束のみっともなさも気に入った。コーヒーテーブルに残された染みを気に入るのとおなじことだ。昼食のとき、女中の制服にしみを見つけるのも、またおなじ。夏のあいだずっとしていたように、彼女は日なたに寝そべって、ひそかな満足を噛みしめていた。彼女は壊れてしまったけれど、誰も彼女の代わりはできない。彼女がずっとそこにいることで、夫は自分が何を失ったか、つねに思い知らされることになる。普通なら白昼夢のなかでだけ味わうような喜びを、彼女は実生活のなかで経験していた。つまりわたしが死んだら、みんなはどんなに嘆き悲しむだろうか、もはやこの世にいないとなれば、どんなに貴重な存在になれることだろうか――その感覚である。

わが身の置かれた状況を、歴史学者が歴史を見るような距離感で眺めることができた。彼と彼女は互いのあいだで、彼女のある部分を殺した――つまり夫の不安と苛立ちを煽っていた部分を。何ごともこれで終わりとはみなさない部分、つねに計画し、考案し、希望を持とうとする部分、未来に生きようとし、まるで消防士のように、緊急事態に備えて服のまま眠ろうとする部分を。それは彼女のなかの、飛翔と解放を夢見る部分だった。と同時に、義務と悦びのちいさな幻影――それこそが彼女を五年間も夫に縛り付けたのだ――を作り出したのもこの部分だった。彼女自身考えたように、これらは相矛盾する自己ではなく、むしろおなじものなのだ。絶えず変化を待ち望むことにより、半永久的な構造を打ち建てる創造的で建設的な原理。展開されれば、一晩で家々を建ててしまうこともできる。街は無理にしても、道は造る。すなわち、それこそが生きる道だ。

彼女のその部分こそが、夫の嫉妬を招いてきた。疎遠気味の生活をし、個人的な企てのために情熱をおおきく割かねばならなかったから。それでもいま、夫が取り戻したいと願っているのも、彼女のその部分なのだった。というのも、それこそが健康な状態だったと気づいたからだ。三ヵ月前に自分が毛嫌いしていた当の症状を、よみがえらせたいと望んでいる。彼はいま、数え切れないほど繰り返されたその復活の試みを、またもやしようとしているのだ。主婦としての本能に訴え、美的感覚に、虚栄心に、憐れみに訴えた。不器用な手つきはそれ自体が助けを求める声だった。彼女のほうでも、その声に気づかないわけではない。声は聞き取れた、けれど夢のなかにいるように、行動を起こすことができないのだ。それがどう繋がっていくのかは、はっきりとわかっていた。ほとんど奇跡的なことだがソファから起きあがり、あのみっともない花束を夫の手から奪って、さっとかたちを整えながらべつの花器を持ってこさせ、できた生け花を暖炉の上へ落ち着かせる。夫はそのあいだ突っ立って、教区外の復活祭のミサとか宗教的な儀式に居合わせでもしたように、感謝の気持ちに満たされるのだ。けれどできなかった。彼女は横になったまま、伏せた瞼の下から見ていた。何も気づかないふりをして、皮肉と軽蔑を嚙みしめ、その味を楽しんだが、それが偽りのものであることも知っていた。

というのも荒れた家や、訓練の足りない不注意な女中、放置された庭（といっても、六月からこちら、庭のほうはろくに見なかったのだが）などから得られる快楽は、端的に否定的で、無力さの補償にしかすぎなかったからである。想定される妻の手腕が欠如していることで、夫に課せられている不快の念は、しかし彼女にとって、かつてその手腕を発揮して得られていた悦びと等価とはならないのだった。ソファに寝そべり、埃だらけの散らかった部屋を眺めながら、刺すようにつらい自責の念に彼女は駆られた。まるで切断されてもうない脚が痛むかのようだった。立ちあがり、家事をしようとした。けれど燭台を半分も磨き終わらないうちに、興味が失せて流し台に放り出し、あとは女中に任せてしまう。こんなことをこれ以上続けてはいられない。夫が自分を見限ってくれればいいのにと祈った（彼女のほうで出ていくこと、彼女が主導権を握ることは、完全に論外となっていた）。いまや彼女の人生は、彼が仕切っているのだ。ちょうど秋の庭で、霜が花々を黒く枯らしてしまうように、愛の後退は愛されていたものたちを黒く枯らしてしまっていた。そのなかで夫だけが、生き残っていた。死に絶えた季節のなかで、常緑の、丈夫な多年生植物のように。つねとおなじく夫を嫌っていたが、わざわざ拒絶しようともしなかった。一種の安心をもって、彼女は夫へ目を留めた。よそよそしく変わり果てた家のなかで、夫だけが不変の、安定して嫌悪を催す存在なのだ。彼へそそがれたまなざしは、同時に計算もしていた。彼女は自問した――このひとはいったい、あとどれだけのあいだわたしに耐えられるだろう？彼女自身の忍耐力は、無限だった。なぜならもう、時間のなかに生きてはいないから。けれども夫は、現実の、生きている彼は、ある程度の時間が経てば、家庭内の苦渋に対する限界が来てしまうのではないか。

夫はテーブルに花瓶を置くと、ハンカチを取り出し、せわしない動きで表面を拭いた。台所でがちゃがちゃと食器を鳴らし、眠っている者を意に反して起こしてしまう女のようだった。夫は咳払いをした。

「家の裏に、きれいな花が咲いているぞ」

彼女はようやく上体を起こし、彼を見た。だが返事はしなかった。

「お前も行って、見たほうがいい」

夫が躊躇っていることが、何かを言おうとし、そしてやめたのがわかった。彼はわたしを恐れている。わずかな憐れみとともにそう思った。

「もっと摘んで、家に飾ろう」夫は熱心にそう続けた。「裏にはなんでも咲いてるぞ。雑草でさえ、美しい」どこか神経質に、野原の様子をまくしたて、それから専門家の手が入ればもっとよくなるだろうこと、たとえば樹木の医者のようなひとに古いリンゴの木を診てもらってはどうか、小道沿いに小枝の柵を作ったらどうかなどと提案したが、それは以前、彼女が持ち出して夫に却下された案だった。彼女はろくに聞いていなかった。そんな改善案はいまや本末転倒に思えた。差し押さえられた家の壁を塗るようなものだ。

妻が返事をしないのを見て取ると、夫は口を閉ざし、作戦を変えた。彼女のそばに寄り、手を取った。「かつてのこの部屋が、恋しいんだ」いつもにも似ない声で言うのだった。子どものようにあからさまで物欲しげな声だった。「お前がよくテーブルに飾ってた、あの黄色い花、な」つかの間、夫の目を通して、その映像を見ることができた。彼女のなかにあるよりも、ずっと不正確でぼやけた、どちらかといえば曇った映像。淡く明るいレモンイエローなのに（八重咲きのアフリカン・マリゴールド、至高の黄色）、彼の想像のなかでは、フレンチ・マリゴールドかコスモスのオレンジ色と混同されているに違いない。またその世界においては、力強さと善き意図とが何よりも重要とされていたし、花々もおおきければおおきいほどよい。にもかかわらず、それは美の理想と愛と惜しみなく与える手により成り立つ世界だった。そして彼の喪失、おおきく漠とした喪失の感覚は、彼女自身の喪失を圧倒し、呑み込むに足るものだった。

夫の手を軽く握り返すと、彼女は呟いた。「ええ、憶えているわ」放した手から夫の指がこぼれた。だが夫は、より力を込めて握りしめた。彼女は、かつて野原にいたときのように、夫が何か表明しようとしているのを感じた。彼女のほうでは、ここへきてやっと、憐れみから同情への跳躍を遂げることができそうだった。夫の窮地を嘆いたが、その窮地の決定的な要因は彼女自身だった。彼のほうでも彼女の窮地を嘆いてくれるだろうか？　そんな窮地の存在に、彼が気づいたことはないのだけど。それでも、結局は泣いてくれるだろうか——彼女が夫と別れられないことを、勇気とかべつの魅力的な生き方の選択肢とか、そうしたものが欠けているから別れられない。そんな窮地を、悲しんでくれるだろうか？

「お前の庭を、ずっと愛していたよ」感極まった高い掠れ声。「わかるかい」

この嘘を、この涙ながらの感傷的で厚かましい嘘を、耳が聞き取るや否や、彼女の本性が弱々しくも反抗に乗り出した。脈打つ心臓が告げていた。よくも、よくもそんなことを言えたものだわね？　こんなに——それもこんなときに——不正直なことはない！　いまの発言と矛盾する実例を五十はあげつらうことができる。けれどもこの言葉にある心からの不誠実は、矛盾を乗り越え、偽善を乗り越え、理性が打ち勝てない精神的頑迷さや愚鈍さの領域に達していた。理性は、そして良心は、そこでは意志の力で残忍にも盲目にされていた。そして意志は、すべてのものはつねに大丈夫でなければならないと主張し、暖炉の花束を、色というもの、色調の価値というもの、風合いの調和といったものを一種粗野なほどに拒むことによって認め、そして今度は調和の取れた結婚、趣味と活動の共有といった神話を、独裁者の布告によって強要しようとしているのだ。

それでいて、声は涙交じりなのだ……。この涙の意味するものは、彼女がもう花々の世話を焼かず、花々は危険でなくなったいま、彼は実際に花を愛している、そういうことだとわかった。彼にとっても彼女にとっても、花々は経験の範疇を出て、思い出の域へ入ってしまった。そしてぼんやりと暗いこの世界のなかで、彼は花々を――そして彼女を――口にするのも憚るような強欲さで所有することができる。彼女はまた、自分の憐れみが無駄になったことも知った。夫は彼女を、彼の望む場所へ追いやったのだった。彼女はまるごと、影の領分へと移し替えられてしまった。意志がすべての力を持つ、死者の街だ。彼女はもはや彼にとって、教科書に挟んだナラの葉の押し葉や、ブロンドの巻き毛、引き出しに仕舞ったガーターベルトのようなものでしかなかった。しかしそれは、彼にとってのすべてなのだ。愛と偶像崇拝。嘘は彼にとって必要なもの、大切な聖遺物だった。異議を唱えても仕方ない。彼の信念は揺らがない。ただ苛立ち、困惑するだけだ。最後の寛容さを発揮して、彼女は降伏し、すべてを彼に明け渡すことにした。花も、正義も、真実も。好きなように使えばいい。彼女はそのすべてを裏切ったのだし、これからも何度も、何度も、裏切ることだろう。夫なら、そうしたものたちの使い途を見つけるだろう。

握られた手を、握り返した。

「ええ」と彼女は静かに言った。「わかってるわ」

思っていたよりも、ずっと簡単なことだった。

世界が闇に包まれたとき

When Things Get Dark

シャーリイ・ジャクスン
谷崎由依訳

1944年12月30日号掲載

シャーリイ・ジャクスン（一九一六―一九六五）はサンフランシスコ生まれの小説家。のちに東部へ移る。ちいさな町の恐るべき儀式を描いた短篇「くじ」が、一九四八年、《ニューヨーカー》に発表されると、たちまちのうちに同誌史上かつてない反響を巻き起こした。長篇の代表作に、スティーヴン・キングの激賞したミステリ『ずっとお城で暮らしてる』（一九六二）や、怪奇ゴシック小説『丘の屋敷』（一九五九）がある。いずれも淡々とした書きぶりながら、人間の悪意や底知れなさに踏み込んでいて、衝撃的な結末は一度読めば忘れられない。"When Things Get Dark" は「絶望で目の前が暗くなるとき」という意味。ひとりの若い女性が、一通の手紙を頼りにその送り主のもとを訪ねる。噛みあわない会話から浮かびあがるもの。ここにもひとつの、ささやかな狂気がある。

（訳者）

ミセス・ガーデンは彼女の家具付きの部屋で、ふくらみすぎのソファに座って煙草を吸っていた。まだ二十二、三かせいぜい四の、若い女である。小柄で痩せて、コーデュロイの青い部屋着を着て、髪はカーラーで巻いている。時刻は午前十一時。ホットプレートで温めたポットから三杯目のコーヒーを飲み終えたところだ。傍らの小テーブルには手紙が載っていた。コーヒーカップをテーブルに置くとき、罫線入りのその便箋の一枚を手に取り、読み返した。「親愛なるガーデン様」と手紙は始まっていた。「あなたは現在、友人の助けを必要とされていますね。ひしひしとそれを感じます。お会いしたときには、芯の強い、勇敢なおかたとお見受けしました。困難に遭われていても、若いあなたの心臓はきっと重荷に耐えられるはず。世界は闇、と思われるようなときは、つねにあなたのことを考え、無事を祈る友人のいることを思い出してください」末尾には「A・H」と署名がある。ミセス・ガーデンはしばしの後に手紙をテーブルに戻すと、ドレッサーのほうへ行った。抽斗からハンドバッグを取り出し、さらにそのなかを探ってマッチ箱を取り出した。箱の内側には、こう書かれていた。「ミセス・アメリア・ホープ、モーティマー通り一一一番地、ブルックリン・ハイツ」
ミセス・ガーデンはドレッサーの前に立ち、鏡のなかの自分自身をしばらく見ていた。当分は目立たない、と思った。言わなければ誰にもわからない。そして両腕を高くあげ、向きを変えて自分の身体を横から眺めてみた。それから部屋を横切って戻り、例の手紙とマッチ箱をハンドバッグに仕舞った。クローゼットから紺青のスーツと白いブラウスを選んだ。そして思った——どの服もまだ身体に合う。買い集めたお気に入りのものたち。だけどもうじき着られなくなる。彼女は注意深く服に身を包み、襟の折り返しに小さな歩兵隊の徽章をピンで留めた。帽子も同じく紺青のものをクローゼットから選んだ。着替えがすむと、部屋ぜんたいをいま一度見まわしてから、扉を出て鍵を掛けた。彼女は静かで、慎ましく、そして不安に駆られて見えた。アパートの廊下で鍵をハンドバッグに仕舞い、階段を降りていった。

地下鉄に乗っているあいだずっと、ミセス・ガーデンはハンドバッグを膝の上で静かに握りしめ、窓の外の暗がりへと目を据えていた。地下鉄の係員に教えられた駅に着くと、席を立って電車を降りた。道に出てからキオスクの店員に目的地までの行き方を訊いた。そしてハンドバッグを抱きしめるように身体に抱えたまま、モーティマー通り一一一番地への道のりを歩いていった。その家は古く、あきらかな下宿屋で、汚く朽ちかけていた。ミセス・ガーデンは玄関の段をあがり、呼び鈴を鳴らした。家主の女が戸を開けた。ミセス・ガーデンはこう言った。「ミセス・アメリア・ホープにお会いしたいんですの」

家主は一歩下がって彼女を通しながら、「二階の奥の部屋だよ」と言った。

ミセス・ガーデンは階段を昇っていった。古いお屋敷によくあるような幅の広い階段だった。二階の廊下は天井が高く、白い石膏を固めた装飾があちこちに施されていた。長いその廊下の突き当たりに、奥へと入る扉があった。ミセス・ガーデンはその戸を叩いた。

「どうぞ、お入りなさい」年老いた女の声だった。ミセス・ガーデンは扉を開け、一歩入ったところで立ち止まった。眩しさに、束の間物がよく見えなかった。幅の狭く背の高い窓が真正面にあったからだ。茶色のカーテンは開けられ、両側に垂らしてあった。やがて目が慣れてくると、窓の手前に小さな旧式の机があるのがわかった。紡錘形の脚には模様が彫られている。ミセス・ホープはそこに座っていた。

「こんにちは。わたし、ガーデンです。憶えていらっしゃいますか」

ミセス・ホープは立ちあがり、一、二歩前へ進み出た。「ガーデンさん？」

ミセス・ガーデンはハンドバッグを開けると、あの手紙を取り出した。ミセス・ホープに差し出しながら、「これについて、お尋ねしたかったんです」

ミセス・ホープは手紙を見つめ、それからミセス・ガーデンを見つめた。「お座りになったら」と彼女は言った。机のそばの金箔を施した小さな椅子を示している。「散らかっているとお思いでしょう。ここのひとたちの掃除の時間、日々遅くなっていくみたいなの」言いながら身を乗り出して、ミセス・ガーデンの膝に触れた。「掃除を念入りにしてもらうために、毎週の家賃を少し多めに払ってるのよ、わたし。とっても念入りにしてもらうために、ね。そろそろ文句を言うべきでしょうね。あのひとたち、やるべきことをひとつもしてくれないんだもの」

ミセス・ガーデンは部屋を見まわした。隅に置かれた狭いベッドは、一見乱れていないかのようだったが、よく見れば今朝はまだ整えられていなかった。机にはカップが、出がらしのティーバッグをソーサーに載せたまま残されている。そしてその傍らに、罫線入りの便箋が束になって置かれていた。ミセス・ガーデン宛ての手紙が綴られていたものとそっくりだ。

「あの、お邪魔したんでなければよいのですが」ミセス・ガーデンは言った。

「いいえ、ちっとも」とミセス・ホープ。彼女が立ちあがったので、ミセス・ガーデンはミセス・ホープが恐ろしく小柄であることに気づいた。無地の黒いワンピースに赤いベルトを締めて、首には薫り高い杉のビーズを長く連ねて掛けていた。「キャンディーはいかが?」彼女は言って、ベッドのそばのテーブルまで行くと、とうもろこしの粒の形のキャンディーを盛ったガラスの器を運んできた。そして机の、ミセス・ガーデンの手が届く場所へ置いた。「ちょうど手紙を書いてたところだったのよ」

「なんだか不思議です」ミセス・ガーデンは言った。「ふたたびお目にかかるなんて、思ってもみませんでした」

「あなたのこと、確かに知ってるわ」とミセス・ホープが応えた。「でもどこでお会いしたんだか、よく思い出せないの」喜びと気遣いを示すように、身体を前に乗り出しながら。

ミセス・ガーデンは驚いて顔をあげた。「そんな。バスのなかですよ。とても親切にしてくださったじゃありませんか」

ミセス・ホープは机に載った手紙に目を落とした。「ああ、いま思い出したわ」と彼女は言った。「お子さんを連れた、あの若いかた」

「違います」とミセス・ガーデン。「ちょうど夫が外国へ派兵され、家を出ていった直後のことでした。ホープさん、わたし助言が欲しいんです。とても切実に」

「子どもと一緒じゃなかったわね、よく考えたら」ミセス・ホープは言った。「一緒にいたのは、病気の母御さん。女って、わたしもそうだけど、病気をすると難しいわよね」

「お手紙をいただいたとき、その、わたし」ミセス・ガーデンはおずおずと続けた。「こちらへ伺って、お話しできたらどうだろうって思ったんです。わたしと夫は、ジムは、結婚してまだ間もないのに、彼が戻ってくるころには、わたしたちの赤ちゃんが生まれてるんです。外へ踊りに出かけたり、一緒に愉しんだりするのをやめて、責任や何やを引き受けることになります。それで、どうすればいいか、あなただったら教えてくれるんじゃないかと考えたんです」

「もちろん、そうお考えだったんでしょう」とミセス・ホープ。「わたしはこれまでたくさんのひとに会いましたよ」と彼女は言った。「だけどここまで会いにいらしたかたは、はじめてなんじゃないかしら」

「〝ひとつ手に入れたなら、ひとつ失う〟――そう言いますでしょう？　でもジムにもしものことがあったら、わたしほんとうにどうしたらいいか」

「愛はとても大切なものよ」ミセス・ホープは言った。

「まだ彼には伝えてないんです」ミセス・ガーデンは続けた。「夫に手紙を書くたびに、そのことを、赤ちゃんのことを書こうと思うんです。だけど彼が嫌な気分になったらどうしよう、って」

ミセス・ホープは椅子の背に凭れ、ビーズを繋げた紐を手にした。「ねえ、あなた」と彼女は言った。「この世のなかにどれほどの数の問題があるか知ったら、きっとびっくりなさるでしょうね。これまで出会った貧しいひとたちの、誰かひとりの空でも明るくすることができたら、わたしは人生の目的を果たしたことになるわ」

「ただご助言だけでも、くださるかと」ミセス・ガーデンは言った。「あなたはあの日、とても親切でした。わたし、誰も友人がいないんです。少なくともニューヨークには。そして、誰かに話したかったから」

「そしてわたしの手紙が慰めになったからね？」ミセス・ホープは物言いたげな笑みを浮かべた。

「自分のしてることが善いことだって、感じることができたのは今回がはじめてよ。わたしはいたるところでひとと話し、名前と住所を教えてもらうの。そして優しい言葉を求めていると感じたら、気持ちをしっかり持つようにとちょっとした手紙を書くのよ」

「存じてますわ」とミセス・ガーデン。「あの日バスのなかで仰ってましたから」

から」

「バスのなかでも、どこでもそうよ」とミセス・ホープ。「行くところどこでもひとに会うんだ

「でも、わたしのこと、助けてくださいますよね？」

ミセス・ホープは微笑みながら、ミセス・ガーデンの手に手を重ねた。「いいものを見せてあげる」そう言って立ちあがると、ベッド脇のテーブルまで歩き、その抽斗から大判のスクラップ帳を取り出した。「書いた手紙は写しを残しておくの。そうすれば、必要と思ったときまた同じ相手に書けるから」大判のその帳面をミセス・ガーデンへ渡した。そして机用の椅子を持ってきた。「納得いくまでご覧になって」と彼女は言い、帳面の半分を自分の膝に載せた。最初のページには、一枚の紙が貼り付けてあり、「分別のある人間には、ただひとことで充分」と、ミセス・ホープの几帳面な字で書かれている。「これがいちばん最初の手紙。仕事を変えようか迷っていた青年に送ったものよ。……ほら、決断には慎重になるようにって、ここに書いてある」

「泣き言の多い女だとは、どうかお思いにならないで」ミセス・ガーデンは身体の向きを変え、ミセス・ホープを見た。「わたしたち夫婦は、将来の計画を山ほど立てていたものですから」

「あら、偶然」ミセス・ホープがページをめくった。「この手紙をご覧なさい。この若い女性はあなたとまったく同じ状況だったのよ。ええと、このかたには何と書いて送ったのだったかしら」そう言って手紙に顔を近づけた。

「夫へは一日おきに手紙を書くんです。そして今日は、手紙を書く日。だから心を決めたいんで

す」

「そうでしょうね、もちろん。……この手紙はアドルフ・ヒトラーさんへ宛てたものよ。彼が最初に殺人を犯し、暴政を始めたときに書いたもの。ご自分の心のなかを覗いて、愛を見つけるようにと伝えたの」ミセス・ホープはページに貼ったその紙面に触れた。「こういう物言いをすることはあまりないんだけど、ある種のひとたちには思慮深い言葉が必要ですからね」

ミセス・ガーデンの唇は震えていた。片手でその口を隠すと、「絶望することのないひとなんて、この世にいないと思いますが……」

「そうよ。その通り」ミセス・ホープは、少し間をおいてから、スクラップ帳を閉じた。そしてまた部屋を横切ると、抽斗のなかへ大事に仕舞った。「キャンディー、ひとつも食べてないじゃない」器をミセス・ガーデンへ差し出したが、彼女は首を振った。「お昼をご一緒していって、と言いたいところなんだけど、あいにくここにはサンドイッチもお茶も、ひとりぶんずつしかないの」

「朝食を食べてきたところですから」ミセス・ガーデンは答え、ハンドバッグを手に立ちあがった。「お話しできて、よかったですわ」

「もう一度会えて、楽しかったですよ」ミセス・ホープは言った。「またいつか、バスのなかで出くわすかもしれないわね」

「そうですね」ミセス・ガーデンは出口へ向かった。

ミセス・ホープがあとをついてきた。「ほんとうに慰めになりましたよ。わたしの小さなお手紙が、どんなに役に立っているかわかったんですからね」

ミセス・ガーデンは扉をあけた。「ええ、きっとそうでしょうね」と彼女は言った。「では、さよなら」

「ちょっと待って」ミセス・ホープが机に駆け寄り、ミセス・ガーデンに宛てられた手紙を拾いあげた。そして彼女へ渡した。「いつもそばへ置いておきなさい。そして読むの。世界は闇、と思うようなときに」そして扉の傍らで、ミセス・ガーデンが戸を閉めるまで、礼儀正しく立っていた。

ミセス・ガーデンは扉を出てから、しばらくそこに立ち止まり、ハンドバッグのなかを探って手袋を見つけようとした。扉の向こうでミセス・ホープが、部屋を横切り、軽く鼻歌を歌うのが耳に入った。床に椅子を引き摺る音もした。片づけてるんだわ、とミセス・ガーデンは思った。そして放心しながら手袋の片方をはめた。杉のビーズがかたかた音をたて、何かを——たぶん机の表面を撫でるのが聞こえた。そのあとは、静かになった。やがてミセス・ホープのペンが、便箋を引っ掻いていくかすかな音が聞こえてきた。ミセス・ガーデンはすばやく踵を返すと、片方だけの手袋でハンドバッグを背後に翻し、階段を走って降りて、暖かく晴れた正午の陽差しのなかへと出ていった。

ホームズさん、
あれは巨大な犬の足跡でした！

"Mr. Holmes, They Were the Footprints of a Gigantic Hound!"

エドマンド・ウィルソン
佐々木徹訳

1945 年 2 月 17 日号掲載

エドマンド・ウィルソン（一八九五―一九七二）は、『アクセルの城』（一九三一）、『フィンランド駅へ』（一九四〇）、『愛国の血糊』（一九六二）などの著作で知られる二十世紀アメリカを代表する文芸評論家。論争も辞さぬ旺盛な批評精神の持ち主で、カフカ、トールキンなど一般に評価の高い作家も容赦なくこきおろした。その矛先は推理小説にも向かい、「探偵小説なんかなぜ読むのだろう？」（一九四四年十月十四日）にはじまり、有名な（悪名高い？）「誰がロジャー・アクロイドを殺そうとかまうものか」（一九四五年一月二十日）を経て本論に至った。以下、推理小説ファンの読者に対してひとこと。緻密なヘンリー・ジェイムズの「ねじのひねり」論からわかるように、ウィルソンは謎ときが嫌いなわけではない。推理小説も小説なのだから、小説としてのおもしろさがないと話にならない、というのが彼にとって肝要な一点なのである。（訳者）

四週間前に書いた推理小説についてのエッセイは、その前の私の文章よりもなお圧倒的な数の――百通を優に超える――投書の山を招いた。ただし、今度はほとんどが私の否定的な態度に賛成する手紙だった。しかし、反対派の少数の中には極めて手厳しい投書があった。ある婦人は、エドマンドという名の男に好感をもったことは一度もないと追伸に記し、もうひとりの婦人は「推理小説を出していない出版社」からいくらもらっているのか、とあざけるように訊いてきた。こういった激烈な反応は、推理小説は中毒性の薬物でありそれを確保するためなら患者は猛獣のごとく戦う、という私の持論をあらためて裏づけてくれた。この説は私に賛意を表する多くの投書もはっきり支持している。前回の文章の末尾の説教っぽいくだり(推理小説は時間と紙の無駄であるという旨の発言)は軽い冗談のつもりで書いたのだが、数人の読者は当方が意図した以上に真剣にうけとめて、昔からのファンだったがあのエッセイを読んでから推理小説は二度と手にすまいと誓いを立てたそうである。恐ろしいことに、古典学者であり考古学者でもある古くからの友人は、彼もまたこの麻薬の犠牲者だと告白し、かつてド・クインシーがアヘン中毒についておこなったことを自分は書物の中毒について試みる決心を固めたと書いてきた（ド・クインシーは『阿片常用者の告白』〔一八二二〕を著した）。

　ここで私も告白しよう。実は、昨秋、推理小説について考えるようになって以来、時々寝る前にシャーロック・ホームズを読んでいる。最近のコナン・ドイルもどきたちと比較するために、子供時代以来はじめて読みなおしたのである。そこで今回はシャーロック・ホームズを再読する愉しみについて述べようと思うのだが、私の考えは読者が今の推理小説を擁護するのに通常用いるのとは全く異なる根拠にもとづいている。今日流行の推理作家とはちがい、シャーロック・ホームズの物語は一級とまではいかないが卑しからぬレベルの文学作品なのだ。その理由はトリックやパズルではなく、ハラハラドキドキの活劇でもなく（他の多くの推理小説もそれは共有している）、想像力と文体にある。ドイルが最後の作品集（『シャーロック・ホームズの事件簿』）の序文でほのめかしているように、ホームズの物語はおとぎ話である――もっとも魅力的な類のおとぎ話であって、もっとも低次元のものでは決してない。

　シャーロック・ホームズの物語は、『アリス』の物語やエドワード・リアのナンセンス詩とおなじように、生業を別に持つ人の手慰みであり、ある意味で作者の生活から離れ、飛翔して、独自の生命を持つに至った。ドイルは自分の歴史小説を真剣な作物とみなして丁寧な時代考証をおこなったが、ホームズとワトソンは少々ばかげた、いささか体裁のわるい、金儲けのための作品の素材と考えていたようだ。あまり注意を払わずに書いたから、物語には辻褄があわないところがたくさんあり、彼はそれを訂正しようともしなかった。ワトソンのクリスチャン・ネームを忘れて、後の作品では別の名前を与えてしまったり、彼の古傷の位置を間違えたりした。最初は文学についての無知ぶりがホームズの性格の根幹をなしていたのに、後では彼にペトラルカやメレディスについて語らせている。ある作品では突如季節を七月から九月に変えてしまった（熱心なファンはワトソンやホームズを実在の人物であるかのように扱い、これらの矛盾を解決すべくさまざまな仮説を提示してきた。それが昨春『ガス灯に浮かぶ横顔』という一冊の書物にさえなった（エドガー・W・スミスの編著）。これはホームズというキャラクターの生命力を立証する奇妙な証拠物件である）。ドイルは《ストランド》誌連載の二度目のシリーズの終わりで主人公に愛想がつきて、まったく唐突に、気まぐれに近いやりかたで彼を殺してけりをつけてしまう。しかし、ホームズは瓶から出された魔神とおなじで、ふたたび中に戻すことはできなかった。だが同時に、いったん自由の身になっても、ご主人さまの欲求にはいつでも応じた。ドイルは結局ホームズを復活させ、この探偵を主人公にしてさらに五冊の作品集を出す。彼はこの時おそらく生涯に一度だけ真の魔力を発揮できたのだった。

その魔力を彼はどこから得たのか？　それはどんな要素から成り立っていたのか？　もちろん、ポーがいたし、まちがいなくスティヴンソンの『新アラビアンナイト』があった。「二輪馬車の謎」や「余分な屋敷の謎」（ともにスティヴンソンの作品）はホームズ物のタイトルと、登場人物を意外な場所に連れて行って不可思議な事件を目撃させるという骨組みを示唆したにちがいない。しかし、スティヴンソンに比べればおよそ「文学的」でないドイルは、どういうわけか、より実質のある成果を生みだした。ドイルの成功はスティヴンソンのしゃれた東洋風の語り口や想像力の澄み切った輝きとはまったく異なる要素に依存していた。まず、スティヴンソンは人物造形が巧みではなかったが、ドイルは二人の存在感ある人間を創造した。また、ドイルはスティヴンソンに比して、洗練されてはいないがより生き生きとした独自の想像力の鉱脈をさぐりあてた。この想像力は、事件の説明が不十分であったり、がっかりさせられるような物語において、妙にはっきり見てとれる。ある若い女性が田舎の屋敷に勤めを得る。給料はやみくもにいいのだが条件がある——髪を短く切り、冷たい青色のドレスを着て、決まった時間に決まった場所に座り、主人の語る滑稽な話を聞いて大きな声を出して笑わなければならない。あるいは、ギリシャ語の通訳を職業とする男性が突然馬車に押し込まれ、ビロード仕立ての家具や背の高い白い大理石の炉棚や日本の武具一式がある、むっとするようなロンドンの屋敷に連行される。通訳は、しきりにクスクス笑う眼鏡をかけた男の命令で、そこに捕えられている青ざめてやせ衰えた男にギリシャ語で質問する。男の顔には絆創膏が十文字に貼ってある。これら、「ぶな屋敷」、「ギリシャ語通訳」のどちらの物語も、出だしの視覚的効果が生み出した期待を最後はうらぎってしまう。実際、絆創膏の説明はまったく不備なものであり、ワトソンが「この不思議な事件」は「いまだ謎に包まれている」と記しているのを読むと、ホームズが解明できなかった謎がまだあるのではないかと思いたくなるぐらいだ。しかし、右に挙げたようなディテイルはイメージとして力を発揮する——この力の一部は、それらのイメージがヴィクトリア朝ロンドンの退屈な表面とは強烈な対照をなしてそこに突如立ち現れる、という点に由来する。

ここでドイルはスティヴンソンのしゃれた語り口とはずいぶん異なる手を用いている。すなわち、『ロビンソン・クルーソー』以来英国小説が得意としてきた、ありきたりの事柄と常識にもとづきながら興奮と驚異の念をかきたてる物語、というおなじみの伝統を生かしているのである。超自然的要素をまったく含まない状況においてさえも、(彼のお気に入りの形容詞を使うならば)「不吉な」ものの存在を感じさせる。「海軍条約事件」を例にとって考えてみよう。ドイルが注意深く変化をつけたプログラムの中で、「ギリシャ語通訳」の次に来る作品である。外務省に勤務している若者が重要書類を預かり、それを夜中にオフィスで筆写している。彼は一人きりで、その部屋には表に通じる廊下からしか入ることができない。条約を彼が持っていると知っているのは外務大臣だけである。時間が経過し、彼はコーヒーを頼むために守衛を呼ぶ。すると、大柄で、粗野な顔をした、エプロン姿の見知らぬ女が呼び鈴にこたえて現れる。彼女は守衛の妻と名乗り、コーヒーを届けさせますと言う。しばらく待ってもコーヒーがこないので、彼は事の次第を見定めに階下へおりていく。守衛は眠っている。その時、守衛の頭上でにぎやかに呼び鈴が鳴り、彼はただちに目覚める。

「湯を沸かしてたら、寝ちまいまして」彼は私を見て、次に、まだ揺れている呼び鈴を見ました。彼の顔には驚きの表情が浮かび、その驚きは段々大きくなっていきました。

「あなたがここにおられるのなら、いったい誰が呼び鈴を鳴らしてるんです？」
「呼び鈴！　どこの呼び鈴だ？」私は大声をあげました。
「あなたが仕事をしておられる部屋の呼び鈴ですよ」

淡々と語られるこれら二つの事柄（女の出現と鳴り出す呼び鈴）が生みだすショックは互いに響き合って効果を生む。もちろん、階上の部屋にはだれもおらず、海軍条約は盗まれている。

また、ドイルの作品は今日のいたずらに長い小説に比べると、ずっと優れた形式と文体を有している（ただし、《ストランド》誌に掲載するための字数制限のせいで、ときどき結末があっけない気がする）。ホームズの推理には単なるトリックではなく、ウィットがある。会話にもウィットがある。それはホームズとワトソンのやりとりだけに見られるのではない。ドイルは文章のめりはりをよく心得ており、芝居がかった科白が単にばかばかしくなるのをウィットを駆使して防いでいる。たとえば、「第二の血痕」のエンディングを見てみよう。

「教えてくれたまえ」首相は言った。「これには何か裏がある。いったいどうやって手紙は箱の中に戻ったのかね？」

首相の比類ない目が投げかける、鋭い穿つような視線を、ホームズは微笑みながらかわした。

「われわれの職業にもやはり外交機密というのがありましてね」彼はそう言うと、帽子を手にとり、ドアの方に向かった。

もちろん、ドイルの文章は常套句だらけだが、それらが巧みに配置されてある響きを生みだし、その響きが常套句に一種の価値を付与している。文章にはスピード感があり、うまく無駄が省かれているので、読者が退屈なくだりに足をとられる危険性はほとんどない。また、お決まりの状況や登場人物も不思議なぐあいに物語全体の効果を高めている。この効果を真に独創的なものにしているのは、先述した奇妙な物語要素のあざやかな結合と、みごとな舞台設定である。すなわち、ひどく分厚いじゅうたんを敷いた、陰気な、ロンドンのカビ臭い空き家。車寄せにかならず低木の植え込みがある片田舎の古い、あるいは、新しい屋敷。怒りっぽい狩猟家や大胆な貴族の女性といった登場人物たちはこれらの背景が醸し出す雰囲気に包まれ、その単純な役割において強い印象を残すのに十分な――「パンチとジュディー」劇の激しく動き回る人形なみの――エネルギーを与えられている。

くわえて、ホームズ物全体を覆う、屈託のないコメディーとでもいう愛すべき風情がある。それは、うつろな木の中に一緒に住むアライグマとオポッサムと黒い大ガラスにまつわるアルバート・ビゲロー・ペイン作の物語(『うつろな木とふかい森』〔一八九八〕などの一連の作品)のように、父親が子供に語ってきかせる長話を思わせる。物語の語り手は、就寝時間がきた時点でうまく話を切り上げられるなら、夜毎の聴衆を楽しませるためにどんな手を使ってもよい。かの偉大な科学的探偵を決定的に追い詰めることになる科学的大犯罪者モリアティー教授の出現は、長くなりすぎた物語を終わらせる場当たりの手段にすぎなかったし、互いに知恵を絞って相手を出し抜こうとする二人の勝負はまったくあり得ない出来事であるがゆえに読者を爽快な気分にさせてくれる。一部のホームズ専門家は最後の二つの作品集（『最後の挨拶』と『事件簿』）に対して偏見を持っているが、私は違う。たしかにこれらはプロットの面でしばしば劣るけれども、作者自身がおもしろがって書いており、それが物語をとても楽しいものにしている。「瀕死の探偵」は小気味よい作品だ。ホームズは熱帯性の病気にかかったふりをしてワトソンの治療を拒み、「事実は事実だ、ワトソン。要するに、君はきわめて限られた経験しかない凡庸な一般開業医だ。こんなことを言わねばならないのはつらいがね、しかし、やむを得ない」と言う。それを受けて、「私はひどく傷ついた」とワトソンは記す。また、見事な趣向として、時々ワトソンが探偵役にまわって失敗を犯したり、逆に、別の事件ではワトソンでなくホームズが語り手を務めて、（探偵曰く）親友がたまたま物語に付加した英雄的な色彩を取り除こうとする。（ところで、私はひとつの発見をした――調べてみると、クリストファー・モーリーも同じことを既にほのめかしているようだ――切れ者であるホームズの兄マイクロフトは太って動けなくなり、仕事をするにはすべてのデータが収集されて彼のところに運んでこられねばならない。レックス・スタウトの探偵ネロ・ウルフは、おそらくドイルによるこの非常に愉快な趣向にアイデアを得て編み出されたのだろう。）

すべてはうつろな木の中で、モーリーの言葉を借りれば、「心地よい危険」を感じさせる雰囲気の中で起こる。モーリーは『シャーロック・ホームズ・オムニバス』と『シャーロック・ホームズとワトソン博士』につけた序文で、この点について実にうまく論じている。ホームズとワトソンは見張りや手入れや逮捕の後、居心地よい下宿にもどり、事件について語り合い、翌朝は女家主が朝食を持ってきてくれる。法と秩序は一瞬たりとも揺るがない。警察官はみなこのうえなく屈強で忠実な男たちであり、英国の警察は有効に機能している――科学的精神にとりつかれたロマンティックな人格、という形をとった知性にしかるべく導かれるならば。すべてのエピソードにおける未解決の問題はきちんと解き明かされ、ホームズ本人もコカイン常習癖を立派なワトソン医師によって矯正される。この世界の中ではいつも依頼人についての話がちょうど終わったところに本人が現れ、ホームズとワトソンは一瞬の遅延も混乱もなく自分たちの行きたい場所に行ける。かならず時間どおりに事が運ぶ一例を「ギリシャ語通訳」から引こう。謎めいた屋敷に連れて行かれた後、通訳は馬車に乗せられてある場所で降ろされる。

私を乗せてきた馬車はすでに見えなくなっていました。どこにいるのか不思議に思いながらあたりを見回していますと、暗闇の中をこちらに向かってやってくる人の姿がありました。近づいてくると、駅のポーターだとわかりました。

「ここはどこか教えてくれませんか？」

「ワンズワース・コモンです」

「ロンドン行きの列車はありますか？」

「一マイルかそこら歩いてクラパム・ジャンクションまで行ったら、ちょうどヴィクトリア駅行きの最終に間に合いますよ」


かくして、奇妙なギリシャ人たちがロンドンで何を企もうと、いつも英国人のポーターがいて、列車に乗るのを助けてくれる。新しいタイプの推理小説ならば、このポーターは本物ではない。彼はあの凝った内装をほどこした屋敷の男たちと謎のつながりを持っており、あわれな通訳を助けるどころか、さらに彼を果てしなく続く厄介事に巻き込むだろう——同様に、髪を短く切り、冷たい青色のドレスを着て、主人の滑稽な話を聞いて大きな声を出して笑わねばならない若い女性は、クラフト＝エビングかフロイトの説にもとづく精神錯乱に陥っていると判明するだろう。近頃は「不吉な」という言葉にはめったに出合わない。この言葉はスパイや殺人、裏切りや異常な精神状態が例外的な出来事であることを意味するからである。

飲んだくれ

The Drunkard

フランク・オコナー

桃尾美佳訳

1948年7月3日号掲載

著者フランク・オコナー（一九〇三―一九六六）はアイルランドでいまだ国民的人気を誇る作家である。代表的短篇「ぼくのエディプス・コンプレックス」は、母親を熱愛する幼い少年が、父親と争って母親の関心を引き付けようとする顚末をコミカルに描いた作品であり、本篇もまたそうした子どもの物語の系列に属する。酒に目がない父親が友人の葬式帰りのパブで羽目を外しかけるのを、醒めた目で眺めていたはずの少年が、ひょんなことから父親とそっくり同じふるまいに及ぶ羽目になる。虎使いを任じたつもりの子どもが大虎になるくだりの絶妙な筆致は、オコナーの面目躍如といったところ。ビールの香を感じながらにやにやと読んでいただきたい。

（訳者）

ドゥーリーさんが死んだことが、事件のそもそもの始まりだった。ドゥーリーさんは販売外交員で、息子ふたりはドミニコ会の修道士だったから、社会的には僕のうちより一段上だったのだけれど、自分の声の響きがなにより好きな人だったから、時どき通りを渡ってきては、うちの門の脇で僕の父に向かって、近所の話やら世間の話やらを事細かにあれやこれやと喋ってくれたのだ。そういう会話の後には父は興奮してどたどた家に入ってくると、母さんに言うのだった。

「おまえ、ドゥーリーさんが何の話をしていったかわかるかい？」

ご近所さんが死んだというので父さんはえらく狼狽した。そんなことが起こるなんて考えたこともなかったし、ドゥーリーさんは自分と同じくらいの歳だったから――こういうことがあるといい歳をした男はなんだか真面目くさった気持ちになるものだ――おまけにこれで、世間話をしてくれる相手がいなくなってしまったのだから。

「クーラハに二時半か」死亡広告が載っていた新聞を下ろすと、父さんは考えこんでいる様子だった。クーラハというのは僕たちの共同墓地のことだ。

「あんたまさか、お葬式に行くつもりじゃないでしょうね?」母さんがぎょっとしたように尋ねた。

「だってほら、俺たちはずっと仲良くしてきたじゃないか」父さんは頭を振った。「礼拝堂まで一緒に行けば十分だって、みんな思うんじゃないかしら」アイルランドでは、葬式に出向いて半日の給料を失いたくなかったら、前の晩に教会までの行列に加わるという手があるのだ。「だって、あの人たちとは大して知り合いでもないんだし」

「いやいや」父さんは大いに威厳をみせて言った。「自分の番がきたときのことを考えてみたら、ありがたいはずじゃないか――神様があらゆる災いからお守りくださいますように!」

父さんの意見はこうだ。葬式があればいくらか金を出すのが当たり前というもので、これはなにも俺が葬式が好きというわけじゃない。良心を持つ人間として、自分がしてほしいと思うことを他人にもしてやらないと。自分が死ぬときのことを考えたら、慰めになるのはやっぱり、周りじゅうの人間が敬意を払ってくれる見込みがあることに決まっている、という理屈だ。といっても実のところ、母さんはなにも半日の稼ぎを出し渋っているわけじゃない。うちには痛い出費なのは確かだったけれど。

お気づきの通り、父さんの大いなる弱点は、酒なのだ。何カ月も、ときには何年もぶっつづけで、飲まずにいようとすることもできないことはない。飲まないときの父さんはユーモアたっぷりで温厚だし、仕事熱心でいられる。朝は一番に起きてベッドにいる母さんに紅茶を一杯淹れてやるし、夜も外に出かけたりせず新聞を読んで過ごし、節約に励む。汗水垂らして稼いだ金を酒に注ぎ込むような男の愚行を鼻で笑い、鉛筆と紙を出してきて、禁酒を貫いている間に毎週どれくらい節約できたか、きっちり計算したりする。

この最後の振舞いは凶兆なのだということが僕にわかってきたのは、後になってからだ。これは父さんが崇高な自尊心でいっぱいいっぱいになって、自分はほかの連中とは格が違うなんてことを考え始めた兆候なのだ。最悪の危険が訪れるのは、お祝いに一日休みをとって、一杯だけ——ラガービールか何か、害のないものをほんの一杯だけ——堪能しよう、となったときだ。自分はお高くとまってるわけじゃないし、隣の奴といっしょにちょっとばかり飲んだところで、馬鹿な真似なんぞしないんだ、と見せつけようとするとき。これが親父殿の命取りとなる。一杯目を飲み終える頃には、すでに馬鹿な真似をやらかしたことに気がついて、それを忘れるために二杯目に手を出し、忘れようがないのだということを忘れようとして三杯目にも手が伸びる、挙句の果てにはべろんべろんに酔っ払って家に戻ってくるのである。翌日は二日酔いの頭を抱えて仕事を休んでしまい、二週間もしないうちに懐が寂しくなって、荒れに荒れた末絶望に打ちのめされる。一度たがが外れると切れ目なく飲みに飲んで、すっからかんになるのが常だった。最後にはいつも、母さんが台所の時計を質屋に持っていくことになる。母さんと僕はこの展開をよくわかっていて、危険信号も全部知り尽くしていた。そして葬式は、危険信号だった。

「私はダンフィの店で昼から仕事があるのに」母さんがげんなりした顔で言った。「パディの面倒は誰がみるのよ?」

「俺がみるさ」父さんが言った。「散歩はこいつの体にいいぞ」

母さんはそれ以上反論しなかった。僕の面倒をみる必要なんてないことも、散歩が体にいいとかいうのが嘘っぱちだということも、僕がひっぱりこまれたのは単に父さんのブレーキ役としてなんだということも、その場の全員がよくわかっていたからだ。といってもそのとき僕はまだ九歳で、ブレーキ役の実績なんてないも同然だった。それでも母さんは僕の可愛らしさと無邪気さが持つ効果に、いつだって哀れなほどの信頼を寄せていたのだ。


次の日、僕が学校から早めに帰ってくると、父さんはもう薬罐に湯を沸かしており、ふたりで飲むお茶を淹れてくれた。そのあと僕らは教会へ出かけて行った。父さんは青いサージの一張羅に山高帽をかぶって、それがきっちり刈り込んだ頭の片側にかしぐ様子は、とてもじゃないが洒落者には程遠かった。会葬者のあいだにピーター・クロウリーの姿を見つけると、父さんは大いに喜んだ。ピーターという御仁も、やっぱり危険信号なのだ。日曜のミサの後にいろいろ経験していたから、僕にはそれがわかっていた。母さんに言わせれば、酒にたかるのだけが目的で葬式に行くようなケチくさい男なのだが、父さんは彼が大のお気に入りときていた。崇高なる自尊心を持った父さんにしてみれば、ピーターみたいな愚かな人間は、憐れみと軽蔑の対象にできたからだろう。

こいつは実にりっぱな葬式だ、と父さんは断言した。午後の日差しの中、霊柩馬車の後について歩き出す前に、なにもかもすっかり見ておいたのだ。

「馬車が五台も！」賛嘆の声で父さんは言った。「馬車が五台に天蓋付きの車が十六台だぞ！長老議員がひとりに町会議員がふたり、司教地方代理がひとり、神父なんか数え切れないくらい来ていたな。なんてこったい、うちの通りからこんな豪勢な葬式がでたのは、パブをやってたウィリー・マックが――神よ、彼の魂の安からんことを！――死んじまって以来のこった」

「いやあ、ドゥーリーさんはじつに大した方だったからねえ」とピーター・クロウリー。

「そんなことはこちとら先刻ご承知さ」父さんはむっとした。「なんたってあの男は俺の親友のひとりだったんだぜ。死ぬ二日前に話をしたばかりでな。それにしてもあんなに顔が広いとは思ってもみなかった」

父さんは子どもみたいに元気よく歩きながら、何にでも――他の会葬者だとか、ブラーニー通りに出る前に通り抜けたお上品な地域に立ち並ぶりっぱな家々とか――興味を示した。危険信号が揃い踏みだと僕は思った。晴れた空、りっぱなお葬式、おまけに偉い人たちに囲まれていると きたら、父さんの生来の見栄っ張りと軽はずみに総動員をかけているようなものだ。丘の上の吹きさらしの墓地でドゥーリーさんの墓の傍らに立つと、父さんの胸には純然たる喜びのようなものが湧き上がってきた。義務を果たしたという気持ちに加えて、この先の長い夏の宵に、気の毒なドゥーリーさんをどれだけ恋しく思ったとしても、恋しく思うのは自分であって、ドゥーリーさんの方じゃないということに、途方もない安堵の気持ちがこみ上げたのだ。こいつを祝わずにいられようか。

「連中が解散する前にずらかっちまおうぜ」墓掘り人夫がシャベルで土をすくい上げはじめると、父さんはクロウリーにそう囁いて、ヤギみたいにひょいひょいと墓を跳びこえながら門へ向かった。御者たちも父さんと同じようなお楽しみを期待していたのだろう、といっても彼らの方は何ヵ月もの禁酒のあとで矢も盾もたまらないというほどではなかっただろうけれど、希望を込めた目で見つめてきた。

「じきに終わりそうですかね？」ひとりが大声で尋ねる。

「全部終わったけど、最後のお祈りがまだだよ」父さんも嬉しげに叫び返した。

パブまであと数百ヤードというところで、二台の馬車が埃まみれになりながら僕らを追い越していった。暑いときには足の具合が悪くなる父さんは、会葬者の団体が丘のてっぺんを越えてやってくるのではないかと頻りに肩ごしに気にしながら、急ぎ足になった。

パブに着いてみると、二台の馬車が外に止めてあった。重々しい顔をした喪服の男ふたりが、黒ビールとワインのグラスを慎重に運び、カーテンを引いた奥からそっと伸ばされた謎めいた女の手に渡していた。

パブの中には、御者たちと、ショールを羽織った年寄り女がふたりばかりいるだけだった。ブレーキの役目を果たすなら、今だ。「お父さん」コートの裾を引っ張りながら僕は言った。「まだおうちに帰れないの？」

「あとちょっと」父さんは満面の笑みで言った。「長いこと歩いて喉が渇いただろう。レモネードを一本だけ飲んで帰ろうな」

これは賄賂というやつだ。わかってはいたけれど、僕は強靭な意志なぞとは縁のない子どもだった。父さんは飲みものを注文した。自分用に頼んだのは、レモネードじゃなかった。頼んだものが来ると、僕は自分の分を一息で飲んでしまった。父さんはそんな飲み方はしない。またとない機会というやつだから。パイプを取り出すと、ぷっと息を入れて煙草をつめ、飛び出しそうに大きな目を見張りながら、大きな音を立てて火をつける。それから、まるでこんなもの目にも入らないと言わんばかりに、黒ビールのパイントグラスにわざと背を向けてしまう。カウンターに肘をつき、手についた煙草をていねいにはたいてから、これまで経験したさまざまな葬式について、延々と長話をやりだした。

「お父さん」僕はもう一度コートを引っ張った。「まだおうちに帰れないの？」

「ああ、母さんが戻るのはだいぶ後だからな」愛情たっぷりの顔で父さんは僕を見た。「外の通りに出て遊んでおいで」

子どもは知らない通りでひとりぼっちでも遊べるものだと思い込んでいる訳知り顔の大人には、毎度頭にきてしまう。こういう目にはこれまで何度もあっていたけれど、毎度のことながら退屈がだんだんと募ってきた。僕にはよくわかっていた。疲れ果てた僕が空きっ腹で啜り泣いていても、父さんはまったく平気で日暮れまでここにいられる人だ。ぐでんぐでんになったところを僕が引きずってブラーニー通りへ帰り、戸口に鈴なりになった女たちが口々に「ミック・ディレイニーがまたやらかしたわよ」と言い合うのもわかっていた。母さんが心配のあまり半狂乱になることも、明日の朝父さんが仕事へ行かないことも、やがて母さんが時計をショールにくるんで質屋に駆け込むことになるのも、みんなわかっていた。時計が消えた侘しい台所は、いつだって不幸の最終段階を意味しているのだ。

レモネードを飲んでしまっても、まだ喉が渇いていた。背伸びをすれば、どうにか父さんのグラスに届く。黒ビールはいったいどんな味がするのだろうという好奇心が、むくむくと湧いてきた。父さんは背を向けているから気づきやしない。グラスを取って、一口啜ってみる。ものすごく変な味がした。こんなもの飲んで何が楽しいんだか、ちっともわからない。しかもレモネードとなんか比べ物にならない。

父さんは腰を据えて存分におしゃべりを楽しんでいた。楽団がいると葬式がえらく引き立つんだがな、というのが聞こえた。ショパンの「葬送行進曲」を数小節、鼻歌で歌っている。ぐいっと大きくひと飲みしてみたら、黒ビールの良さがだんだんわかってきた。胸がわくわくしていい気分だし、おまけに哲学的な気持ちになる。父さんはベートーベンの「葬送行進曲」を鼻歌にしだした。なんていいパブだ、それになんていい葬式だ、と僕は思った。気の毒な天国のドゥーリーさんもさぞかし満足しているに違いない。楽団がないのは確かに残念だった。僕だって音楽は嫌いじゃない。

それにしても、黒ビールがほんとにすごいのは、まるで体を離れた自分が傍から――というか、雲に浮かぶ智天使みたいに空中を漂いながら――自分の姿を見つめているみたいな気分になれるところだ。自分が足を組んでカウンターに寄りかかり、大人のような深い物思いに耽っているのが見える。一パイントを飲み終えてしまうと、グラスを元のところに戻すのに骨が折れた。カウンターがさっきより高くなってしまったみたいだ。なんだか憂鬱な気分が戻ってきた。

「さて」うやうやしくつぶやいた父さんが、後ろのグラスに手を伸ばすと、勢いよくひっつかんだ。「神よ、哀れなる男の魂が、どこに行ったにしろお守りを」そこで父さんは固まった。信じられんといった顔でグラスを眺め、周りの人たちを見回す。「ちょいと失礼」こいつは悪戯だとわかっているぞというように、父さんは言った。「俺の酒を飲んじまったのはどなたですかね」

「あらいやだ、あんたのお酒に手を出した人なんかいませんよ」ショールのばあさんのひとりが言った。「あたしたちが泥棒だとでもいうの？」

「後ろを向いてるあいだに誰かが飲んじまった」父さんがうなる。悪戯なんかじゃないとわかってきたのだ。

「そんなら、あたしたちよりかあんたに近い誰かさんでしょ」ばあさんがうさんくさそうに僕を見た。

その瞬間、父さんにも真実がぴんときた。腰をかがめて僕を見つめると、不安げに訊いた。

「どうした坊主、具合でも悪いのか?」

ピーター・クロウリーも僕を見て、にやにやと笑いだした。「こいつは言い逃れできねえな」しわがれ声で話しかけてくる。

言い逃れどころの騒ぎじゃなかった。げろが出そうになってきたから。おろしたての一張羅が台無しにされると思った父さんは、恐怖におののいてとびすさった。裏口の戸を開けて僕に促す。

「走れ! 走っていけ!」

扉の向こうに、蔦に覆われてお日様を浴びている壁が見えた。僕は突進した。発想はよかったが体の方がついていかなかったみたいだ。つんのめって壁に激突したのでえらく傷をつけたようだったけど、壁に気を遣ってる場合じゃない。僕がげえげえやっている間、父さんは一張羅を気にしながらも、そばに来て背中をさすってくれた。

「よしよし、ここまで我慢して偉かったな」父さんは言った。「出しちまえばもう大丈夫だからな」

いや、大丈夫なもんか、大丈夫には程遠かった。父さんに連れられてパブに戻り、ショールのばあさんたちのベンチに座らされてから、僕は遠慮なく大泣きに泣いた。ばあさんたちが嫌な顔をして席を立つ。さっき父さんがお酒の濡れ衣を着せたのをまだ根に持っているのだ。

「かわいそうに、運のない子だね、あんなのが親だなんて」ひとりが言った。「警察のお世話になるべきだよ、ああいう手合いは」

「ミック」おがくずをもっと床に撒こうと出てきたパブの主人が、気がかりそうに言った。「その子どもは端《はな》からここに来ちゃまずいんだぞ。おまわりが来る前にさっさと家に連れて帰れよ」

「ああ神様」父さんは哀れっぽくぼやいた。天を仰いでそっと手のひらを合わせる。往生したときの癖なのだ。「こいつの母親がなんていうか……まったく」いきなり怒鳴りだす。「女どもが家で子どもの面倒をみないで外に働きになんぞ出るからこんなことになるんだ。ビル、馬車は行っちまったか？」

「ああ、二台とも行っちまったよ」とパブの親父。

「仕方ない」と父さんは吐き捨てた。「俺が連れて帰るしかないな。お前とは二度と一緒に出かけてやらんからな」僕にそう言うと「ほら」胸ポケットから色付きのハンカチを取り出して渡してくれた。「目の上にこいつを当てて隠しとけ」

ハンカチを当てたらべったり顔にくっついたので、僕ははじめて、壁に突っ込んだときに怪我をしていたことに気がついた。またしても嗚咽がこみ上げてくる。

「しー、しー、しーっ！」父さんはかっかとしながら僕を外へと引っ立てた。「殺されるみたいな声を出すんじゃない、たいしたこっちゃないんだから。家に着いたら傷口を洗ってやるよ」

「泣きやみな、ぼうず」クロウリーが反対側の腕を取った。「すぐに良くなるからな」

このときのふたりほど、黒ビールの威力を骨身にしみて味わった男たちもいないだろう。新鮮な空気を吸って暑い日差しを浴びたおかげで、僕は前よりもっとふらふらになってきた。ふたりの男に挟まれてよろよろ歩くうちに、父さんがまたぼやきだした。

「はーあ神様、遠路はるばる歩かされるときたもんだ！　はーあまったく、おとなしく仕事に行ってりゃあよかったものを、俺も運のないこった！　おい、ちゃんと真っすぐ歩け！」

そいつは無理というものだった。むろん父さんと同じく僕にだって、あたりの様子はばっちり見えていた。日差しに釣られたブラーニー通りの女たちが、玄関先のハーフドアに凭れたり戸口の階段に腰を下ろしたりして、べらべらとお喋りに興じていたくせに、素面の中年男ふたりが目元に傷をこさえたぐでんぐでんの男の子を運んでくるという奇天烈な光景を目にしたとたん、いっせいに静まり返ったのだ。一刻も早く僕を家に連れ帰りたいという思いと、こんなことになっているのは自分のせいじゃないという申し開きをせねばならぬという思いがせめぎ合って、思い余った父さんはロッシュのばあさんの軒先で立ち止まり、悲しい事の顚末を語りだした。僕はズボンのポケットに手を突っ込んで、そこの壁によりかかっていた。向かいの戸口にもばあさんがふたり出ている。僕はクーラハの冷たい墓に横たわっている気の毒なドゥーリーさんのことを考えた。あの人はもう二度とこの通りを歩いてきて、父さんのお気に入りの歌を優しく歌いだすことはないのだ。

「たとえ冷たい墓の中、マンスターの地から失われ
キンコーラに二度とは戻らぬとしても」
（トマス・ムーアによる『アイルランド歌曲集』の一篇、マンスター王ブライアン・ボルーを題材とした「マンスター――勇敢なる英雄ブライアンの栄光を記念して」の一節）

「ありゃまあ、この子ったら」ロッシュのばあさんがえらく面白がった。「ずいぶんいい声をしてるじゃないの、神様のお恵みを！」

「しーったら、しーっ」父さんは僕に向かって指を立てた。驚いたことに、こんなぴったりの状況でお気に入りの歌を歌ってあげたというのに、父さんの方は大して嬉しそうでもなかった。

「もうじき家に着くぞ。残りは俺が担いでってやる」

たしかに酔っ払ってはいたものの、僕にだって分別というものがあり、誰かの腕に抱き上げられて家に運ばれるのなんかまっぴらごめんだった。「いいから」僕は重々しく言ってやった。「おれのことはほっといてくれ。ちゃんと歩ける。頭が痛いだけなんだから。休んだらよくなるんだ」

「家に着いたらベッドで休めるからな」父さんは僕を抱き上げようとした。

僕はその手を押しのけた。「おいおい、いったいぜんたい家になんか帰ってどうしようってんだ？」僕は言った。「おれのことはほっといてくれって、そう言っただろ」

どういうわけか、向かいのばあさんたちはこれをものすごく面白いと考えたようだった。ちょ

っと飲んだからって近所中が出てきて冷やかされなきゃならないなんてひどい話だ。僕は大いにむっとした。

「いったい誰のことを笑ってるんだ」拳を固めて怒鳴ってやった。「おれを通さないってんならお前らに今すぐ吠え面かかせてやるぞ！」

ばあさんたちはさらに大笑いした。

「しー、しー、しーっ、静かにしろ」父さんがぴしゃりと言った。平気そうな振りをしている余裕はもうかけらもなくなって、僕の手をつかんで引きずっていく。女たちがぎゃあぎゃあ騒ぐので、僕は完全に頭にきた。一歩も譲るもんかと足を踏ん張ったけれど、父さんの力の方がずっと強くて、ばあさんどもを肩ごしに振り返るのが精一杯だった。

「あいつらんとこへ行かせろよ！」僕は怒鳴った。「馬鹿どもの頭をぶんなぐってやらあ。息の根を止めて泣きっ面を拝んでやる！」

「通り中の噂になっちまう」父さんはまた嘆いた。「はあーあ、もう二度と絶対にこんな真似はしないぞ、千になるまで生きたとしても！」

家に着くと、ピーター・クロウリーは自分がお呼びでないと判断して姿を消した。父さんは僕を寝室に連れていき、服を脱がせてベッドに入れた。頭ががんがんして眠れなかった。すごく気分が悪くて、またげろが出た。父さんが濡らした布を持ってきて拭いてくれた。熱が上がってきた。横になったまま耳を澄ましていると、父さんは火を熾すソダを折り、それから食事の支度をした。

突然、玄関の扉がバタンと開いて、母さんが飛び込んできた。いつものおずおずした様子じゃない、怒りに荒れ狂っている。「ミック・ディレイニー」母さんは気でも狂ったような勢いで叫んだ。「あたしの息子に一体何をしてくれたの？」

「しー、しー、しーっ」父さんは近所に聞こえるんじゃないかという恐怖に駆られた。「なにも大したことはないんだよ、目のところにちょっとばかりかすり傷ができただけさ」

「目のところにかすり傷だって！」母さんは繰り返した。「どういうつもり、かわいそうなこの子にお酒を飲ませて、あの性根の腐った汚らわしいごろつき野郎といっしょに笑いものにしたくせに！」

「いや、言わせてもらうが」父さんは憤然として叫んだ。「俺が酒を飲ませたわけじゃないぞ。俺が後ろを向いてるあいだにこいつが自分で飲んだんだ。まったく、俺をどんな奴だと思ってるんだよ？」

「神様、お許しを」母さんは苦々しげに言った。「あんたがどんな奴かなんて、もう通り中のみんなが知ってるわ。恥を知るがいい、汗水垂らして稼いだわずかなお金をパブなんかで使い果たして、子どもまで自分と同じ飲んだくれのろくでなしにしようだなんて！」

母さんは寝室に駆け込んでくるとベッドのそばに跪いた。僕の目のありさまを見てうめき声をあげる。

父さんも寝室の戸口に姿を現した。帽子を目深にかぶって、顔には強烈な自己憐憫の表情が浮かんでいた。「随分なご挨拶だな、俺がどんな目にあったのかも知らないで」哀れっぽい愚痴が始まった。「飲んできただなんてひどい濡れ衣だぞ。俺の分をそいつがすっかり空にしちまったってのに、俺が飲めるわけがないだろうが。俺のほうがよっぽどかわいそうってもんだ、せっかくの一日を台無しにされて、通り中のやつらに笑いものにされたんだからな」

次の朝、父さんが起き出して仕事用の弁当箱を手にそっと外へ出ていくと、母さんは僕に抱きついてキスをした。僕は目が良くなるまで学校を休めることになった。

「あたしの勇敢なかわいい子！」母さんの目がきらきらしていた。「あんたがいてくれたのは神様のお恵みね。あんたはあの人の守護天使よ」

先生のお気に入り

Teacher's Pet

ジェイムズ・サーバー

柴田元幸訳

1949 年 8 月 20 日号掲載

ジェイムズ・サーバー（一八九四―一九六一）は作家、漫画家。ユーモア作家として一世を風靡し、《ニューヨーカー》を主たる舞台に活躍した。冴えない中年男の妄想を描いた短篇「ウォルター・ミティの秘密の生活」は、ダニー・ケイ主演の『虹を摑む男』の原作としても有名。本篇「先生のお気に入り」を読めばわかるように、そのユーモアはしばしばほろ苦さと同居している。愛犬家としても知られ、犬もよく作品に登場する。

（訳者）

ケルビーはスティーヴンソン家のカクテルパーティに行きたくなかった。といっても、妻のエリザベスがいつも愚痴っているように、例によって疲れているからではなかった。それを証明しようと、いったん行くと決めると、スティーヴンソン家までの、三ブロック下って町の広場を横切る道を、車で行かずに歩いていくと言い張った。本当は家で静かな、酒から始まらないディナーを食べてから書斎に引っ込んでデュ・ヌイでも読んでいたかった。エリザベスはマティーニを最低三杯は飲むだろうから――スティーヴンソン家の横のテラスからいま妻を見るかぎり、彼女はすでに二杯目に入っている――ディナーのあとにも「もっと飲みたい」と言い出す公算大である。あるいは家でのディナーをうっちゃって、ベルヴィル・インへ行ってもっと飲んで食べようと言うかもしれない。下手をすればインからブレイク夫妻に電話をかけかねない。そうなったらただでは済まない。

「いいえ、結構」とケルビーはカクテルシェーカーを手に近づいてきた家の主人に言ったが、結局「じゃあまあ、いただこうか」とグラスを差し出し、二杯目の酒を受けとった。

「体にいいよ」と注ぎながらボブ・スティーヴンソンは言った。「ピリッとする。なんだか落ち込んでるみたいだね――どうかしたのかい？」

「いいや」ケルビーはこういう場合必須の笑顔を浮かべて言った。「いいや、全然。元気だよ」

実のところ、元気ではなかった。彼は前日に、宗教的体験にきわめて近い、暗く不吉な経験をしていたのである。原因は、中年男性を見舞う不安や神経症的障害を扱った雑誌の記事を読んだことだった。五十を三ヵ月過ぎているケルビーは、記事を読んで動揺した。とりわけ、老いに差しかかった男が死という事実を――さほど遠くないかもしれぬ、己の消滅の不可避性を――認識することで引き起こされる、時に破滅的なショックのことが書かれた箇所を読んで。女性の方が死滅の確実性に上手に適応すると記事は匂わせ、わざわざ意識して考えることが女性の場合めったにないが、五十代以降の――それ以前の場合も少なくない――男性は迫りくる死を突如実感して衝撃を受け、深刻な神経症性の、下手をすれば精神病的な後遺症が残ったりするというのだ。

雑誌を置きながら、ケルビーは考えた。この恐ろしい体験は、実はたとえばすでに四十代のときにも訪れていて、自分はそれを忘れていたのだろうか。訪れたのだ、と彼は考えることにした。訪れて、自分のような静観的な学者に相応しくそれを乗り越えたのだ、と。この心休まる結論にたどり着くと、マッチを擦ってパイプに火を点けようとしたが、まったく何の理由もなしに――何しろそれはちゃんとしたマッチであり、書斎にはすきま風も入っていなかったのだ――火がすっと、まばたきのように、死のように消えた。こうしてケルビーはその瞬間を実感した。それは彼の喉をわし摑みにし、息をするのも困難にした。心臓の鼓動が一拍飛んだように思え、部屋の中にあるいろんな物がうしろに退いていった。パイプが床に落ち、ケルビーは両の肘掛けにつかまってどうにか平静を保った。発作が治まると、額と手首に汗がにじんでいた。一分も経つと、いつもの合理主義の自分に戻っていた。すべては自己暗示によって引き起こされた無意味なパニックでしかなかったのだ。そう考えて、笑顔すら浮かべ、ぞんざいに切り捨てるしぐさをやってのけさえした。

だがこの一件は、そう簡単に切り捨てられはしなかった。弱気になったときはいつもそうなのだが、不安な思いが次々に浮かんできて、ケルビーをはるか若き日々まで連れ戻した。本人の意志に反して、思いは彼を容赦なく、第一次世界大戦前の、喧嘩を期待して熱心に見入る大勢の子供に囲まれながらジーク・レナードに叩きのめされたおぞましい日に引き戻した。五十になってもまだ、あの日のことを意識の外に追いやっても、またすぐ戻ってきてしまう。その執拗さにケルビーは唖然としていた。

発端は、ケルビーが何年ものちにエリザベスに説明したときの言葉を使えば「典型的な砲丸投げ選手」だったレナードが、放課後にケルビーのことをからかいはじめたことだった（二人とも八年生だった）。甲高い裏声で「ウィルバー、ディア！」とレナードは叫び、フランクリン・アベニューとパイン・ストリートの角までずっとそれをくり返したのである。そもそもWillberなんていう1《エル》の二つある名前をつけられて、その間抜けな名で毎朝先生に呼ばれるだけでもひどい話なのに、ある日の午後、授業が終わったところで、ジークをはじめ何人もに聞こえるところでレマート先生から「ウィルバー、ディア」と呼ばれたのだ。最悪である。ウィルバー、ディア、この手紙出してきてちょうだいだったか、何か小さな用事を先生に言いつけられて、たちまち最悪の先生のお気に入り《ティーチャーズ・ペット》の烙印を押されてしまったのだ。ウィルバー・ケルビーはブキャナン校で誰より頭のいい子供だったし、三年生のころからずっと先生たちもそのことを大っぴらに認めていた。そして棒高跳び選手の頭脳を持ち合わせていたジーク・レナードは、七歳のころからずっと、ウィルバーの賢さ、名前、ひ弱な体、勉強以外何もできない（とジークは決めつけた）ことを憎んでいた。

三十七年前のその日、ケルビーは彼に歯向かったのだったが、ジークはニヤニヤ笑いながら彼を押し、引っぱたき、体当たりし、蹴って追い回し、自分の片腕を背中に回してそのハンデにみんなの注意を喚起した。ケルビーは相手より短い両腕を何度か、馬鹿馬鹿しいほど無力に振り回したが、あとはもうジークがくり出すパンチを防ごうと顔を手で覆うばかりだった。とうとう、彼は泣き出した。ほかの子たちはあははと笑い、はやし立て、口笛を吹いた。「見ろよ——俺、両手うしろだぜ！」とジークはあざけりの声を上げ、ウィルバーは泣いたまま逃げ出した。

「さあさあ」。ボブ・スティーヴンソンの元気な声がケルビーの記憶の中に飛び込んできた。

「自分相手に会議やってるのか？　注ぐよ、ウィル」

「ありがとう」とケルビーは言って、マティーニのお代わりをもらうべくグラスを差し出した。

「もちろんあたしなんかじゃあなたのこと全然わかりませんけどね、ミスタ・ケルビー」と一人の女がペチャクチャ喋りながら彼の隣の椅子に座り込んだ。「リズのことは大昔から知ってますけど、あなたときたらいつも自分の内側にいるみたいで、考えてることの中に誰も入れたくないみたい。でもあたしは大胆な女、あなたが望もうと望むまいと、何を考えてるのか絶対探り出しますからね。ねえミスタ・ケルビー、いま何を考えてらっしゃるの？」

浮かんでくるしかめ面をケルビーは抑え込み、脚を組み直した。皆さんの気の利いた会話に聞き入っていたんです、といったたぐいのことを言いかけたが、もしかしたらジンが回ったせいか、あっさり真実を口にした。「ジーク・レナードっていう男の子にやっつけられたときのことを考えてたんです」と彼は言った。「僕は先生のお気に入りで、そいつにコテンパンにやられたんです」

「いったい何で？」女は声を上げた。「何をやったの？」

「先生のお気に入りになったら、何もやらなくたって同じなんです」とケルビーは言った。「ただいるだけで、馬鹿な奴ら、強い奴らは叩きのめしたくなるんです。自分より弱い人間、敏感な人間、知的な人間をぶっつぶしたいと思うタイプの人間が世の中にはいるんです」。ケルビーのまなざしが我知らず家の主人の方に逸《そ》れたにちがいない。当人はふたたびマティーニのお代わりを作っている。

「ボブ・スティーヴンソンみたいなタイプってこと？」と女はいかにもわかるわという感じでこっそり耳打ちした。それからまた高い声に戻って、「それってよくわかりますよ。あたしたちもエルバートにはほんとに苦労してるもの。とにかくすごく敏感なんです。年上の男の子たちにいつもいじめられてるの」と言った。女は声をふたたびヒソヒソ声に落とした。「ボブ・スティーヴンソン・ジュニアが最悪なの。エルバートをいびるのが大好きなんです。いつの日か、エルバートがボブに歯向かってくれるといいんだけど。あの子が自分を守ろうとしないんで、うちの夫はすごく苛ついてるんです。そういうのって、いつかは卒業するものかしら？」

ケルビーの注意はさっきからよそに逸れていた。「フルバックはいつまで経ってもフルバックです」と彼は言った。

「いいえ、そうじゃなくて——その——先生のお気に入りの方」女は説明した。「エルバートはね、頭はほんとにものすごくいいんです——学校で一番賢い子供なんです。あなたがあの子と話してくださらないかしら、ミスタ・ケルビー——すごくあの子のためになると思うんです。うちはこの冬ここウッドヴィルで過ごして、それからあの子は中学校に上がるんです。新しい学校に移るのはすごく大変ですから」

女がペチャクチャ喋っているあいだにケルビーは考えていた。三杯目を飲み終えたいま、彼はイライラモードの入口まで来ていて、女のお喋りも気分を向上させる足しにはなっていなかった。

「エルバートなら知ってます」と彼はか細い声で言った。「ほかのみんなとおんなじです。年をとって、死んで、運がよけりゃ埋葬してもらえる。最後まで変わりやしません。こういう人間で一番いいのは、馬鹿な連中や強い連中より長生きするってことです。大したことじゃありませんが、まあ何もないよりはましです。たくましい体付きした奴の死亡記事を読んで、隅っこでクックッと笑っていられる。それがこういう人間たちの唯一の肉体的勝利です」

「でもそういう人たちって、臆病者ってわけじゃないでしょう」と女は弁護の口調で、臆病者の一語を吐き捨てるように早口で言った。「少なくともエルバートが臆病者じゃないことはわかってるわ」

ケルビーはさっきから、グラスの脚を持ってくるくる回していた。「気安めになる言い方はいろいろあるからね」と彼は言った。「神経過敏、非攻撃的、平和主義的、内向的――よりどり見どりだ」

女は話の展開を不快に感じはじめていた。彼女が椅子から立ち上がろうとしたところで、網戸がばたんと騒々しく鳴って、外からロバート（ボブはロバートの愛称）・スティーヴンソン・ジュニアが飛び込んできた。明らかに客たちのことなど目にも入れず、母親の方にどすどす歩いていく。「ヘイ、ママ！」と彼は言った。「ねえ、ご飯まだ？　もう遅い時間だよ」

この露骨なほのめかしに客のうち二人が立ち上がったが、サリー・スティーヴンソンは手を振って彼らを席に戻した。「座って、座って」彼女は言った。「まだ早いですから。うちは七時半までは食事にしませんから」

「えーだって、ママ！」ボブは言った。

「お客様とお話しなさい、ロバート」と母親は命じた。「みんな知ってるでしょ」。子供は睨みつけるように歯を剝いて、椅子から椅子へと目を動かした。

「ヘラジカみたいな胃袋なんだ」と父親が誇らしげに、シェイカーを手にケルビーの頭上を漂いながら言った。「食い物のことしか考えられないんだよ。だけど健康だよ、そいつは確かだ。あんたは何で育てられたんだい、ウィル——マシュマロか？」

「そうだとも」とケルビーは言った。「たいていはトーストしたやつだったね」。スティーヴンソンはゲラゲラやかましく笑い出した。さっきは空っぽのグラスの口を手で押さえたケルビーだったが、突然そのグラスをつき出した。

「よしよし！」スティーヴンソンがクックッと笑いながらグラスを満たした。

「無理しないでよ、ウィル！」テラスの向こうからエリザベスが呼びかけた。その警告に伴った一見明るい笑い声に男たちはだまされたが、女たちとケルビーはそうは行かなかった。

ケルビーはグラスを持ち上げ、挑むような顔を妻に向けた。「ジュニアに乾杯」と彼は言った。

「未来の世界一のフルバックに！」

「タックルにしてくれ」と父親が言った。「ボブはタックルになりたいんだ」

「うちではジュニアって呼ばないんです」母親が口をはさんだ。

「あなただって知ってたでしょ、ウィル」エリザベスが言った。

「じゃあタックル」とケルビーは言って、カクテルを一気に半分飲んだ。

「そうそう、忘れるところだった」とボブ・スティーヴンソン・シニアが口を開き、テラス全体に向かって、ある友人に降りかかった災難をめぐる騒々しい話をやり出した。

ケルビーは話を聞かずに、息子の方のボブを観察した。さっき、どさっと重そうに、だがそれでも優美に芝生に倒れ込んだボブは、物憂げに草を摑みながら、父親を見守っている。十三歳、ケルビーが屈辱を受けたあの遠い日のジーク・レナードの歳だ。実際、レナードと似ていなくもない。肩幅は広く、筋肉隆々の腕は長く、腰はほっそりとして、落着きがなく、動きも姿勢も滑らかで、すぐに歯を剝き、下唇は拗《す》ねたみたいに見える。ケルビーはこの子供が心底嫌いだった。自分が十三歳に戻って、この大柄の無知な男の子に立ち向かう姿を想像した。ボブのあごの先をひっぱたいて、ボブがもんどり打って地面に倒れ込む快い妄想にケルビーは浸り、酒を少しこぼしてしまった。ぶるっと体を振って、何とか妄想から抜け出した。そして酒を飲み干し、立ち上がった。

「締めくくりにもう一杯、どうです?」と、ホスト役としては熱心で目配りもまめなスティーヴンソンが訊いた。

「いや結構、今夜は少し仕事があるんで」とケルビーは言った。そしてこのパーティで唯一気に入っているカップルのところへ行って握手した。ほかの連中には一度だけそっけない敬礼を送り、女主人にお辞儀した。夫が陰険モードの一歩手前まで来ていることをエリザベスは見てとり、全員にそそくさと挨拶して彼のもとへ行った。

「マシュマロに気をつけなよ！」とスティーヴンソンが、二人が家の前面に回り込んでいくなかケルビーの背中に向けて叫んだ。

みんなに聞こえなくなるところに来るまでエリザベスは待った。「どういう意味なの――マシュマロに気をつけろって？」何か怪しんでいる口調だった。

ケルビーは肩をすくめた。「フルバックはいつまで経ってもフルバックさ」と彼は言った。

「でもどういう意味なのよ？」とエリザベスはなおも言った。

ケルビーは妻の方を向いた。「あいつはマシュマロが大好きなのさ！」と彼は声を張り上げた。「マシュマロに夢中、マシュマロに首ったけなのさ。マシュマロのおかげで体はたくましく脳味噌はぐじゃぐじゃなんだ。知らなかったか？」

エリザベスは黙ったまま十歩ばかり進んだ。それから「あなたがそういう感じのときは口きくのよすわ」と、ケルビーにはおなじみのつくりものの平静さに貫かれた口調で言った。町の広場を越えるまで彼女は宣言どおり沈黙を守った。「ボブ・スティーヴンソンがマシュマロ食べてるところなんて、あたし生まれてこのかた一度も見たことないわよ」と彼女は言い放った。

ケルビーは聞いていなかった。ふたたび学校に、第一次世界大戦前のある午後に戻っていたのである。自宅の車寄せまで来たところで、ジーク・レナードの目のあいだに強烈なパンチを浴びせた。

彼の右のこぶしに力が入っていることにエリザベスは気づき、目もギラギラ光っているのを見た。「あなた、ほんとにどうしたの？」と彼女は問いつめた。

「どうもしないさ」とケルビーは言った。「いい気分だよ。君、ブレイク夫妻に電話してベルヴィルに行きたいのか？」

「冗談じゃないわ」とエリザベスは言った。「うちに素敵なラムローストがあるのよ、どこにも出かけやしないわよ。それにあなた、きっとまたサムと無意味な喧嘩やり出すに決まってるわ。誰も楽しめやしないわよ」

「じゃあディナーの前にもう一杯飲もう」とケルビーは言った。妻の唇が断固とした反対を形作るのが見えた。「もう一杯飲もうって言ったんだ！」ほとんどどなり声だった。妻は言い争わないことに決めた。


二日後の日曜日、長い散歩に出ている最中、ボブ・スティーヴンソン・ジュニアが喧嘩腰にエルバートを追いかけてエルム・ストリートを下っているのをケルビーは目にした。餌食の足どりがどんどん速くなっていくのに合わせて、ボブのピッチも上がっていく。ケルビーとすれ違ったとき、エルバートはほとんど小走りになっていた。顔面蒼白、目にはパニックの色が浮かびはじめている。

「ヘイ、エラ！」ボブは自分より小さな相手に何度も呼びかけた。

ケルビーはボブをつかまえてきつく叱ってやろうとしたが、と、何かが彼を止めて、少年の好きにさせておくことにケルビーは決めた。ボブはケルビーが目に入ったことも認めずにすれ違っていき、一オクターブ上げたからかいの口調で「ヘイ、エラ！」と呼びかけた。ケルビーは回右して二人の男の子のあとを、ただし彼らよりゆっくりしたペースで追っていった。ボブがメープル・ストリートの角で獲物に追いつき、手をのばして相手の体をぐるっと回し自分の方を向かせるのをケルビーは見た。彼が二人のところにたどり着く直前、こっちに背を向けたボブが、エルバートの帽子をすばやい傲慢なしぐさで弾き飛ばした。「どうだ、文句あるか？」とボブは喧嘩を吹っかけた。エルバートはゼイゼイ喘ぎながら、帽子を拾おうと手をのばした。「そこに置いとけ」とボブは左手で相手の髪をかき乱しながら言った。帽子が転がっているところへ未来のタックルは歩いていき、車道に向けて帽子をプレースキックした。それから、ぶらぶら気だるげに、交通違反を犯した人間にじわじわ迫っていく警官のようにエルバートの方へ歩いていった。そしてゆっくり手をつき出してエルバートの鼻をつまんだ。

ケルビーは早足で二歩前に出て、ボブの肩を摑み、ぐいっとその体を回した。

「何するんだよ！」とボブが言った。

「家《うち》へ帰れ！」ケルビーはきつい声で言った。「さっさと帰れ！」

ボブは歯を剝き、下唇をつき出した。三秒のあいだ、彼はケルビーを睨みつけて怖気づかせようとした。それから、肩をすくめ、唇で何か音を立て、悠然と立ち去りかけた。「ちょっと待て！」とケルビーは厳しい声で言った。ボブは驚いてふり返った。「その帽子、拾ってこの子に返せ」とケルビーは言った。

ボブが怖い目で睨んだ。「自分で拾わせろよ」と彼は言った。「俺のじゃねえんだから」「拾え」とケルビーはわめいた。「さもないと、お前の足首摑んで逆さに吊して、歯で拾わせるぞ！」

ボブの眉が吊り上がった。彼はケルビーの顔を見て、それから目を逸らした。車道に落ちている帽子の方にゆっくり歩いていって、ペッと器用にその向こうに唾を吐き、右手でさっと帽子をすくい上げた。そしてエルバートに向けて放り投げた。エルバートは取りそこなった。「じゃあな、エラ」とボブは言った。「鼻、きれいにしとけよ」。そして口笛を吹きながら通りを下っていった。

この間《かん》ずっと、帽子を叩き落とされた場所にエルバートは立ちつくしていた。メソメソ泣いて、鼻をすすっていた。「黙れ！」とケルビーはどなった。「黙れ！」。だが子供は泣きやまなかった。ぶるぶる震える下唇を、痙攣する腹を、ケルビーは眺めた。エルバートとしても何とか自分を抑えようと頑張っていたが、結局その甲斐もなく、抑制を失ってわあわあ泣き出した。ケルビーは突然彼に襲いかかった。肩をぎゅっと摑んで、頭が前後に揺れ出すまで揺さぶった。左肩を放して、頬をひっぱたいた。「この泣き虫！」ケルビーはすすり泣きながら言った。「最低の臆病者！」

その瞬間に角を曲がってきたレノルズ氏は、大人を子供から引き離すのにずいぶん苦労した。「弱い者いじめもずいぶん見てきたけど、あんなのは初めてだね」と後日レノルズ氏はスティーヴンソン父に言った。ロバート・スティーヴンソン・シニアはゆっくりマッチを擦って、ゆっくり煙草に火を点けた。深遠なる叡智の表情を顔に浮かべて、唇をすぼめ、首をわずかに横に傾けた。「うちのボブもね、ケルビーに脅かされたって言ってるよ」と彼は言った。そしてものすごい量の煙を肺に吸い込み、少しずつ吐き出しながら、宙に浮かんだその模様をじっと眺めた。「人間ってのはわからんもんだよ、レノルズ」と彼は言った。「ほんとにわからんもんだよ」

梯　子

The Ladder

V・S・プリチェット

桃尾美佳訳

1949年11月5日号掲載

思春期の少女は何とも度し難いものである。彼女たちの精神には、この上なく繊細で傷つきやすい感性とともに、他人の人生を容赦なく断罪する残酷さが同居している。「梯子」の語り手は父親の再婚相手に複雑な思いを抱くハイティーンの少女。夏季休暇で帰省した実家は改装中で階段が外されており、梯子をつたって二階へ上り下りしなくてはならない。中途半端に壊れたままの家で送る三人の生活には、徐々に奇妙な緊張感が募ってゆく。少女特有の脆さと傲慢さ、潔癖と気まぐれとが語りに奥行きを与えているが、回想体の視点には独特のユーモアもあって、時に読者の微苦笑を誘う。著者V・S・プリチェット（一九〇〇―一九九七）は短篇の名手として愛されたイギリスの作家である。

（訳者）

「あのときは、家に職人を入れていたから」二度目の、そしてすぐに破局した結婚について触れる段になると、父はいつもの正確きわまりない口調で言う。「それに」ちょっと不謹慎なことを言おうとしているみたいに、にじみでる弁解の響きを咳払いでごまかして「あいにくと家の階段がなくなっていたからね」

そうなのだ。あの夏のことは覚えている。私は十五で、学期が終わってミス・コンプトンの学校から帰省したところだった。デヴォンシャーの家に着いてみたら、母親はいなくなっていて、おまけに階段もなくなっていたのである。

私たちが住んでいたのは蟹のような色をした小さな古い田舎家だった。庇の影に長い窓が並んでいて、太陽がまぶしくて半分目を閉じているように見える。車から降りると、入口の扉を覆うように足場が組んであって、でこぼこの敷石の上に砂とモルタルが山になっていた。この上を踏んじゃいけない、と父が言った。「ジェイニーの手間が増えてしまう」からだそうだ（父は再婚相手をそう呼んでいた）。家に入って、私がどんなに驚いたことか！　玄関の小さなホールがなくなっていた。天井も消えていた。上を向いたら屋根が丸見えだ。一方の壁は剝がされてレンガが剝き出しになり、もう一方の壁は職人が掛けていった長いカーテンのような布に覆われていた。「階段はどこ？」私は叫んだ。「階段をどうしてくれちゃったの？」箸が転げても可笑しい年頃だったのだ。

頭上から、落ち着いたそつのない声が返ってきた。「あら、その笑い声で誰だかわかった」優しげな、悪戯っぽい喋り方。ミス・リチャーズ、もとい、父のふたり目の奥さんだ。彼女は職人が張ったロープの奥の、もとは階段のてっぺんだったところに立っていた。手すりがなくなった二階の床が危なっかしくせり出していて、まるで船の甲板の一部みたいだ。床は削ぎ落としたように見えた。父が母と離婚するまでミス・リチャーズは父の秘書をしていたから、事務所にいるところは何度も見たことがあったのだけれど、彼女はすっかり変わっていた。金髪をふわりと下ろして、飾りがごてごてついた光沢のある茶色のドレスを着ている。田舎暮らしにはちっともそぐわない服装だ。結婚とはいかなるものかについて、彼女なりに確固たるイメージを持っていたのだろうが、参考元が雑誌の情報に限られていたとみえる。真っ昼間からドレス姿なのは、名士の誉れ高い父と結婚した以上、毎日カクテルパーティに行くものとでも思い込んでいたのだろう。

彼女は上の踊り場から、父は階下で、ふたりして私に詫び言をいう姿が、すごく奇妙に見えたのを覚えている。前の階段は二日前に職人が外してしまったのだという。ほんとうなら私が学校から戻ってくる前に、今は埃よけのカバーで覆われている奥の壁に、新しい階段を取り付けてもらう手はずだったのだ。結局間に合わなかったわけだけれど。

「梯子を使って上り下りしているんだ」顧客に対応してでもいるように長々と詫び言を続ける彼女をぴしゃりと遮って、父が言った。

父は指さした。ちょうどそのとき、妻は二階の端に向かって足を踏み出していた。短い梯子が階下に伸びている。一番上のところには手すりがあって、最初の段に足をかけるときに摑まれるようになっていた。

「すごく怖いのよ！」継母は叫んだ。

父と私は、彼女が下りてこようとする姿を見ていた。手すりのところまで来ると、彼女は後ろを振り向いた。前向きに下りるべきか、はたまた後ろ向きに下りるべきか、わからなくなったのだ。

「後ろ向きだぞ！」と父は呼ばわった……「そうじゃない、逆の手で手すりを持って！」継母はぱっと頬を赤らめると、恐る恐る父を見やった。片方の足を最初の段に掛けたものの、すぐにひっこめ、もう一方の足を掛けてから、拗ねたように唇を尖らせる。下まではたった八フィートしかない。私たちなんか学校では体育館の壁の半分の高さまで鉄棒をよじ登ったりしているというのに。職場にいたときの彼女は、てきぱきとした有能な女性だったと思う。今の彼女はどう見ても、か弱くて頼りない女としてふるまうのを楽しんでいる。

「手がこんなになっちゃったわ」ようやく最初の横木を摑んでから、手のひらの埃を見て彼女は言った。

　父と私がじっと見ていると、彼女は片足をやたらと高く突き出した。みっともない格好なのだが、脚をまず見せびらかそうとでもしているみたいにも見える。いや、実際そのつもりなのだ。彼女は地味な女で、脚が（自分でよくそう言っていた）「一番きれいなもの」だった。色気らしいものがあるのは脚だけだったのである。彼女の様子はまるで、昆虫が動き出す前に触角で周囲の気配をさぐっているみたいだった。驚いたことに、父は（母に対していつだって慇懃な態度を崩さず、とりわけ怒っているときは礼儀正しくなる人だった。駅で私に会ったときもお辞儀をせんばかりの勢いで、車の乗り降りも手伝ってくれたほどだ）彼女の手助けに向かおうとしなかった。顔に険しい表情が浮かんでいる。

「もう下まで来ているよ」やっと口を開いて父は言った。「あと二段で終わりだ」

「やれやれだわ」最後の段から床に下りて、継母は言った。小さな顎を上げてこちらを振り向く。私のいじらしいところを見て頂戴、と言わんばかりだ。それから私の方へやってきてキスをした。

「素敵になったじゃない？　大人の女性っぽくなってきたわよ」

「馬鹿なことをいうもんじゃない」父が言った。

　大人の女性になるのはぞっとしないけれど、彼女の言った言葉には満足して、私は父の腕をとった。「今のあれ、やらなくちゃならないの？　ベッドに入るのにも梯子を使うわけ？」

「月曜までの我慢だから」父は言った。

父も継母も、なんだか恥じ入っているように見えた。階段を外したことで、なにか馬鹿げた真似をしでかしたとでもいうように。父は控えめながらも尊大な態度をとることで恥ずかしさをごまかそうとしていた。ふたりはとても控えめな夫婦に見えた。結婚以来、ふたりとも背が低くなったような気がして、私はいささかショックを受けた。彼女のせいで父の背が低く見えるのだ！私にとって、父はいつでも、不機嫌でうぬぼれの強い、そっけない態度の人、ものすごく論理的で、絶対に人に譲らない人間だったのに。こうして秘書と一緒に家の中にいると、父はちっとも偉い人に見えなかった。

「こんなのお茶の子だから」そう言って私は梯子に足をかけ、あっと言う間に二階に上って見せた。

「気を付けて！」継母が叫ぶ。

私は意に介さずに笑ってさっさと下へ戻った。梯子を下りている最中、継母が小さい声で父に言うのが聞こえた。「なんて脚かしら！　大人になってきたわね」

脚だとか、笑い声だとか、大きなお世話というものだ！　父の秘書に私のことをいろいろ言う権利なんかないと思う。母親でもないくせに。

それから、私は父に連れられて、家の周囲を見て回った。歩きながら一、二度後ろを振りかえってみた。片方の靴に父に注意を促された例の砂が付いている。なんで付いてしまったのかさっぱりわからない。私が歩き回ったところすべてに砂の足跡がついてジェイニーの手間になると思うと、ちょっぴり愉快だった。

父は埃よけのカバーをくぐって、食堂と奥の壁を見せてくれた。この壁に階段が作られる予定なのだ。

「なんでこんなことしちゃったの？」父とふたりだけになってから、私は尋ねた。

「何年も前から直す必要はあったんだ」父は言った。「ずっと前に済ませておくべきだったくらいだ」

私は黙っていた。まだここにいたころ、母はいつも家のことで文句を言っていた。狭くて下品で野蛮な家だって——今でも「野蛮」という母の声が耳によみがえる。母の言い方だとそれはまるで恐るべき蛮族の女王の名前みたいに聞こえた——なのに父はずっと、家の改装を拒んでいた。野蛮——私はそれが、母自身の名前でもあるような気がしていた。

「ジェイニーはこれで満足しているの？」私は尋ねた。

父はこの問いにはむっとした。「ジェイニーに何の関係があるんだ」と言わんばかりに見えたけれど、実際には——面白そうに、ちょっとした軽蔑の表情を浮かべて——こう答えた。「あれは元のほうが好きだったようだ」

「私もそうよ」私は言った。

そのとき私にはわかった——いや違う、そのときは本当にわかっていなかったのだが、歳をとった今になってわかってきた——父はジェイニーのために家を改装していたわけではなかったのだ。ジェイニーはそもそも家自体が気に入らないのだ。私の母が住んでいた家だから。でも十五年も父の職場に勤め続けた後では、ほとほと疲れ果て、自分にすっかり自信を失って、何も言えなくなってしまった。これは母に対する償いなのだ。職人を家に入れて居心地を悪くし、みじめな気持ちにさせることで、父はジェイニーを罰していたのである。この騒動をやらかすことが、自分の気持ちのはけ口にもなったのだろう。母が気も狂わんばかりに熱望していたのに与えなかったものをジェイニーに与えることで、父は彼女をさいなんでいたのである。

父に一通り家を見せてもらった後、私はジェイニーのところへ行って昼食の支度ができたかどうか見てくると父に言った。

「やめたほうがいい」父は言った。「様子を見に行くと余計遅くなる。昼飯はもうできたころだろう。時間からして」時計を見る。

私たちは居間にいた。待っている間、私は緑の椅子に座り、父から学校の様子を聞かれた。それから休み中どうするかの話もした。でも私が質問に答えているときでも、父が話を聞いておらず、台所でジェイニーが動き回る音に耳を澄ましているのがわかった。いろいろな音が聞こえてくるのだ。熱い鍋が爆発しそうなシューシューいう音だの、片手鍋の蓋が落っこちる音だのが。この蓋はものすごい音を立てたあと、石張りの床の上で長いことくるくる回っていた。おかげで私たちの会話は途切れた。

「ジェイニーは台所仕事に慣れていないんだ」父は言った。私は笑みを漏らさないようこらえた。父に気付かれたくなかったのだが、私を見た彼の方も思わず笑みを浮かべた。私たちの気持ちはたちまち通じ合った。

「ちょっと見てくるわ」私は言った。

父が止めようと手を上げたけれど、私は台所へ行った。

当たり前といえば当たり前の話なのだ。十五年の間、ジェイニーは事務所で父の秘書として働いてきたのだから。小さいころ、事務所に行ったときの様子を思い出す。真面目で物静かなジェイニーは、部屋に入るときは用向きをうかがうように体をかがめ、小首を傾げて顔の四分の三ほどをデスクの父に向けるしぐさをしたものだ。父の仕事のことは何でもわかっていて、手紙を運ぶ姿、電話が鳴るとすぐさま受話器を取る様子や、自信にあふれた受け答えの声音などを、私はすごいと思っていた。あのころの彼女の力強さは、非人間的なところにあった。結婚でそれは失われた。父の妻としては、彼女はまったくなっていなかった。三人で喋っている最中、彼女はアヒルみたいに丸っこくなった低い胸を、吐息とともにぐっと持ち上げて見せ、それからもじもじと、何かを期待するような顔で、愛情込めて父に微笑んでみせた。十五年の長きにわたる仕事人生が終わりを迎えて、彼女はようやく訪れた安らぎの時間を楽しんでいるのだ。

とはいえ、働いていたころのジェイニーの素質は、完全に失われたわけでもなかったらしい。

それは今、台所で発揮されていた。台所へ入るなり私の目に映ったのは、片手鍋がえらい音を立ててぐつぐつ煮えているガス台へと向かっていく彼女の姿だった。デスクにいる父に向かっていくときと、そっくり同じ足取りだった。ガス台が父にとってかわったわけだ。用件をうかがいに機械的な足取りで近づきながら、相手の要求を見透かそうとしている。温めておくべき皿を運ぶ様子は、手紙の山を扱っているみたいだ。だがガス台は何も喋ってくれないので困惑しているらしい。片手鍋の一つが沸騰すると、彼女は飛んでいって火から下ろした。受話器を取り上げるように高く持ち上げたものだから、中の水が飛び散った。ガス台の横のテーブルには、使用中の鉢や鍋が、タイピングでもするみたいにきちんと順序よく並べてあった。注意深く調べものでもするように次々に鍋を覗き込む。書類をファイルにまとめるときの姿そのままだ。台所向きのやり方とはいえない。

私が入っていくと、彼女は持っていた鍋を下ろして、今何をやっているところか説明するために――事務所にいたころと同じだ――すべての動作を中断した。切ったばかりの私の髪についても褒めてくれた。大人っぽく見えるので自分でも気に入っていた髪型だ。ところが話しているうちに背後から青い煙が上がり始めた。それでも彼女は気付かない。

とてもじゃないけれど、食事を作るやり方じゃない。

私は父のところに戻った。

「邪魔したのじゃないといいんだけど」私は言った。

「まだできないのか」父は腕時計を見た。「私が行ってせかしてこないと」

事務所ではあんなにもてきぱきとしていた女性が、家の中ではこんなにのろまで頼りなくなるなんて、父にはまったく驚くべきことだった。

「じきに用意ができるわよ」私は言った。「ジャガイモはもうできていたわ。テーブルに載っていたのを見たもの」

「テーブルにだって？」父が言う。「冷めてしまうじゃないか」

「台所のテーブルに、よ」

「どこだろうと冷めることに変わりはないな」父は皮肉屋なのだ。

私は鼻歌を歌いながら部屋の中を歩き回ってみた。父の憤慨は長くは続かず、やがて声音に別の響きがにじんできた——諦念だ。

「まあ待っていよう、お前がそれでいいなら」父は私に言った。「ジェイニーはいちいち時間がかかるんだ。ところで」いくらか声を潜めて「お前を駅から連れてくるときにレナーズさんたちとすれ違ったことは言わない方がいいな」

私はびっくりした。「レナーズさんたちのこと？　言っちゃだめなの？」

「あの人たちはお前の母さんの友達だっただろう」父は言った。「大人の事情ってやつだよ。ジェイニーはときどき……」

私は父を眺めた。父はいろいろな点で変わってしまった。このちょっとした秘密を私に打ち明けながら、父の小さな茶色の目がぎらりと光ったので、私も青い目を大きく見開いて、この話を大真面目にうけとることにした。本当に、父は変わってしまった。もじゃもじゃの黒髪は前より短く耳のあたりまで刈り込まれていて、中年男にありがちな、いかにも若すぎる風貌になってしまう、た。若く見える顔をしていても、皺のせいで、実際にはそこまで若くないことがわかってしまうああいう顔だ。時計の文字盤の分を示す目盛みたいな皺が、目尻や鼻の際や口元に刻まれているし、ずいぶん痩せた。顔つきは厳しくなった。母がいるころも、かっとしたり辛辣なことを言ったり、むっつりと愛想のないそぶりをしたりすることはよくあったけれど、こんなふうに無表情に皮肉を言ったり、いらいらとして屈託に耽ったりするところは見たことがなかった。喋り終えた父は、口の端で歯の間から苛立たしげなしゅーっという音まで立てたのだ。

まさにこのとき、ジェイニーが大げさな微笑みを浮かべて入ってくると、昼食の支度ができたと告げた。

「あら!」食堂に入った私は笑ってしまった。「まるで——まるで、フランスに行ったときみたいね」

「フランス?」ふたりは一緒に言って、私に笑みを向けた。

「戦争の前にみんなでフランスに行って、父さんが車を運転したときのことよ」フランスの話なんか持ち出したのは、レナーズ一家からできるだけ話をそらそうという苦肉の策のつもりだった。

「いったいぜんたい何の話だ?」父は困惑の表情を浮かべた。「戦争の前なんてお前はまだ五歳くらいだったろう」

「だって、なにもかもちゃんと覚えてるもの。父さんとママと、ボートに乗ったりしたじゃない」

「ええ、そんなことがあったわね」継母がもの思わしげな顔で重々しく言った。「私がみなさんの切符を用意したんだったわ」

父は今にも私を殴りそうな顔をした。それからテーブルの向こうの継母に向かって鷹揚に笑いかけた。

「なにもかもはっきり覚えているわ」継母は言った。「すみません、お豆はうまく茹でられなかったの。あら、ジャガイモを忘れていたわね」

今にも泣きだしそうな顔だった。私がジャガイモを取りに行った。戻ってみると、彼女は泣いていたようだった。ひどく色白な人にありがちなように、彼女もほんの一、二滴の涙が出ただけで鼻が赤くなる性質だった。父が何かきついことを言ったのだ。父の顔は硬く強張り、彼女の方はスプーンを手にしたまま、受けた傷を隠すように皿の上にうつむいていた。

食事が終わってから、私はスーツケースを持って梯子を上った。スーツケースを抱えて上るのは並大抵の苦労ではなかったけれど、面白かった。ずっと梯子を使えればいいのに。なんだか船の中にいるみたいな気分になる。てっぺんまで上って、アメリカへ行く母が、新しい夫と一緒に船の手すりにもたれているところを想像した。母が向こうに行ってくれてよかったと思う。とき

ど き素敵な贈り物を送ってくれるし、私にもいつかアメリカにいらっしゃいって約束してくれたから。

それから自分の部屋に行って荷解きをした。荷物を全部取り出して、一番底からパジャマを出すと、その下から裏返しにした母の写真が出てきた。学期の間中そこに入れたままにしていたのだ。言い忘れていたけれど、先週私は学校でちょっとした問題を起こした。自分でも理由はよくわからない。ただ早く家に帰りたくて、何かを「やらないと」いけない気がした。ある日の午後、誰もいない隙に、寮の周りの部屋に入って、キティのお父さんの写真をメアリの部屋に置き——写真は額から抜き取った——メアリのお兄さんの写真はオルガの部屋へ置き、メーヴのお母さんの写真を取ってジェシーのお母さんの写真が入っていた銀の額縁に入れた。メーヴのお母さんの写真は大きすぎたので、わざわざ台紙を折ってつっこんでやった。メーヴは泣いてミス・コンプトンに告げ口した。「ちょっとした冗談じゃないですか」私が言うと「冗談にしても大変趣味がよろしくないです」ミス・コンプトンがいつもの言い方で言った。「誰かがあなたのお母さんの写真を盗ったりしたら嫌な気分でしょう?」「母の写真なんか持ってません」私は答えた。あながち嘘というわけでもない。私の箪笥の上にからっぽの額が載っているわけは、みんなが知りたがっていた。写真をスーツケースの中にしまいっぱなしにすることで、私は母に罰を与えていたのである。

でももう罰は終わり。私は写真を取り出して額に入れ、箪笥に載せた。引き出しに物を入れ体を起こすたびに、母の写真が目に入り、それから鏡に映る自分が目に入る。そこに継母がやってきた。手伝うことがあるかどうか訊きにきたのだ。

「あなたすごくきれいになったわ」彼女は言った。

彼女に褒められるのは大嫌いだった。否定する気はない、私は彼女を憎んでいた。愚かな女。彼女の振舞いは両極端で、この家も、父も、私自身も、彼女のものであるかのような出すぎた態度をとることもあれば、まったくの部外者みたいな顔をしていることもあったけれど、たいていはお客様みたいに澄まして座って、こちらの注意を引くのを待っているのだ。

私は思った。お母さんは私たちをごみみたいに捨てて、何千マイルもの彼方に行ってしまったというのに、私たちの元に残っているのが、よりにもよってミス・リチャーズだなんて！

その晩ベッドに入ってから、父と継母が言い争っているのが聞こえてきた。「子どもが母親の写真を手元に置くのなんてまったく当たり前のことだろうが」父がそう言っている。

ドアが閉まった。誰かが梯子の下り口をうろついている。誰だかわからないけれど、その気配が去ったところで、私は部屋のドアを開け、裸足で外へ忍び出ると、耳を澄ました。一歩踏み出すごとに床板が大きく軋むので、それに気を取られているうちに、いつのまにか梯子の下り口まで来ていた。ロープが張ってあったけれど、暗闇の中では見えないのだ。玄関ホールに落ちるぎりぎりの端まで来ていて、あと一歩でまっさかさまというところだった。気分が悪くなってきて、私は部屋へ戻った。そのときある考えが頭に浮かんだ。一晩中頭から離れず、考えまいとしても夢にまででてきた。明かりをつけてみたけれど、やっぱりまた夢に見た。ミス・リチャーズが二階の端から転落する夢。あのひとは私が母さんに似てきたから私のことが嫌いなのだ。やっと朝が来ると私はほっとした。

一階へ下りると、自分で自分が可笑しくなった。だって八フィートしかない高さなのだ。こんなの誰だって飛び降りられる。自分だったらどうやっててっぺんから飛び降りて着地するか、考えてみた。梯子を動かして――持ち上げられない重さではなかった――想像してみる。もし梯子がなくて、家が火事になり、飛び降りざるをえないことになったらどんなだろう。夜の間に見た邪悪な夢の埋め合わせをするために、私は炎が迫って二階の端に追い詰められたミス・リチャーズを――継母、と言わなくちゃ――自分が救い出す姿を思い描いてみた。

父が部屋から出てきて、立ち尽くしている私を見つけた。「なんだってそんな妙な顔をしているんだ」顔真似をされた。

「ちょっと考えてたの」私は言った。「学校のミス・コンプトンのことを」

ミス・リチャーズがこんなに変わってしまうなんて、父には思いもよらなかったのだろう。家の中で一張羅の服を着て、お客様みたいに澄ましているようになるだなんて。他人になにかしてもらうことを期待し、自分の仕事はおろそかになって、暇を持て余してぼんやりしたり、人の顔色をうかがうようになったり、被害者ぶったり、嫉妬で涙を流したりするようになるだなんて。

もし手はず通り職人たちが月曜日にやってきていたら、継母の物語は違ったものになっていたはずである。

「こんなに片付かない状態でほんとうにごめんなさいね」その日朝食の席で彼女は私に言った。私が梯子の件を彼女の失態だと考えているとでも思っているように、同じ詫び事が何度も繰り返されていた。

「面白いからいいじゃない」私は言った。「船に乗っているみたいだし」

「あなたずっとそう言ってるけれど」継母はひどく不安げな顔で私を見ながら言った。私の言葉に隠された意味を探し当てようとでもしているようだ。「船になんか乗ったことないでしょうに」

「フランスに行くとき乗ったわ」私は言った。「小さいときだけど」

「ああ、そうだったわね」継母は言った。

「家が片付かないのってすごく嫌なことね」席を立ちながら、彼女は父と私に言った。詩心のない人間が感情を表に出すと、いかにもグロテスクに聞こえる。着ていた服が突然ぶかぶかに大きくなったような感じだ。

「こっちのことはもういいからほっといてくれ」父が言った。

これでひと悶着が起きた。父は「こっち」という言い方で自分と私を意味したわけではなかったのに、彼女はそう捉えたのだ。父はただ、自分のことを放っておいてほしいと婉曲に言おうとしただけなのだが。継母は足音荒く部屋から出て行った。二階へ上がったらしい音がした。梯子を上るのにも臆さなかったところを見ると、そうとう頭に血がのぼっていたようだ。

「気にするな」父は言った。「ああなったらもうどうしようもないから。車を出すから、職人のところへ行ってみよう」

父は二階に向かって出かけるぞと呼ばわり、一緒に行くかと彼女に尋ねた。

ああ、まったくひどい休暇だった。私がもっと歳をとり、結婚した後で、父はこう言った。

「あの夏は大変だったんだよ。お前はわかっていなかっただろうが。まだ学生で子どもだったしな。あれは間違いだった」それから彼は自分の言葉に訂正を加えた。訂正というのは言葉通りの意味だ。父は常に、より正確になるよう自分の発言に訂正を加えていくタイプだった。自分の振舞いを自分でよくわかっている、というのが彼の一番の見栄だった。

「あいにく私が」父はそう言った――これが訂正の決まり文句だ――「たいへん愚かな間違いを犯したわけだ」〝あいにく〟というとき、父の顔からは感情が失せて、冷静に距離を置くような表情になる。得意の絶頂の瞬間だ。もちろん、間違いを犯したことが自慢というわけではないが、それを誰よりも先に指摘したことが得意なのだ。〝あいにく知っているんだが〟とか〝あいにくわかってしまったんだが〟とか――こんなふうに、後から自分の行動を正しく批評して、細かい問題についてはいくらでも鋭い指摘を加えていく一方で、ほんとうに大事なことについては、頑固一徹に致命的な過ちに固執するところが、結局、私の美しくも不誠実な母が彼の元を去るに至った理由なのだと思う。母は背が高くて、父よりも高いくらいのひとだった。肩をすくめ優美な長い背を丸めて撫でてもらおうとする猫のような目をしていて、シャンパンの泡がはじけるような、高らかな笑い声の持ち主だった。

父の方は頭の後ろを短く刈り上げた猿みたいな顔をしていたけれど、メランコリーとか感受性とは無縁の険しい顔つきの猿が浮かべそうな、やさぐれ男風の薄い笑い方をした。母はそこに魅力を感じたのだろうが、若いうちはやさぐれ男の斜に構えた態度だった人間が、年とともに歯に衣着せぬやかまし屋へと変わっていくと、つまらない男だと考えるようになった。それにもちろん、あの冷酷な気質がいけなかった。父がすぐさま二度目の離婚に踏み切ったのは、母に対する教訓の意味合いもあったのではないだろうか。こんな情景を想像してしまう。夕暮れの事務所で、離婚届をしまいこんだ父は、「今夜はもう御用はございませんか」と訊きに来たミス・リチャーズを見て、はたと気づくのだ。ここにちょうど、信用がおけて仕事ができて、俺と同じように「あいにく」ながら、いろいろな事情に通じている女がいるじゃないか、と。

この家を離れて父とふたりきりで出かけられる！　私の心は躍った。この家はもう自分の家ではないような気がしていた。父と私、ふたりで出かけられさえしたら。離婚を経てグロテスクなものになったこの家よりも、外に広がる田舎の方が、はるかに懐かしい自分の家という気がした。私は立ったままで、彼女が返事をしませんように、下りてきたりしませんようにと心から祈った。彼

父は彼女の気が変わるよう頭を下げるような男ではない。さっさとガレージに出て行った。彼

女が下りてくるのではないかと危ぶんで、私はしばらくその場を動けなかった。それから、（いったいぜんたいどうしてそんな考えが頭に浮かんだのかわからないのだが）梯子の前に行って、壁から外した。持ち上げてちょっとばかり動かすことはわけもなかったが、床に下ろそうとしたらぐらぐらし始めたから、壊してしまうのではと怖くなった。床に寝かせるのは無理だったので、なんどかひっくり返して向こうの壁まで動かし、手が届かないところに立てかけた。家を出るときには息が弾んでいた。

「上着が白くなってるぞ」車を出しながら父が言った。「いったい何をしていたんだ？」

「何かの上をこすっちゃったみたい」私は言った。

「ああ、ドライブって大好き！」父の隣に座り、私は声をあげて笑った。

「ほら、あの可愛いうさぎたちを見て！」私は叫んだ。

「しっぽがちっちゃくて真っ白ね」私は笑った。

障害物走のハードルがいくつか野原に並んでいた。

「ジャンプ台ね」私は笑った。「ポニーを持っていたらなあ」

「ポニーなんぞで何をするんだ」父が訊いた。

「ジャンプするのよ」私は答えた。

そこで、あのひどい夢が脳裏によみがえってきた。私はぞっとした。何かほかのことを考えようとしたけれどできなかった。二階の端に立っている継母の姿ばかりが思い浮かぶ。叫び声をあげて頭から転落する姿ばかりが。町に入ったけれど私は気分が悪くなっていた。職人の店に着いて、父は車を止めた。事務所には女の子がひとりいるきりで、父がこれ以上ないくらい冷たい声で言うのが聞こえた。「あいにく約束があったんだがね」

父は店から出てきた。私たちはまた車に乗った。父は頭に来ているようだった。

「どこに行くの？」家とは違う方向に向かうのに気付いて、私は尋ねた。

「ロングウッドに行く」父は言った。「連中がそっちにいるんだ」

私は失神しそうになった。「私――私――」どうにか口に出そうとする。

「なんだって？」父が言った。

とても言葉にできなかった。私は真っ赤になり、顔が火照り始めた。それから思い出した。そうだ、お祈りしよう。

ロングウッドへは七マイルの道のりだった。父は職人と会話するのを楽しむタイプで、彼らと一緒に計画を練ったり練り直したり、いろいろな家を建てることを想像してみたり、人の噂話に興じたりした。職人たちは人の暮らしぶりについてあれこれよく知っており、前にも言ったように、父は内輪の事情を知るのが好きだったのである。私は思った。ああ、あのひとはもうだめだわ。いまごろはもう死んでいるだろう。病院へお見舞いに行くところやら、自分が裁判を受ける姿やらが思い浮かんだ。

「お嬢さんは旦那によく似てますね」私に向かってうなずきながら職人が言った。あの男の口ひげを、私は生涯忘れないだろう。

「いや、妻に似ているんだ」父が言った。「最初の妻に。あいにくと二回結婚したものでね」人を当惑させたり気まずい思いをさせたりするのが好きなのだ。「あいにくだが、このあたりでお茶が飲めるところを知っていたりはしないかな？」

「ああ、そんな」私は言った。「ぜんぜんお腹がすいていないのに」

それでもギリングでお茶を飲むことになった。喫茶店を出ると、道を渡ったところに川が流れていて、お茶の後で父と私は橋の上に行ってみた。私は欄干をよじのぼって父を驚かせた。

「飛び降りたら」私は父に訊いた。「怪我をするかしら？」

「脚を折るだろうな」父は答えた。

脚は彼女の「いちばんきれいなもの」だというのに！

帰途の様子についてはもう書かないけれど、父がこう言っていたのは確かである。「ジェイニーが心配するだろうな。三時間近くも出かけていたわけだから。車はあとで車庫に入れることにしよう」

家に着くと、父は車を飛び降りて家に向かう小道を歩いて行った。私はのろのろと車から出た。小道を辿るのもやっとだった。狭い芝生を通る小道で、両側には二本の菩提樹がある。小さな階段を下りるとバラが植わっており、さらにひとむらの草地を抜けると、家の玄関だ。途中で立ち止まって、菩提樹に寄ってくる蜂の羽音に耳を澄ましてみた。それでもわずかな時間稼ぎをするのがせいぜいだった。私は家の中に入った。

継母は玄関ホールの上の、二階の端に立っていた。顔色は赤黒く、猛々しく目を見開いている。ドレスは埃だらけで、手も埃で真っ黒だった。父に向かって何か怒鳴り散らしたところで、大声をあげた口がまだ開きっぱなしだった。家に入った瞬間、彼女の怒りと恐怖がにおいとなってたちこめているような気がした。実際にはそれは台所からたちのぼる、鍋が焦げ付くにおいだったけれど。

「あんたが梯子を外したのね！　六時間もここに上がりっぱなしよ。電話は鳴るわ、火にかけたものは焦げるわ、私だって焼け死んでいたかもしれないのよ。下ろしてちょうだい、下ろして！　死んじまおうかと思ったんだから、早く下ろして！」　梯子があるべき裂け目のところまで彼女はやってきた。

「ばかなことをいうもんじゃない、ジェイニー」父が言った。「私は梯子を外してなんぞいない。いいかげんにしなさい。お前はちゃんと生きているじゃないか」

「下ろして！」ジェイニーが怒鳴った。「嘘つき、嘘つき、嘘つき！　梯子を外したくせに！」

父は梯子を運びながら言った。「職人がやったことだろう」

「誰も来やしなかったわよ！」継母はわめいた。「ずっとひとりだったのよ！　ここに上ったまんまで！」

「父さんは嘘なんかついてないわ」私は父の腕をとった。

「下りてきなさい」梯子を元の場所に置いて、父は言った。「押さえていてやるから」

父は一、二歩彼女の方に上りかけた。

「いや！」ジェイニーは金切り声をあげた。

「さあ、いいかげんにしなさい。落ち着くんだ」父が言う。

「いやったらいやって言ってるでしょ！」とジェイニー。

「ああそうか、そんならそこにいろ」父は言って、梯子から下りた。

それで彼女も折れざるをえなくなった。

「梯子をどかしたの、私なの」彼女が下りてきてから、私は言った。

「なんですって」私を打とうと手を振り回したものの、ジェイニーはそのまま気絶した。


その晩、私がベッドに入ったあと、父が部屋にやってきた。母の写真はベッドサイドのテーブルに移してあった。父は怒ってはいなかった。ぐったりしていたけれど。

「なんであんなことをしたんだ」父が訊いた。

私は答えなかった。

「あれが上にいることを知っていたのか」父が訊いた。

私は答えなかった。

「シーツをいじくるのはよしなさい」父は言った。「私を見るんだ。あれが二階にいるのを知っていたのか」

「はい」私は言った。

「この性悪猫め！」父は言った。

私はにっこりしてみせた。

「とんでもない真似をしたもんだ」父は言った。

私はにっこりした。すると父の顔にも笑みが浮かんだ。私は笑い出してしまった。

「笑い事じゃない」父は言った。そして唐突に彼もこらえきれなくなった。父は笑い出した。私たちが笑いにむせんでいる最中に、扉が開いて、継母が覗き込んだ。父は何年ぶりの大笑いかという勢いで笑っていた。やさぐれた感じの、狡猾で尊大でなんとも魅力的な雰囲気が、また戻ってきたみたいだった。扉は閉まった。

父は笑うのをやめた。

「あれは死んでいたかもしれないんだぞ」ふたたび重々しい口調に戻って父は言った。それから、私がギリングの橋の上で尋ねたことを思い出したようだった。

私はうなだれた。

「おまえ、まさか――」

「違うわ、違うの！」私は叫んだ。涙が溢れてきた。父は私に腕を回した。

母は性悪猫だったと言われていた。私たちをあんな風に捨てていくなんて、悪い女だと。その母がどうしようもなく恋しかった。

三日後、私はキャンプに出発した。継母には謝罪し、彼女は私を許してくれた。以来一度も、彼女とは会っていない。

ヘミングウェイの横顔——「さあ、皆さんのご意見はいかがですか?」
Profiles: How Do You Like It Now, Gentlemen?

リリアン・ロス
木原善彦訳

1950年5月13日号掲載

アメリカの文壇では一九六〇年代半ばから、トム・ウルフらを筆頭として〝ニュージャーナリズム〟と呼ばれる小説的なドキュメンタリーの書き方がはやった。時にその元祖のように言われるのがリリアン・ロスのこの傑作レポートだ。大作家の日常を描いた文章は一見、淡々としているが、その行間から生々しい人物像が浮かび上がる。この文章は発表当時、かなりの物議を醸したことが知られている。ヘミングウェイが常に酒を飲んでいるように見えるとか、常にボクシングや野球の比喩で物事を語るので洗練を欠いているとか、要するに、作家のイメージを傷つけたことが原因だ。実際、ヘミングウェイもこの文章から微妙な印象を受けていたようだが、その後も作家とロスとの間では長く交流が続いたというのも事実。今日の読者は、このルポをどう受け止めるだろうか？

（訳者）

存命のアメリカ人小説家、短篇作家の中でおそらく最も偉大な人物、アーネスト・ヘミングウェイはめったにニューヨークを訪れることがない。普段はハバナから九マイルのところにあるフィンカ・ビヒアという農場で過ごしている。一緒に農場にいるのは、彼の妻、九人の使用人、五十二匹の猫、十六匹の犬、二百羽の鳩、そして三頭の牛。彼がたまにニューヨークに来るのも、どこか別の場所へ出掛ける経由地としてやむをえず立ち寄るだけだ。少し前、彼がヨーロッパに向かう途中でニューヨークに二、三日滞在したことがあった。その予定を知った私は彼に手紙を書き、ニューヨークでお目にかかれないかと尋ねた。すると彼から、「会ってもいい。空港に迎えに来てほしい」というタイプ書きの返事が届いた。「好きじゃない人間には会いたくないし、宣伝活動もしたくないし、あれこれのスケジュールを詰め込まれるのもごめんだ」と彼は書き連ねていた。「行きたいのはブロンクス動物園、メトロポリタン美術館、近代美術館、自然史博物館、それとボクシング。メトロポリタンではブリューゲルの傑作と、素敵なゴヤを一点、いや二点、それにエル・グレコのトレドを見たい。トゥーツ・ショアの酒場は行きたくない。街にいる間は、余計なおしゃべりをしないで過ごしたい。人の集まる場所は行かない。マスコミ関係者に会わないのは単なるポーズではない。友人に会う時間を確保するにはそうするしかないのだ」。そしてその後に鉛筆書きでこう付け加えられていた。「われわれが持っているものの中で最も少ないのが時間だ」と。

飛行機でハバナから到着した日、ヘミングウェイは時間に追われているようには見えなかった。午後遅くにアイドルワイルド空港に到着予定だったので、私は空港に出迎えに行った。飛行機は私より先に着いていたので、私が彼を見つけたときには、彼はゲートのところに立ち、荷物と荷物の様子を見に行った妻を待っていた。片方の腕には、旅行用のステッカーをたくさん貼った、年季の入った傷だらけのブリーフケースを抱えていた。反対の腕は筋骨たくましい小柄な男の肩に回され、その男の額には大粒の汗が浮いていた。ヘミングウェイは赤い格子縞のウールのシャツ、柄《がら》の入ったウールのネクタイ、黄褐色のウールのセーターベスト、背中がきつめで袖丈も足りない茶色のツイードジャケット、グレーのフランネルのズボン、アーガイル柄の靴下にローファーという格好だった。一見、熊のようで、温かみも感じさせ、窮屈そうにも見えた。髪は後ろが特に長く、こめかみ辺りが真っ白なのを除けば、全体は灰色だった。口髭は白く、半インチほど伸びたぼさぼさの顎鬚も白かった。左目の上にはクルミくらいの大きさのこぶがあった。金属縁の眼鏡は、鼻当ての下に紙切れを挟んで掛けていた。急いでマンハッタンに向かおうとする気配は感じられなかった。彼はブリーフケースを腕でしっかりと抱え直し、ここには新作『河を渡って木立の中へ』の未完の原稿が入っているのだと言った。そして次に、筋骨たくましい小柄な男を抱き寄せて、飛行機の中でこの人と席が隣り合わせだったのだと言った。男は自己紹介した。その声は聞き取りにくかったが、どうやら名前はマイヤーズ。仕事でキューバに出張に行った帰りだという。マイヤーズは抱擁を振りほどこうとするそぶりを少しだけ見せたが、ヘミングウェイは愛情あふれるその腕を放そうとはしなかった。

「この人、ヒコーキで、ずっと、本、読んでた」とヘミングウェイが言った。インディアンの口調を真似る中にも、やはり中西部訛りが聞き取れた。「たぶん、この人、本、好き」と彼は言葉を足し、マイヤーズの方を向いてほほ笑み、少し肩を揺さぶった。

「ヒュー！」とマイヤーズが言った。

「この人には、本、大変」とヘミングウェイは言った。「本、初めはゆっくり、だんだんペースが上がって、最後はついていくのに必死。俺、人がついてこれなくなるほど感情を詰め込む、そして、そこからペース維持。だから読者、酸素マスク欲しくなる。本、エンジンと同じ。徐々に緩めるのが大事」

「ヒュー！」とマイヤーズが言った。

ヘミングウェイは腕を放した。「本で無安打試合《ノーヒット・ゲーム》を狙うのは駄目」と彼は言った。「十二対ゼロとか、十二対十一とかで勝つのを狙うのがいい」

マイヤーズは困った顔をしていた。

「この本、『武器よさらば』よりいい」とヘミングウェイは言った。「たぶん、これ、いちばん。でも最新作、いつもそんなふうに感じる。特にチャンピオンの座を狙っているとね」。彼はマイヤーズと握手をした。「本を読んでくれてありがとう」と彼は言った。

「こちらこそ」とマイヤーズは言い、ふらつく足取りで去って行った。

ヘミングウェイはその後ろ姿を見送ってから私の方を向いた。「本を書き上げた後、作家は死んでいるんだ」と彼は不機嫌そうに言った。「でも、誰もそのことに気付いてくれない。〝書く〟という大責任を果たし終えた後の無責任な部分だけを、人は見るのさ」。彼は、疲れてはいるが体調はいいと言った。体重は二百八ポンド（約九十四キログラム）まで落とし、血圧も下がっていた。新作にはまだかなりの手直しが必要で、完全に満足できるまでは推敲を続ける気でいた。「野球の投手みたいに小説家を途中で引っ込めることはできない」と彼は言った。「小説家は九回を投げきらなきゃならない。たとえそれで死ぬことになろうとも」

そこにヘミングウェイの妻、メアリーがやってきた。彼女は小柄だが陽気でエネルギッシュ、髪はブロンドのショートヘアー、ベルトの付いた丈の長いミンクのコートを着ていた。一人のポーターが荷物を山積みにしたカートを押しながらその後についてきた。「パパ、荷物が揃ったわ」と彼女はヘミングウェイに言った。「さあ、早く行きましょう、パパ」。しかし、ヘミングウェイは〝決して人にせかされたりしないぞ〟というポーズを見せ、ゆっくりと荷物の数を数えた。全部で十四個。ヘミングウェイ夫人の話によると、そのうち半分は夫がデザインした特大スーツケースで、同じく彼がデザインした紋章――幾何学的な模様――が記されていた。ヘミングウェイが荷物を数え終わると、「荷物をどこに運ぶか、ポーターに指示してあげて」と妻が言った。ヘミングウェイはポーターにその場所で荷物を見ておくように言い、妻の方を向いて、「慌てることはないよ、ハニー。まずは一杯やろうじゃないか」と言った。

　私たちは空港のカクテルラウンジに入り、バーの前に立った。ヘミングウェイはクロム製のスツールを引き寄せ、その上にブリーフケースを置いた。彼の注文はバーボンの水割り。ヘミングウェイ夫人は同じものを頼み、私はコーヒーを注文した。ヘミングウェイはバーテンダーに、バーボンはダブルにしてくれと言った。彼は酒が待ちきれない様子で、両手でバーにしがみつき、よく分からない曲をハミングしていた。ヘミングウェイ夫人は、ニューヨークに着くまでに暗くなっていなければいいけどと言った。ヘミングウェイは、そんなのはどちらでも同じだと言った。ニューヨークは騒々しい街、インチキな街で、昼も夜も一緒だ。どっちみち、そこに行くのが特にうれしいわけでもない、と。俺が楽しみにしているのはヴェニスの街だ。「俺が好きな土地は西部のワイオミングとかモンタナとかアイダホ。キューバとパリとヴェニスもいいな」と彼は言った。「ウェストポート（コネチカット州南西部の避暑地）なんかぞっとする」。ヘミングウェイ夫人はたばこに火を点け、私に箱を差し出した。私はそれをそのままヘミングウェイに渡したが、彼はたばこは吸わないと言った。たばこを吸うと、狩りに欠かせない嗅覚が駄目になるのだという。「本物の嗅覚を持った人間として言わせてもらえば、たばこの臭いはとてもひどい」と彼は言い、肩を丸め、握った手の甲を顔に当てて笑った。その格好はまるで、殴りかかってきた人間から身を守ろうとしているかのようだった。それから彼は本当に臭いで嗅ぎ分けられるという動物を、ワピチ、鹿、オポッサム、アライグマと列挙した。

バーテンダーが飲み物を運んできた。ヘミングウェイは何口かグイッと飲み、俺は動物と相性がいいんだと言った。時には、相手が人間の場合よりもいい関係が持てる、と。以前、モンタナでは熊と暮らした。一緒に眠り、一緒に酔っ払う大親友だった。私は彼に、ブロンクス動物園には今も熊がいるかと訊かれ、それは分からないけれどもセントラルパーク動物園ならきっと熊がいると思うと答えた。「ブロンクス動物園にはよくスポーツ記者のグラニー・ライスと出掛けたものさ」と彼は言った。「動物園が大好きなんだ。でも日曜は禁物。人間が動物をからかっているのなんて見たくないからね。動物が人間をからかうというのが本来の姿なんだ」。ヘミングウェイ夫人はハンドバッグから小さなノートを取り出し、あるページを開いた。ヨーロッパ行きの船が出る前に夫妻が済ませておきたい用事がリストアップしてあるのだと彼女は言った。買わなければならない物として挙げられていたのは、例えば湯たんぽのカバー、イタリア語の初歩的文法書、イタリアの簡単な歴史を紹介した本、そしてヘミングウェイのためにウールの下着四枚、木綿のパンツ四枚、寝室用スリッパ、ベルト一本、コート一着。「パパはコートを持ったことがないんです」。ヘミングウェイはうなるように何かを言い、カウンターにもたれた。「素敵な防水のコートにしましょうね」と夫人は言った。「それと、眼鏡の修理もしなくちゃ。鼻当てに柔らかいパッドが必要なの。ひどい傷になっちゃって。鼻当ての下に挟んでいる紙は何週間も取り替えないし。我慢できないほど汚くなって初めて取り替える有様」。ヘミングウェイは再びうなり声を上げた。

バーテンダーが現れると、ヘミングウェイが全員のお代わりを注文した。それからこう言った。

「メアリー、ホテルに着いたらまずしなきゃならないのは、ドイツ人《クラウト》への電話だ」。〝ドイツ人《クラウト》〟というのは昔からの友人、マレーネ・ディートリッヒの愛称だ、と彼は先ほどと同じように拳を顔に当てて笑いながら説明した。フィンカ・ビヒアの農場には他では通用しない独自の隠語や言い回しがたくさんあって、これもその一つだ。「一種の冗談言語みたいなもので会話して楽しんでいるわけさ」と彼は言った。

「まずマレーネに電話したら、次はキャビアとシャンパンを注文しましょうね、パパ」と夫人が言った。「私はキャビアとシャンパンを何カ月も前から待たされているんだから」

「ドイツ人《クラウト》、キャビア、シャンパン」と、まるで軍隊で難しい命令を頭に入れようとしているかのようにゆっくりとヘミングウェイは復唱した。彼は酒を飲み干し、バーテンダーにお代わりの合図をしてから、私の方を向いた。「コートを買うのに付き合ってくれるかな？」と彼は訊いた。

「コートを買うついでに、眼鏡の修理も」と夫人が言った。

私はどちらもご一緒しますと答え、続けて、そういえばボクシングが見たいとおっしゃっていましたよねと言った。ボクシングに詳しい友人から聞いたのですが、今週は一つしか試合がなくて、それが今夜、場所はセント・ニコラス・アリーナなのです。友人がチケットを四枚持っていて、もしよかったら一緒に観戦させてくれるそうです。ヘミングウェイは誰が試合をするのかを訊いた。私が教えると、彼はつまらないボクサーだと言った。つまらないボクサーね、と夫人も繰り返し、キューバの方がもっといいボクサーがいると付け加えた。ヘミングウェイは私を責めるようにじっと見た。「お嬢さん、覚えておきなさい。くだらない試合は試合がないよりもつまらない」。ヨーロッパから帰国したらまたみんなでボクシングを見に行こう、と彼は言った。どうしたって、年に何度かはいい試合を見なければならないからな。「あまりに長く間《ま》を空けてしまうと、二度と行かなくなってしまう。それはかなり危険だ」。彼はここで少しの間咳き込んだ。「しまいには」と彼は締めくくった。「部屋に閉じこもったきり、全く動かなくなる」

それからもうしばらくバーで時間を潰した後、ヘミングウェイ夫妻が私にホテルまで一緒に行くかと尋ねた。ヘミングウェイの指示で一台のタクシーに荷物を積み、私たち三人は別のタクシーに乗った。既に外は暗くなっていた。タクシーが走っている間、ヘミングウェイは道をじっと見ていた。夫人は私に、彼は車に乗るといつも路面を見るのだ——普段は前の座席から——と言った。第一次世界大戦に参加してからの習慣らしい。私は夫妻にヨーロッパでの予定を尋ねた。夫妻は、パリに一週間ほど滞在し、その後、車でヴェニスに向かうと言った。

「パリに戻るのがとてもうれしいよ」とヘミングウェイは路面を見つめたまま言った。「パリには裏口から帰る。インタビューも宣伝活動もなし。昔みたいに散髪もしない。ウェイター一人とその交代要員以外は誰も知り合いのいないカフェに行きたい。新しい絵と古い絵を全部見尽くす。自転車レースとボクシングを観戦して、新しい自転車乗りとボクサーを見る。安くてうまいレストランを見つけて、自分専用のナプキンを取り置きしてもらう。街中を散歩して、過ちを犯した場所、素晴らしいひらめきを得た場所を再訪する。青く靄《もや》がかかった午後は、馬のコンディションを調べに出掛け、勝ちそうな馬に目星を付けて、翌日、オートイユやアンギャンの競馬場で馬券を買う」

「パパの予想は当たるのよ」と夫人が言った。

「コンディションが読めたときにはな」と彼は言った。

クイーンズボロ橋を渡るとき、マンハッタンのビル群が空にそびえるのが見えた。高いオフィスビルには明かりが灯っていた。ヘミングウェイは特に何の感動も覚えていない様子だった。

「ここは俺の街じゃない」と彼は言った。「少しの間だけ立ち寄る街。耐えがたい場所だ」。逆に、パリはもう一つの故郷みたいなものだ、と彼は言った。「あそこでは好きなだけ孤独でいられるし、存分に幸福を味わえる。俺がそこで暮らし、働き、学び、育ち、そこに戻るために努力を重ねた街だからね」。ヴェニスももう一つの故郷だ。前回、妻とイタリアを訪れたときは、四カ月ヴェニスとコルティナ峡谷に滞在し、狩猟もした。あの土地とそこに住む人々のことは、今書いている本にも盛り込んだ。「イタリアは死ぬほどいい」と彼は言った。「まるで一度死んで、天国に行った気分になる。想像したこともないような場所だ」

私はスキーをしているときに右足首の骨を折ったんですが、やっぱりまた行きたいと思っています、と夫人は言った。ヘミングウェイはパドヴァで目の感染症から丹毒になって入院したのだが、それでもイタリアに戻って多くの友人に会いたがっていた。風の強い日にゴンドラを操る船頭、前回の旅行で宿泊したグリッティパレスホテル、トルチェロ島――ヴェニス北東の潟湖《せきこ》にあり、ヴェニスを建設して最初に移り住んだ人々がいた島――の古い宿ロカンダ・チプリアーニなどを彼は楽しみにしていた。トルチェロ島には今、七十人ほどの住人がいて、男たちは皆、プロの鴨撃ちだ。ヘミングウェイは島に滞在する間、宿の庭師と一緒に、何度も鴨撃ちに出掛けた。「俺たちは船で運河を巡って浅瀬から飛び立つ鴨を撃ったり、引き潮の湿地を歩いて物陰から狙い撃ちしたりした」と彼は言った。「あそこは鴨がウクライナのプリピャチ沼沢地からはるばるやって来る飛行ルートに当たっている。俺は腕がいいから地元で一目置かれるようになった。北でブドウを食べた後に南のブドウを食べに移動する別の小さな鳥もあの辺りを通る。地元の人でも、そいつらが留まっているところを撃つことが多いんだが、俺は飛んでいるところを撃つんだ。一度は空中の二羽を、右と左、立て続けに撃ち落としたこともある。さすがの庭師も感心して声を上げたよ。帰り道でも、昇ってきた月を背景に空中の鴨を撃って運河に落とした。おかげで庭師は手が付けられないほど興奮してしまったが、キャンティの一パイント瓶で何とか落ち着かせたというわけさ。やつも俺も一パイントずつ。俺は冷えた体を温めるため、やつは高ぶった気持ちを静めるため」。しばらく沈黙があった後、ヘミングウェイが言った。「ヴェニスは美しい」と。

夫妻はシェリーネザーランドホテルに宿泊することになっていた。ヘミングウェイはチェックインの手続きをし、自分の到着は公にしないでほしいということと、ディートリッヒ女史以外の電話はつながないでほしいという旨を客室係に伝えた。それから私たちは、予約してあったスイート――リビングと寝室と食料室から成る――に上がった。ヘミングウェイは部屋に入ったところで立ち止まり、リビングをチェックした。その大きな部屋はけばけばしい彩りに装飾され、模造品のチッペンデール風家具が備え付けられ、模造品の暖炉には偽の石炭が置かれていた。「部屋はまあまあだな」と彼は言った。「中国風ゴシック部屋とでも呼ばれていそうな感じだ」。彼は中に入り、さらに部屋を眺めた。

ヘミングウェイ夫人は本棚のそばまで行き、その中身を調べた。「ねえ、パパ」と彼女は言った。「これ、偽物だわ。ボール紙で背だけ作ってある。本物の本じゃない」

ヘミングウェイは真っ赤なソファーの上にブリーフケースを置いてから本棚の前まで進み、タイトルをゆっくりと声に出して表情豊かに読み上げた――『経済学基礎』、『合衆国政府』、『人民の国、スウェーデン』、フィリス・ベントリー著『安らかな眠り』。「どうやら俺たちみたいな種族は絶滅に向かっているようだ」、彼はそう言いながらネクタイを外した。

ヘミングウェイはネクタイを取った後、上着を脱ぎ、それをまとめて妻に渡した。夫人は荷ほどきをすると言って寝室に入った。ヘミングウェイは襟のボタンを外し、電話の前まで行った。「ドイツ人《クラウト》に電話しなくちゃな」。彼はプラザホテルに電話をかけ、ディートリッヒ女史につないでくれと言った。彼女は外出中だったので、夕食に来るようにと伝言を残した。彼は次にルームサービスに電話をし、キャビアとペリエジュエの辛口《ブリュット》を二本頼んだ。

ヘミングウェイは本棚の前に戻り、次に何をしようか決めかねているかのようにそこにじっと立った。そして再びボール紙の背を見て、「偽物か。この街と同じだな」と言った。文壇はここのところあなたの話で持ちきりです、と私は言った。批評家たちはあなたがこれまでに書いた作品ばかりでなく、今後書く作品についても、断定的なことを言ったり書いたりしています、と。彼は、ニューヨークでいちばん会いたくないのが批評家たちだと言った。「あいつらは野球場に試合を見に行ったって、スコアカードがなければ選手の区別が付かないような連中さ。俺は、好きでもないやつらが何を言おうが何とも思わない。構うもんか。こっちの邪魔をしたいならさせておけばいい。ライナーが自分のところに飛んできたと言って抗議する三塁手はいないだろ？ライナーが飛んでくるのはうれしくはないが、想定内のことだからな」。いちばん会いたくない人として批評家と肩を並べるのが、直に見たこともないくせに戦争のことを書く作家たちだ、と彼は言った。「ああいう連中は、計算通りに外野フライに打ち取ったのにそれを落球する外野手みたいなものだ。あるいは自らマウンドに立って、全打者を三振に仕留めようとするようなやつらだな」。俺が投げるときは、特に必要がない限り三振は狙わない、と彼は言った。「速球はいくらでも投げられる。でもその代わりに、ショートへポップフライを打たせたり、内野ゴロを打たせたりした」

ウェイターがキャビアとシャンパンを持って現れた。ヘミングウェイは瓶を一本開けるように言った。ヘミングウェイ夫人が寝室から戻ってきて、あなたの歯ブラシが見つからないと言った。彼は、どこにやったか心当たりはないが、また新しいのを買ったらいいと言った。夫人はそうねと言って寝室に戻った。ヘミングウェイは二つのグラスにシャンパンを注ぎ、一つを私に渡し、もう一つを自分で手に取り、口をつけた。ウェイターは心配そうな様子でそれを見守っていた。ヘミングウェイは肩を丸め、スペイン語でウェイターに何かを言った。二人は一緒に笑い、ウェイターは部屋を出て行った。ヘミングウェイはグラスを持ったまま移動して赤いソファーに腰を下ろし、私はその向かい側にある椅子に座った。

「忘れられないよ。俺は第一次世界大戦にひどいショックを受けて、約十年間それについて書くことができなかった」。彼は急にひどく腹を立てたみたいにそう言った。「戦闘が作家の内面に残す傷はとても治りが遅いんだ。昔、そんな話を三つ書いた。『異国にて』と『最前線』と『身を横たえて』だ」。彼はある戦争作家の名前を挙げて、その男は自分がトルストイだと思い込んでいるようだが、実際には、せいぜいブリン・モー大学のホッケーチームを描くトルストイといったところだと評した。「あいつは怒りの中で発射される銃弾の音さえ聞いたことがないくせに、トルストイを打ち負かす気でいる。トルストイは、セヴァストポリで砲兵隊を率いた士官だぞ。戦場のことは知っているし、どこにいてもすごい男だった——ベッドでも、バーでも、ものを考えるしかない空っぽの部屋の中でも。俺は最初はとても静かに書いた。そしてツルゲーネフを打ち負かした。その後は、さらに懸命に訓練を積んでモーパッサンを打ち負かした。それからスタンダールとは二回、引き分けた。二度目は俺の方が少し優勢だったと思う。でも、さすがに気が触れでもしない限り、あるいは俺の腕が今後も上がり続けない限りは、トルストイと同じリングに立とうとは思わないな」

ヘミングウェイの新作は短篇小説として書き始めたものだった。「しかし書き始めたら止まらなくなって、結局そのまま長篇になった」と彼は言った。「俺の場合、長篇はいつもそうなんだ。二十五歳のとき、宙返り《サマソールト》・モームとスティーヴン・意地悪《ヴィクセン》・ベネーの小説を読んだ」（それぞれサマセット・モームとスティーヴン・ヴィンセント・ベネーの名前で遊んでいる）。彼はしわがれた声で笑った。「彼らは既に長篇を書いていた。俺は長篇をまだ書いていない自分が恥ずかしかった。だから二十七歳のときに『日はまた昇る』を書いた。六週間で仕上げたんだ。自分の誕生日の七月二十一日にヴァレンシアで書き始めて、九月六日にパリで書き終わった。でも、最初は本当にひどい原稿だったから、五カ月近くかけて書き直した。ひょっとしたら、若い作家はこの話を聞いて励まされた気になるかもな。精神分析医の助言を聞くよりよっぽどいい。以前俺は分析医に、『精神分析から何か学んだことはありますか？』と訊かれたことがある。『ほとんど何も』と返事を書いたよ。ついでに、あなた方こそ、せいぜい俺の作品からいろいろなことを学んでくださいと書き添えておいた。カウンターパンチで勝つのに力は要らない。強打が売りのボクサーが相手なら、パンチ力で勝てない限り先に手を出しちゃ駄目だ。距離を詰めて、パンチを受けながら懐に入る。スウィングが来たら頭を下げる。フックはブロック。そしてジャブは精いっぱい迎え撃つ。これが、パパが血と汗でつかみ取った人生の真実だ」

ヘミングウェイは自分のグラスにシャンパンのお代わりを注いだ。俺はいつも自分の手で原稿を書いているが、最近、テープレコーダーを買ったので、思い切って使ってみようと思っているんだ、と彼は言った。「しゃべる機械に向かって好きなことをしゃべって、秘書にタイプで清書させるのさ」。文章をすらすら書くのは難しい。ただし、会話は例外だ。「会話の場面はこっちがついていくのに必死なくらいだが、ほとんど耐えがたいほどの快感がある。だからいくらか余計に会話を書き込んでしまう。限界まで飛行機を飛ばしたり、時にアクロバット飛行をしたりするパイロットみたいなものさ。普段は慎重な飛行を心がけているが、すごく速度の出る飛行機を操縦するときはその慎重さの埋め合わせをする。それが長生きの秘訣。というか、作品を長生きさせる秘訣。さあ、皆さんのご意見はいかがですか？」。最後のこの決め台詞は彼にとって何か特別な意味がありそうだったが、説明してはくれなかった。

新作は今までの作品とは違うものになったと思いますか、と私が尋ねると、彼はまたじっと、こちらを非難するような視線を向けた。「君はどう思う？」と彼は一瞬後に訊いた。「『武器よさらば　アディスアベバ篇』を書いてもらいたいかな？　あるいは『武器よさらば　砲艦篇』とか？」。新作は第二次世界大戦の司令部レベルの物語だ。「俺は兵士の経験がない兵士もどきには興味がない」。彼はまた突然怒った様子でそう言った。「俺が個人的に経験した不正義にも。俺が興味を持っているのは、いまいましいほど悲しい戦争の科学だ」。新作長篇には下品な言葉がたくさん盛り込まれている。「だって実際に戦場ではみんなが下品な言葉をしゃべっているからね。俺は上品な言葉遣いを心がけてはいるけれど」。彼は自分の言葉を自分で信じようと努力しているみたいな口調でそう言った。「今回の作品は『武器よさらば』を超えたと思う」と彼は続け、ブリーフケースに手を伸ばした。「ここには若いやつらや無知な連中は出てこないからな。さあ、皆さんのご意見はいかがですか？」

扉をノックする音が聞こえ、ヘミングウェイがさっと立ち上がり、扉を開けた。それはディートリッヒ女史だった。二人は再会を喜んでいた。ヘミングウェイ夫人も寝室から出てきて、客を熱烈に歓迎した。ディートリッヒ女史はヘミングウェイから少し離れて立ち、満足げな表情で彼を見た。「パパ、元気そうね」。彼女はゆっくりした口調でそう言った。

「会いたかったよ、お嬢」とヘミングウェイが言った。彼が顔の前に拳を構え、声を出さずに笑うと、その肩が揺れた。

ディートリッヒ女史はミンクのコートを着ていた。彼女は大きく溜め息をつき、コートを脱いでヘミングウェイ夫人に手渡した。それからさらにもう一度溜め息をつき、張りぐるみの椅子に腰を下ろした。ヘミングウェイはシャンパンをグラスに注いで彼女に渡し、他のグラスを再びいっぱいにした。

「これまでに俺のリングに上がった女の中ではドイツ人《クラウト》がいちばんだ」と彼は言いながら、私にグラスを渡した。それからディートリッヒ女史の横に椅子を引き寄せ、自身や友人たちの近況を教え合った。二人は芝居や映画の関係者について話していたが、そのうちの一人の男をヘミングウェイは「海の下種《げす》」と呼んだ。

ディートリッヒ女史は「海の下種」とは何なのか知りたがった。

「海の方が陸地よりも広いだろ？」と彼は言った。

ヘミングウェイ夫人は食料室に入り、しばらくしてからキャビアを載せたトーストを持って出てきた。

「メアリー、私は今、おばあちゃんになったから悪いことができなくなったという話をパパにしていたところよ」。ディートリッヒ女史はトーストを一切れ取りながらそう言った。「いつも子供のことを考えなくちゃならない。分かる、パパ？」

ヘミングウェイは同情するようなうめき声を上げ、ディートリッヒ女史はハンドバッグから孫の写真を何枚か取り出し、皆に回した。一歳半よ、と彼女は言った。ヘミングウェイは、この子は勝者の面構えをしている、将来リングに立つことになったら喜んで応援すると言った。

娘はもうすぐ二人目を産むのよ、とディートリッヒ女史は言った。「パパ、私はもう一回おばあちゃんになっちゃうわ」と彼女は言った。

ヘミングウェイは彼女に陰気な視線を向けた。「俺もあと数カ月でおじいちゃんだ」と彼は言った。「息子のバンビーの女房が産む」

バンビーというのはヘミングウェイの長男ジョンのニックネームだと、夫人が私に説明してくれた。彼は今、陸軍の大尉としてベルリンに配属されている。他の二人の息子はマウスと呼ばれているパトリックと、ギギと呼ばれているグレゴリーだ。パトリックは現在二十一歳、ハーバード大学の二年生で、六月に結婚予定。グレゴリーは十八歳でアナポリスのセントジョンズ大学の一年生。パトリックは現在のヘミングウェイ夫人に加え、ヘミングウェイの二人目の妻で、自分とギギの母親であるポーリン・ファイファーを結婚式に招く予定だ。バンビーの母親でヘミングウェイの一人目の妻であるハドリー・リチャードソンは現在、ポール・スコット・モウラー夫人。ヘミングウェイの三人目の妻はマーサ・ゲルホーンだ。

「何をするにしても、全ては子供のため」とディートリッヒ女史は言った。

「全ては子供のため」とヘミングウェイは言い、ディートリッヒ女史のグラスを満たした。

「ありがとう、パパ」と彼女は言い、溜め息をついた。私はプラザホテルに寝泊まりしているけれど、三番街にある娘のアパートでかなりの時間を過ごしているの。「パパにはぜひ、娘夫婦が留守にしているときの私の姿を見てもらいたいわ」と彼女は言い、シャンパンを一口飲んだ。「私はベビーシッター。娘夫婦が出掛けた途端、私はあちこち回って、引き出しの中を整理して、部屋を掃除する。きれいに片付けができていない部屋は我慢できないの。プラザから持ってきたタオルで隅々まで掃除して、家中をきれいにする。そして夜中過ぎの一時か二時にあの子たちが帰宅したら、汚れたタオルと赤ん坊の洗濯物を詰め込んだ荷物を肩からぶら下げて外に出て、タクシーを拾う。すると運転手が私のことを三番街に通う家政婦だと思い込んで、同情するような口調で話し掛ける。おかげで、プラザホテルまで送ってもらいにくくなる。結局、ホテルまで一ブロックの場所で降ろしてもらって、重い荷物を背負ったまま歩いて帰る。そこから赤ん坊のものを洗濯して、やっと眠れるってわけ」

「お嬢、それってまるで、満塁でヒットをかましているみたいな話だな」とヘミングウェイは大まじめに言った。

扉の方でベルが鳴り、ベルボーイが花屋の箱を届けに来た。ヘミングウェイ夫人が箱を開け、緑色のランを取り出し、カードを読んだ。〝アデリンより、愛を込めて〟。「アデリンってどこの誰?」と彼女は訊いた。誰も心当たりがなかった。ヘミングウェイ夫人は花を花瓶に生け、そろそろ夕食を頼みましょうと言った。

ヘミングウェイ夫妻とディートリッヒ女史は食事をとりながら戦争の話をした。三人とも自分の目で戦争を見ている。当時はまだメアリー・ウェルシュであったヘミングウェイ夫人は、《タイム》誌の特派員として戦時中のロンドンでヘミングウェイに会い、二人はそのロンドンでも、後にはパリでもディートリッヒ女史を何度も見に出掛けた。ディートリッヒ女史は米国慰問協会に所属する芸能人だったので、ヨーロッパのほとんど全ての前線で公演を行っていた。彼女は戦争の話をするとき、少し悲しそうな顔になった。軍の慰問は大好きだった、と彼女は言った。海外に派遣された部隊の士気は、よそで見たことがないほどの盛り上がりだった。「誰もが、人が常にそうあるべき姿になっていたわ」と彼女は続けた。「意地悪はしないし、物怖《ものお》じもしない。それでいて互いに優しいの」

ヘミングウェイは乾杯のためにグラスを高く掲げた。

「戦争が終わった今、パパが時々意地悪をするのはなぜなのか、やっと分かった気がする」とヘミングウェイ夫人は言った。「平和な時代には勇敢な姿を見せる機会がないからなんだわ」

「戦争中は状況が違った」とディートリッヒ女史が言った。「人はこれほどわがままじゃなかったし、互いに助け合っていた」

ヘミングウェイは戦時中に彼女が録音したアメリカのポピュラーソング——歌詞はドイツ語に翻訳してあった——の話をして、それを手に入れたいと言った。「お嬢、もしも公平な取り引きがしたいのだったら、その録音テープと新作の原稿を交換しようじゃないか」と彼は言った。

「パパとは取り引きしないわ。愛しているから」とディートリッヒ女史は言った。

「これまでに俺のリングに上がった女の中では君がいちばんだ」とヘミングウェイは言った。

ヘミングウェイ夫人は言った。「アデリンっていったいどこの誰？」

翌朝遅く、私は、すぐにホテルに来るようにというヘミングウェイからの電話で起こされた。いかにも切迫した様子だった。急いでコーヒーを飲み、ホテルに駆けつけると、部屋の扉が開いていたのでそのまま中に入った。ヘミングウェイは電話の最中だった。彼の体格には窮屈すぎるように見えるオレンジ色の格子縞のバスローブを着て、手にはシャンパンの入ったグラスを持っていた。髭は前日にも増してもじゃもじゃに見えた。「息子のパトリックがハーバードからこっちに来ることになった。だから部屋を一つ予約したい」と彼は電話に向かって言っていた。「P・ヘミングウェイ。パトリックのPだ」。彼は間《ま》を置き、シャンパンを一口飲んだ。「どうもありがとう。ハーバードに通っている息子なんだ」

ヘミングウェイは電話を切り、バスローブのポケットから錠剤の箱を取り出した。そして手のひらに二錠取り、シャンパンで飲み下した。話によると、彼は六時から起きだしたらしい。夫人はまだ眠っていて、朝の仕事が一段落したので、話がしたかったとのこと。人と話をすると彼は気分が落ち着くのだそうだ。俺はまぶたがやけに薄くて、目がやけに光に敏感だから、いつも夜明けとともに起きるんだ、と彼は説明した。「だから、生まれたときから全ての日の出を見てきた。それがもう半世紀になる」。彼は朝のうちに、原稿の手直しをかなりやったらしい。「朝、目が覚めると同時に、俺の頭は文章を作り始める。だから、さっさとそれを口に出すか書き留めるかして片付けてしまわなくちゃならない」と彼は言った。「ドイツ人《クラウト》のことは気に入ったかな？」

はい、とても、と私は答えた。

「俺はドイツ人《クラウト》も大好きだし、イングリッド（女優のイングリッド・バーグマンのこと〔一九一五－八二〕）も大好きだ」と彼は言った。「もし今、メアリーと結婚していなくて、メアリーを愛していなかったら、その二人のうちのどちらかを口説くだろうな。二人とも、互いにないものを持っている。二人が共通して持っているのは、俺が大好きな部分だ」。彼は一瞬、当惑したような表情を浮かべてから、慌てて言った。「女優との結婚はやっぱりごめんだ。女優は自分の仕事を持っているし、働く時間も不規則だからな」

コートを買う気はまだありますかと私が訊くと、彼はもちろんと答えた。でも、せかされるのは嫌だし、外は寒い。彼は緑色のランを挿した花瓶の前まで行き、そこに添えられたままのカードを見た。アデリンという名前は聞き覚えがないし、できれば知り合いになりたくない名前だ、と彼は言った。ソファーのそばの配膳用テーブルにはシャンパン・クーラーが二つ置かれ、それぞれに瓶が一本と氷が入っていた。彼はグラスを持ってそこに行き、瓶を持ち上げて中を覗いた。空《から》だった。彼は空瓶を、逆さまにしてクーラーに戻した。そしてもう一本の方を開け、グラスにシャンパンを注ぎながら、歌を口ずさんだ。「だから弾薬をよこせ、俺は第三師団、犬みたいな顔した兵隊さんはこの通り元気さ」。彼はここで歌を中断して言った。「これは第三歩兵師団の歌。頭の中で音楽を鳴らしたいときはこれを使うことにしている。音楽は何でも好きだ。オペラでも。でも音楽の才能はないし、歌も歌えない。音感は完璧なんだが、楽器は楽譜なしでは何も弾けない。ピアノも。母は昔、俺にチェロを習わせようとした。外でフットボールをしたい年頃の俺に、学校を一年休学させてチェロを弾かせようとしたんだ。母は自分の家で室内楽を聴きたかったんだな」

彼のブリーフケースは蓋が開いたまま、机の脇にある椅子の上に置かれ、そこから原稿の束がはみ出ていた。誰かが原稿をぞんざいに詰め込んだようだ。今朝は原稿を刈り込んでいたんだ、とヘミングウェイは言った。「本の良し悪しは、良い部分をどれだけ捨てられるかで決まる」と彼は言った。「書いている最中の俺はライオン並みに自信満々だ。俺は英語の中でも最も古い語を使う。世間の連中は俺を、高級な言葉を知らない馬鹿だと思ってる。高級な言葉くらい知ってるさ。でももっと古くてもっと良い単語がある。それをうまく並び替えれば、ぴたっとはまるんだ。いいか、学識や教育をひけらかそうとする連中に限って、そんなものは持ち合わせていない。ついでに言っておくが、お嬢さん、俺がテディベアと一緒に寝ていたのは四歳までだ。そういえばこの前、七十八歳のおばあさんたちが復員兵援護法の抜け穴を利用して、戦死した息子の分の教育を受けようとしたことがあっただろう？　俺はあの話を聞いて、奨学金を設立して自分をハーバードに送りたいと思った。アラベル伯母さんはいつも、ヘミングウェイ一族の男の子で大学に行かなかったのはあなただけだって悔しそうだったからね。でも、俺は忙しくて、大学どころじゃなかった。高校を卒業した後は、軍隊の特訓コースを二つほど受けただけ。フランス語は習ってない。フランス語の勉強は、アメリカの新聞に載っているAPの記事を読んだ後にフランス語新聞のAPの記事を読むというやり方で始めた。その後は、自分の目で見た出来事の記事――例えば、スポーツ記事《レゼヴェヌマン・スポルティフ》――をフランス語で読むようになって、次は犯罪記事《レ・クリンム》。そこからモーパッサンまではすぐだった。彼の文章は、俺が見たことがあるものや俺に理解できるものを扱っていたから。デュマ、ドーデもそう。スタンダールを読んだときは、自分もこういうふうに書きたいと思った。フロベールはいつも完璧な直球。内角高めの厳しいところに投げ込んできた。ボードレールからはナックルボールを教わった。ランボーは生涯一度も直球を投げなかった。ジッドとヴァレリーからは何も学べなかった。ヴァレリーは頭が良すぎて俺の手には負えなかったんだと思う。つまりはジャック・ブリットンとベニー・レナードの対戦みたいなものだな」

　ジャック・ブリットンは俺の尊敬するボクサーだ、と彼は続けた。「ジャック・ブリットンは決して踵《かかと》を下ろさず、軽いフットワークで動き回り、パンチをまともに食らうことがなかった」と彼は言った。「俺も常に踵を浮かせて、相手にまともなパンチを打たせない。強打が売りのボクサーが相手なら、パンチ力で勝てない限り先に手を出しちゃ駄目だ。とにかく相手の懐に入る」と彼は言い、ボクシングの体勢を取ってシャンパンのグラスを持つ右手を胸の前に構えた。そして左手で空中にパンチを繰り出して言った。「いいか、スウィングが来たら頭を下げる。フックはブロック。そしてジャブは精いっぱい迎え撃つ」。彼は再び真っ直ぐに立ち、何かの思いに耽るようにグラスを見つめた。そして言った。「いつだったか、ベニー・レナードとの試合についてジャックに尋ねてみたことがある。『ジャック、どうしてあんなに簡単にベニーをやっつけることができたんだ？』ってね。するとこう言った。『ベニーはすごく頭のいいボクサーなんだよ、アーニー。ボクシングの間、やつはずっと頭で考えてる。俺はやつがそうやって考えている間に、パンチを出すんだ』」。「ジャックはすごく幾何学的に洗練された動きをする。百分の一インチの無駄もない。彼にまともなパンチを食らわせたボクサーは一人もいない。彼は誰が相手でも、好きなときにパンチを当てられる」。彼はまた笑った。「『俺はやつがそうやって考えている間に、パンチを出すんだ』か」。この話は最初、短篇「五万ドル」の中に入れていたが、スコット・フィッツジェラルドに言われて削ったんだ、と彼は言った。「スコットは誰でも知っている話だと思ったのさ。本当は、ジャックと俺しか知らない話なのに。だって俺が本人の口から聞いたんだからな。とにかくスコットは削れと言った。俺は嫌だったが、スコットは作家として成功していたし、尊敬する作家でもあったから、素直に言うことを聞いてこの話を削った」

ヘミングウェイはソファーに座り、私の目を引くために二、三度大きくうなずいた。「年を取るにつれ、自分にとってのヒーローを見つけるのがだんだんと難しくなる。それでもやっぱり必要なんだが」と彼は言った。「俺が飼っている猫の中にボイシという名前のがいるんだが、そいつは人間になりたがっている」。彼は愚痴を言っているみたいな低い声でゆっくりと続けた。

「だから、ボイシは人間様が食うものは何でも食う。アロエみたいに苦いビタミンBのカプセルだって噛む。俺は自分が飲んでいる血圧の薬と睡眠薬だけはやつに与えないから、やつは俺が大事なものを独り占めしていると思っているのさ」。彼は喉をごろごろ言わせて短く笑った。「俺って変な老人だな」と彼は言った。「さあ、皆さんのご意見はいかがですか?」

五十歳はよく考えてみると老人とは言えないな、とヘミングウェイは言った。「五十歳でまたタイトル防衛に挑戦するというのも、何だか楽しい。二十代でタイトルを取り、三十代、四十代と防衛してきたんだ。五十代で防衛戦というのも悪くない」

しばらくするとヘミングウェイ夫人が部屋に入ってきた。グレーのフランネルのスラックスに白のブラウスという格好だった。彼女は、六カ月ぶりに温かいお風呂に入って最高の気分だと言った。そして緑色のランの前まで行き、カードを見た。「いったいアデリンって誰なの?」。それからその疑問は放り出し、ヘミングウェイに向かって、今から私は用事を片付けに外に行くからあなたも着替えをして自分の用事に出掛けたら、と言った。彼は、もう昼時だから今出掛けたらどこかで食事を取らなくちゃならないと言った。逆に今、昼飯を部屋に届けてもらったら時間の節約になるだろう、と。じゃあ、あなたが着替えている間に私が注文しておきます、と夫人が言った。ヘミングウェイはまだグラスを手にしたまま、気乗りしない様子でソファーから立ち上がった。そしてグラスのシャンパンを飲み干し、寝室に入った。彼がそこから出てきた——青いボタンダウンのシャツ以外は前の日と同じ服装で——とき、テーブルにはもう昼食の用意ができていた。しかし、タヴェルのロゼワインがなければ昼食は始まらない、とヘミングウェイが言ったので、ウェイターがそれを持ってくるのを待って私たちは食事を始めた。

ヘミングウェイは最初に牡蠣に手をつけ、一つ一つをじっくりと噛んだ。「よく噛むと消化にいい」と彼は私たちに言った。

「パパ、お願いだから眼鏡も直してね」と夫人が言った。

ヘミングウェイはうなずいた。そして私の方を向いてさらに何度かうなずいた――またしても注意を促す合図だ。「俺は年を取ったら、人を退屈させることのない賢い老人になりたい」と彼は言ってから、ウェイターがアスパラガスとアーティチョークの皿を前に置き、タヴェルを注ぐのを待った。ヘミングウェイはそのワインを味見し、ウェイターにうなずいた。「俺はあらゆるものを見たい。新しいボクサー、馬、バレエ、自転車乗り、貴婦人、闘牛士、画家、飛行機、ろくでなし、カフェの有名人、国際的な高級娼婦、レストラン、年代物のワイン、ニュース映画なんかを見まくって、しかもそれらについては一行の文章も書かないというのをやってみたい」と彼は言った。「手紙はたくさん書いて、返事ももらいたい。八十五歳になってもセックスは現役でいたい。クレマンソーみたいに。バーニー・バルークみたいになるのはごめんだ。たまに公園に出掛けて鳩に餌をやるのはいいが、公園のベンチにじっと座っているなんて嫌だね。髭は長くは伸ばさない。バーナード・ショーみたいな老人ばかりじゃつまらないからな」。彼はそこで間《ま》を置き、手の甲で髭をなで、思索に耽るようなまなざしで部屋を見回した。「ミスター・ショーには会ったことがない」と彼は言った。「ナイアガラの滝にも行ったことがない。それはともかく、繋駕《けいが》競走はやってみたい。あの競技で上位に行くのは七十五を越えた連中ばかりだからね。その後は若い野球チームでも作ろうか。ミスター・マックみたいに。でも、普通は嫌だからサインの出し方は変える。どんなふうにするかはまだ考えていない。それが終わったら、プリティー・ボーイ・フロイド（〝美少年〟とあだ名された有名な銀行強盗［一九〇四－三四］）以来のきれい《プリティー》な死体になる。魂の救済で悩むのは青二才さ。知的な形で魂を失うのが人の務めなのに、魂を救うなんてどうでもいい話。むしろ、今まで守ってきた地位を、ついに保持できなくなったときにいかに高く売るかという問題だよ。これまででいちばんの高値で売ろうと努力するだけのこと。死ぬのは難しくない」。彼は口を開けて笑った――最初は声を出さず、次は大声で。「今さらくよくよ悩んだりしないよ」と彼は言った。そして槍のように細長いアスパラガスを指でつまんでじっと見つめた。「よほど立派な人間でもなければ、有意義な死に方なんてできはしないんだから」

既に食事を終えていた夫人は、急いでワインを飲み干した。ヘミングウェイはゆっくりと自分の分を飲み干した。私が腕時計を見ると、時刻は三時近かった。ウェイターがテーブルの片付けを始め、私たちは立ち上がった。ヘミングウェイはまだ空になっていないシャンパンの瓶を寂しそうな目で見ていた。夫人はコートを羽織り、私もそうした。

「瓶に半分だけ残ったシャンパンというのは人類の敵だな」とヘミングウェイが言った。私たちは再び腰を下ろした。

「俺は少しでも金があったら、シャンパンに使う。それより賢い金の使い方は思いつかない」とヘミングウェイは言って、シャンパンを注いだ。

瓶が空になると私たちは部屋を出た。夫人は階下で、眼鏡の修理を忘れないでとまた念を押し、去った。

ヘミングウェイはホテルの前で一瞬、足が止まった。その日は雲が多く、風は涼しかった。こういう日は外出に向かないな、と彼は不機嫌そうに言い、喉も少し痛いと付け加えた。医者に行きますかと私が訊くと、行かないと彼は言った。そして「俺は金を受け取る医者を信用しない」と言って五番街を渡り始めた。鳩の群れがそばを飛んでいった。彼は立ち止まり、想像上のライフルを鳩に向けた。そして引き金を引いた後、がっかりした表情を浮かべた。「今のはすごく難しい」と彼は言った。それから素早く後ろを振り返り、また撃つふりをした。「どうだ！」。彼は道路の一点を指さした。機嫌は少しだけましになったようだった。

まず眼鏡屋に行きますかと私が訊くと、彼はノーと言った。じゃあ、コートにしますかと訊くと、彼は肩をすくめた。夫人が薦めていたアバクロンビー&フィッチに行きましょうかと私が訊くと、彼はまた肩をすくめ、ゆっくりとタクシーに向かっていった。タクシーは午後の渋滞の中、五番街を走りだした。五十四丁目の角で交通整理の警官の合図があり、私たちは停まった。ヘミングウェイはうなった。「アイルランド系の警官が凍えている光景を見るのは楽しいな」と彼は言った。「あの警官は戦時中、きっと憲兵だった。賭けてもいい。誘導が巧みだ。フェイントの動きが堂に入っている。現実の警官は、ヘリンジャーの映画に出てくるような姿とは大違いさ。映画みたいな警官はめったにいない」。車がまた動きだすと、彼は以前スコット・フィッツジェラルドと一緒に五番街を渡ったという場所を教えてくれた。「スコットはとっくにプリンストンを卒業していたのに、まだフットボールの話をしていた」と彼は無感情に言った。「スコットは、フットボールのチームに入るのが夢だったんだ。『スコット、なあ、フットボールの話なんかもうやめろよ』と俺は言った。あいつは『馬鹿を言うな』って言った。その話はそれきり。この道路を渡れないやつがラインを突っ切れるか？　でも俺はトーマス・マンとは違うから断定はしない」と彼は付け加えた。「他の人の意見も聞いてみるといい」

アバクロンビー&フィッチに着く頃には、ヘミングウェイはまた不機嫌になっていた。彼は気乗りしない様子でタクシーを降り、しぶしぶ店に入った。私は彼に、まずコートを見ますか、それとも別のものを見ますかと尋ねた。

「コートにしよう」と彼は不機嫌そうに言った。

エレベーターの中で、ヘミングウェイは前にも増して大柄に見え、顔にはこの上なく嫌なことを無理やりやらされているような表情が浮かんでいた。隣に立つ中年女性は彼のもじゃもじゃした白い髭を見てぎょっとし、いかにも不愉快そうな顔を見せた。「何てこった！」。静かなエレベーターの中でヘミングウェイが突然、そう言うと、中年女性は視線を足元に向けた。

目的のフロアで扉が開き、私たちはエレベーターを降りてスプリングコートの棚に向かった。背の高い、身なりのきちんとした店員が私たちの方に来ると、ヘミングウェイは両手をズボンのポケットに突っ込み、少し前屈みになった。「この店ではまだ、つけがきくと思うのだが」と彼は店員に言った。

店員は咳払いをして、「かしこまりました」と言った。

「コートが見たい」とヘミングウェイは脅すような口調で言った。

「かしこまりました」と店員は言った。「どのようなコートがお望みでしょうか？」

「あれだ」。彼はベルトがなくて寸胴《ずんどう》な、黄褐色のギャバジン製コートを指さした。店員は彼に手を貸してコートを着せ、姿見の前まで丁寧に案内した。「経帷子《きょうかたびら》みたいだな」とヘミングウェイは言い、乱暴に脱いだ。「しかも俺は背が高い。他のはないか？」。その口調はまるで、ノーという返事を期待しているかのようだった。彼はじれったそうにエレベーターの方へにじり寄った。

「こちらはいかがでしょう？　裏は取り外しができるようになっております」と店員は言った。それにはベルトが付いていた。ヘミングウェイはそれを試着し、鏡で見栄えをチェックし、ライフルで狙いを定めるように両腕を構えた。「狩りにお使いですか？」と店員が訊いた。ヘミングウェイはぶつぶつと何かをつぶやき、このコートにすると言った。彼が名乗ると、店員は指を鳴らした。「やっぱり！」と彼は言った。「雰囲気でそうかなと——」。ヘミングウェイは困った顔になり、コートはシェリーネザーランドホテルに送ってほしいと言った後、ベルトも見たいと言った。

「どのようなベルトにいたしましょう、ヘミングウェイ様?」と店員が訊いた。

「茶色かな」とヘミングウェイが言った。

私たちがベルト売り場まで移動すると、別の店員が現れた。

「ヘミングウェイ様にベルトをお見せして」と最初の店員が言って一歩下がり、感慨深げにヘミングウェイを見た。

二人目の店員が、おそらくサイズは四十四か四十六でしょうと言いながらポケットからメジャーを出した。

「賭けるか?」とヘミングウェイが言った。彼は店員の手を取り、自分の腹にパンチを入れさせた。

「ほう、引き締まったお腹ですね」とベルト係が言った。彼はヘミングウェイの胴囲《ウエスト》を測った。「三十八!」と彼は目盛りを読んだ。「体の割にウェストが細くていらっしゃる。何をなさっておいでです——たくさん運動を?」

ヘミングウェイは肩を丸め、フェイントをかけ、笑い、ホテルを出て以来初めてうれしそうな顔を見せた。そして今度は自分の腹を拳で打った。

「これからどちらにお出掛けですか? またスペインへ?」とベルト係が訊いた。

「イタリアだよ」とヘミングウェイは言って、また自分の腹を拳で打った。ヘミングウェイが茶色い子牛革のベルトに決めた後、店員が、お金を入れるポケットの付いたマネーベルトはご入用ではありませんかと訊いた。要らないと彼は答えた。お札は小切手帳に挟むから、と。

私たちが次に立ち寄ったのは靴売り場だった。ヘミングウェイはそこで店員に、折り畳み式の寝室用スリッパが欲しいと言った。

「プルマン・スリッパでございますね」と店員が言った。「どのサイズにいたしましょう？」

「十一」。ヘミングウェイは恥ずかしそうにそう答えた。スリッパが出てくると、彼は店員にそれをもらうと言った。「ポケットに入れて帰る。だから、万引きしていると思われないように印だけ付けてくれ」

「万引きと言えば、すごいものが店から盗まれることがあるのですよ」と、ひどく小柄でひどく年老いた店員が言った。「先日なんか、一階で、大きなルーレット盤を盗もうとした人がおりました。さりげなくルーレット盤を手に取って――」

ヘミングウェイは話を聞いていなかった。「ウルフィー！」。こちらに背を向けた、背丈が七フィートありそうな長身の男に向かって、彼はそう叫んでいた。

男が振り向いた。大きくて赤く、四角張ったその顔が、ヘミングウェイを見て満面の笑みを浮かべた。「パパ！」と彼は叫んだ。

大柄な男とヘミングウェイは抱き合い、長い間、互いの背中を叩いた。それはポロの花形選手、ウィンストン・ゲストだった。ミスター・ゲストは、今から上の階で銃を受け取るのだと言い、私たちも一緒に行かないかと誘った。ヘミングウェイが銃の種類を尋ねると、ゲストは十口径のマグナムと答えた。

「美しい銃だ」。ヘミングウェイはそう言いながら寝室用スリッパを店員から受け取り、ポケットに押し込んだ。

エレベーターの中でヘミングウェイとゲストは互いにどれだけ体重が減ったかを比べ合った。ゲストはポロの馬でたっぷりギャロップしたおかげで二百三十五ポンドまで落ちたと言った。ヘミングウェイはキューバで鴨を撃ったり、執筆に打ち込んだりしたために二百八ポンドまで落ちたと言った（それぞれ約百七キログラムと九十四キログラム）。

「パパ、本の方はどうなってる？」。ゲストはエレベーターから出ながらそう訊いた。

ヘミングウェイは例の格好で顔に拳を当てて笑い、今回もタイトルの防衛に成功しそうだと言った。「ウルフィー、俺は突然気付いたんだ。いじいじと爪を嚙んでいる場合じゃない、俺にはまた素晴らしい作品が書けるってね」。彼はゆっくりとそう言った。「頭の中を組み立て直すにはしばらく時間がかかった。理想を言えば、作家に仕事をさせたかったら頭をかち割るのは望ましくない。二年で七回の脳震盪を起こさせたり、四十七歳の体の肋骨を六本折ったり、前頭部から脳下垂体に向かってバックミラーの柄《え》を突っ込んだり、何度も銃口を向けたりしては駄目だ。ウルフィー、作家みたいなろくでなしは放っておくのがいちばんなのさ。そうすれば勝手にはいはいを始めて、そそくさと子宮かどこかに戻っていく」。彼はそう言って大笑いした。

ゲストの巨体が抑えがたい笑いに揺れた。「何を言ってるんだ、パパ！」と彼は言った。「島にはまだパパ用の狩猟服が置いてある。今度、狩りに来るのはいつだい、パパ？」

ヘミングウェイはまた笑い、ゲストの背中を叩いた。「ウルフィー、おまえ、本当にでかいな！」と彼は言った。

ゲストが銃を配達してもらうように手配した後、私たちは三人でエレベーターに乗った。二人は去年、千六ポンド（約四百五十六キログラム）のクロカジキを捕まえたある男の話をしていた。

「さあ、皆さんのご意見はいかがですか？」とヘミングウェイは訊いた。

「何を言ってるんだ、パパ！」とゲストは言った。

一階に下りると、ゲストは壁に掛かった象の頭を指さした。「ボルネオピグミーエレファントだよ、パパ」と彼は言った。

「哀れな象だ」とヘミングウェイは言った。

二人は肩を組んだまま通りに出た。私がそろそろ帰らなければなりませんと言うと、ヘミングウェイは、明日はパトリックも誘ってメトロポリタン美術館に行きたいから、必ず朝早くホテルに来てくれと言った。私がその場を離れるとき、ゲストがこう言うのが聞こえた。「なあ、パパ、俺は自分が今までにやったことを一つも恥じていないぞ」と。

「不思議だな。俺も同じだ」とヘミングウェイが言った。

私は後ろを振り返った。二人は互いの腹を拳で叩きながら、笑い転げていた。

翌朝、私がヘミングウェイの部屋を訪れたとき、扉を開けてくれたのはパトリックだった。彼は内気な若者で、身長は高くも低くもなく、目が大きくて繊細な顔立ちをしていた。服装はグレーのフランネルのズボンに白の開襟シャツ、靴下はアーガイル柄で靴はローファーだった。ヘミングウェイ夫人は机に向かって手紙を書いていた。私が部屋に入ると彼女は顔を上げて「パパの着替えが終わったら、絵を見に行きます」と言い、また手紙に向かった。

パトリックは私に、僕は一日中絵を見ていても飽きないんですと言った。自分でも少し絵を描くらしい。「パパはスクリブナーさんと一緒に食事をするために、昼にはここに戻ってこなくちゃなりません」と彼は言って、自分はヘミングウェイが旅立つ明日の朝までニューヨークにいるつもりだと付け加えた。電話が鳴り、彼が出た。「パパ、ギギからみたいだよ！」と、彼は寝室に向かって言った。

ヘミングウェイがシャツ姿で現れ、電話に向かった。「元気か、坊主？」と彼は言い、次の長期休暇にはフィンカ・ビヒアに来るように誘った。「歓迎するぞ、ギギ」と彼は言った。「お気に入りの猫、覚えてるか？ おまえが悪臭《スメリー》って名付けたやつ。あいつは、恍惚《エクスタシー》と改名したぞ。うちの猫はみんな自分の名前を覚えてる」。彼は電話を切った後、ギギは射撃の名人だと私に教えてくれた。彼は十一歳のとき、キューバの射撃大会で二等賞を取ったらしい。「これは本当のジェンだよな、マウス？」と彼は訊いた。

「そうだよ、パパ」とパトリックが言った。

〃本当のジェン〃とは何かと私が訊くと、ヘミングウェイは〃情報〃という意味のイギリスの俗語だと答えた。〃情報《インテリジェンス》〃が語源。「ジェンには三種類ある。一つはただのジェン。次に本当のジェン。これは普通の意味で本当の情報。そして本当に本当のジェン。これは作戦行動の基にしてもいい情報」と彼は言った。そして緑色のランに目をやり、誰かアデリンの正体を突き止めたかと訊いた。

「パパ、あなたに話すのを忘れていたんだけど」と夫人が言った。「お母さんよ。アデリンというのはお母さん」。彼女は私の方を向き、彼女の両親は七十代後半でシカゴに暮らしていて、いつも節目節目で挨拶を欠かさないのだと言った。

「母は俺には花をくれたことがない」とヘミングウェイは言った。彼の母はもう八十歳くらいで、イリノイ州リヴァーフォレストに住んでいる。医者をしていた彼の父親は昔、アーネストの子供時代に銃で自殺し、亡くなっていた。「絵を見に行くのならさっさと出発しよう」と彼は言った。「チャーリー・スクリブナーには、一時にここに来るように言ってある。ちょっと失礼。顔を洗ってくる。都会の人間は首も洗うみたいだからな」。彼は寝室に戻った。彼のいない間に、夫人はアーネストが六人きょうだいの二人目だと教えてくれた。マーセリンの次がアーネスト、アースラ、マドレーン、キャロルと続いて、末っ子がただ一人の男兄弟のレスター。女は皆、聖人から名前を取っている。きょうだいは今、全員既婚者で、レスターはコロンビアのボゴタに暮らし、アメリカ合衆国大使館に勤めている。

ヘミングウェイは少ししてから、新しいコートを着て現れた。夫人とパトリックもそれぞれにコートを羽織り、私たちは階下に下りた。外は雨が降っていて、私たちは急ぎ足でタクシーに乗り込んだ。メトロポリタン美術館に向かう間、ヘミングウェイはほとんど口をきかなかった。彼はただ鼻歌を歌い、通りを眺めていた。夫人は私に、路面を見たくても前の座席に座れないから夫はタクシーが苦手なのだと言った。彼は窓の外に目をやり、空を飛ぶ鳥の群れを指さした。そして、「この街でも鳥は飛んでいるが、そこに真剣さは感じられない」と言った。「ニューヨークの鳥は上に向かおうとしないのさ」

私たちが美術館の入り口に近づくと、子供の行列がゆっくりと動いていた。ヘミングウェイはいらついた様子で私たちの先頭に立ち、子供らを追い越した。彼はロビーで立ち止まり、コートのポケットから銀色の携帯用酒瓶を取り出し、蓋を外して、ゆっくりと飲んだ。そして酒瓶をポケットに戻した後、先にゴヤを見るか、それともブリューゲルにするかと夫人に訊いた。彼女はブリューゲルと答えた。

「俺はリュクサンブール美術館で絵を見ることで文章の書き方を学んだ」と彼は言った。「学歴は高校止まりだからな。美術館が無料なら、腹を空かせた連中は美術館に行く。ほら」。彼はティツィアーノとジョルジョーネの作とされる絵画『ある男の肖像』の前で立ち止まり、そう言った。「こいつらも昔のヴェニスのハングリーな若者だ」

「パパ、僕はこれが好きだな」とパトリックが言った。ヘミングウェイはフランチェスコ・フランチャの『フェデリゴ・ゴンザーガ（一五〇〇－一五四〇）』の前にいる息子の横に立った。そこには風景を背に、マントを羽織った長髪の小柄な少年が描かれていた。

「俺が文章を書くときにやろうとしているのはまさにこういうことなんだ、マウス」とヘミングウェイは言って背景の木々を指さした。「ものを書くときは必ずこういう部分を書き込む」

ヘミングウェイ夫人が私たちを呼んだ。彼女はヴァン・ダイクの『芸術家の肖像』を眺めていた。ヘミングウェイはその絵を見て、満足そうにうなずき、こう言った。「俺がスペインにいたとき、ホワイティー・ダールという名前の戦闘機パイロットがいた。あるとき、ホワイティーは俺のところに来て、『ミスター・ヘミングウェイ、ヴァン・ダイクっていうのはいい画家なのか？』と訊いた。俺は『そうだ』と答えた。すると彼は言った。『それならよかった。俺の部屋にはヴァン・ダイクの絵が一枚あって、気に入ってるんだ。お気に入りの画家の腕を認めてもらえてうれしいよ』ってね。次の日、ホワイティーの機は撃ち落とされた」

私たちは皆でルーベンスの『死と罪を打ち負かすキリスト』の前まで進んだ。絵の中のキリストは、雲間にある一人の人物に見守られながら、蛇と天使に囲まれている。この絵は普通のルーベンスと違う気がする、とヘミングウェイ夫人とパトリックが言った。

「いいや、ルーベンスの絵に間違いない」とヘミングウェイは独断的に言った。「鳥猟犬と同じように、鼻を使えば本物を嗅ぎ分けられる。あるいは、とても貧乏だがとても腕のいい画家と暮らした経験があれば見分けられる」

問題はそれで決着がつき、私たちはブリューゲルの部屋に進んだ。ところがそこは閉鎖されていた。扉には、「修復作業中」という掲示が貼られていた。

「まあ、勘弁してやるか」とヘミングウェイは言って、また酒瓶から一口飲んだ。「あの素晴らしいブリューゲルを見ることができないのは残念だが」。彼は歩きだしながらそう言った。「ブリューゲルの『収穫』。あれは最高だ。たくさんの人が麦を刈っている風景。でも、ブリューゲルは畑の麦を幾何学的に使って感情を表現している。俺には受け止めきれないほど強烈なインパクトがある」。私たちはエル・グレコの緑色の『トレドの風景』の前まで移動し、長い時間、絵を眺めた。「この美術館では、これが最高だと俺は思う。他にもいい絵は確かにあるがな」とヘミングウェイは言った。

パトリックが気に入った絵の中には、ヘミングウェイがいいと言わなかったものもあった。そうして意見が対立するたびに、ヘミングウェイは息子に込み入った専門的議論をふっかけた。パトリックは首を横に振って笑い、ヘミングウェイの意見を尊重すると言ってあまり反論もしなかった。「全く!」と急にヘミングウェイが言った。「俺は美術批評家になりたいわけじゃない。ただ絵を眺めて、楽しんで、学びたいだけだ。ほら、これなんかもすごくいい」。彼は一歩下がってレイノルズの『ジョージ・カウスメイカー大佐』を見た。そこには大佐が木にもたれながら馬の手綱を握る姿が描かれていた。「この大佐はろくでなしだ。金の力で当代一の肖像画家に自分の絵を描かせたんだからな」とヘミングウェイは言って、短く笑った。「見ろよ、この横柄な男と、力強い馬の首と、ぶらぶらしている男の脚。この男は横柄すぎて、しまいには木にもたれかかっていやがる」

私たちは少しの間別々に行動し、それぞれに好きな絵を見て回った。その後、ヘミングウェイが私たちを呼び寄せた。彼が指さす先には、大きな文字で「キャサリン・ロリヤード・ウルフ」、小さな文字で「カバネル」と書かれていた。「俺はシカゴにいた子供の頃、このせいですっかり勘違いしていた」と彼は言った。「長い間、自分が好きな画家はブントとライアーソンだと思い込んでいたんだ。ところが実はその二つは、シカゴ一の金持ち一族の名前だった。大きく書いてあるのが画家の名前だとずっと信じていたというわけさ」

私たちがセザンヌとドガをはじめとする印象派の展示室にたどり着いたとき、ヘミングウェイはますます興奮し、それぞれの画家の技法、そして自分がそこから何をいかにして学んだかをとうとうと話した。パトリックは丁重に耳を傾けていたが、絵の技法についてそれ以上議論する気はなさそうだった。ヘミングウェイは数分間かけて、セザンヌの『岩――フォンテーヌブローの森』を眺めた。「俺たちがものを書くときにも、これと同じことをしている。これとこれ、それに森。そして乗り越えなければならないこの岩」と彼は言った。「セザンヌは昔の画家たちに次いで俺のお気に入りだ。驚異。驚異の画家。ドガも驚異の画家だ。ドガの絵で失敗作というのは見たことがない。彼が失敗作をどうしたか知ってるか？　燃やしてしまったんだよ」

ヘミングウェイはまた酒瓶からゆっくり飲んだ。私たちはマネがパステルで描いたヴァルテス・ド・ラ・ビーニュ嬢――頭のてっぺんでブロンドの髪を丸めた若い女性――の肖像画の前に来た。ヘミングウェイはしばらく黙って絵を見ていたが、やがて向き直った。「マネには、まだ無垢で幻滅を知らない人々が持っている華やかさを描く力がある」と彼は言った。

歩いている途中で、ヘミングウェイは私に言った。「俺はポール・セザンヌみたいに風景を描くことができる。風景の描き方は、空腹を抱えながらリュクサンブール美術館を千回歩き回ってセザンヌから学んだんだから。もしもセザンヌが生きていたら、俺の風景描写を気に入ってくれるだろう。彼から技を盗んだことも喜んでくれると思う」。彼はヨハン・セバスチャン・バッハからも多くを学んでいた。「『武器よさらば』の最初の段落で、俺は意識的に何度も〝そして《アンド》〟を使った。あれは対位法の効果を出すためにヨハン・セバスチャン・バッハが一つの音符を使ったのと同じことなんだ。俺は時に、バッハ風の文章を書くことができる――とにかく、彼には気に入ってもらえると思う。こういう連中を相手にするのは簡単なことさ。とにかくこちらが学ばなければならないということははっきりしているんだから」

「パパ、これを見て」とパトリックが言った。彼はカルパッチョの『キリストの受難についての瞑想』を見ていた。宗教画にしてはあまりにもたくさんの見慣れない動物が描かれている、とパトリックは言った。

「ははあ！」とヘミングウェイが言った。「この手の画家が神聖な場面を描くときは必ず、イタリアの中で自分がいちばん好きな地方とか、自分や恋人の出身地の風景を舞台に使う。恋人を聖母《マドンナ》にしたりもする。だが、この場所はパレスチナという設定だし、パレスチナははるか遠方の土地だ、と画家は考える。だから赤いオウムを描き込み、シカとヒョウを入れた。その後また、ここは極東で、遠い遠い場所だと考えた。だからヴェニス人の宿敵、ムーア人を描いた」。彼はそこで一息入れ、画家が他に何を描き込んでいるかを調べた。「それから、腹が空いたんでウサギを加えた」と彼は言った。「畜生、マウス、絵はもうたっぷり見た。マウス、絵は二時間も見たら充分だと思わないか？」

二時間で充分という意見に皆が同意したので、ヘミングウェイは、今日はゴヤはパスしようと言った。ヨーロッパ旅行から戻ったら、また改めて皆で来よう、と。

美術館を出たとき、雨はまだ降っていた。「畜生。雨の日の外出は大嫌いだ」とヘミングウェイは言った。「畜生。体が濡れるのは大嫌いだ」

チャールズ・スクリブナーはホテルのロビーで待っていた。「アーネスト」と彼は言って、ヘミングウェイと握手をした。銀髪の紳士は風格があっていかめしく、ゆっくりとしゃべった。「俺たちは絵を見に行っていたんだ、チャーリー」。部屋に上がるエレベーターの中でヘミングウェイはそう言った。「今、あそこにはすごくいい絵があるぞ、チャーリー」

スクリブナーはうなずいて言った。「ああ、ああ」

「俺みたいな田舎者には楽しい」とヘミングウェイは言った。

「ああ、ああ」とスクリブナーは言った。

私たちは部屋に入ってコートを脱いだ。ヘミングウェイは部屋で昼食をとろうと言ってルームサービスに電話をかけた。夫人は腰を下ろして、書きかけの手紙に向かった。ヘミングウェイはミスター・スクリブナーと一緒にソファーに座り、ここ数日、六日間にわたる自転車レースに出場している選手みたいに大忙しだと言った。パトリックは黙って部屋の隅に座り、父を見つめた。ウェイターが部屋に来て、メニューを差し出した。スクリブナーはメニューの中で最も高価なものを注文したいと言った。支払いをするのはヘミングウェイだから、と。ヘミングウェイはためらいがちに笑い、パトリックもそれに付き合って笑った。ウェイターが私たちの注文を聞いてから部屋を出ると、スクリブナーとヘミングウェイはしばらくの間、仕事の話をした。スクリブナーは、先日送った手紙を持っているかと尋ねた。

ヘミングウェイは言った。「どこに行くときもずっと持っているよ、チャーリー。ロバート・ブラウニングの詩の写しと一緒にな」

スクリブナーはうなずき、上着の内ポケットから書類を何枚か取り出した――新作の契約書だ、と彼は言った。契約書によると、印税は初版が十五パーセント、二万五千ドルの前払いが約束されていた。

ヘミングウェイは契約書に署名をし、ソファーから立ち上がった。そして言った。「俺は今まで一度も天才扱いされたことはないが、今回もまた、若くて優秀なやつらを相手に防衛してみせる」。彼は頭を下げて左足を前にして構え、左と右とジャブを出した。「まともなパンチは絶対に食らわない」と彼は言った。

ヨーロッパ旅行中はどこに連絡したらいいのかとスクリブナーが尋ねた。パリのギャランティ・トラスト銀行気付で頼む、とヘミングウェイは答えた。「俺はパリにいた頃、あの銀行と取り引きしようとして門前払いされた」と彼は言って、内気に笑った。「自分の銀行というのが持てたらどれだけいいだろうと思ったものさ」

「ああ、ああ」とスクリブナーは言った。「イタリアでは何をするんだい、アーネスト？」

午前中は仕事をして、午後は友人に会ったり、鴨猟に出掛けたりする、とヘミングウェイは言った。「猟仲間六人で、半日で三百三十一羽の鴨を仕留めたことがある。メアリーも腕がいい」

夫人が顔を上げた。「パパと結婚する女はみんな、銃の撃ち方を覚えなきゃならないの」と彼女は言い、手紙に向き直った。

「私も以前、イングランドのサフォークで狩りに行ったことがある」とスクリブナーは言った。誰もが丁重に話の続きを待った。「朝食にガチョウの卵が出てきたのを覚えているよ。それを食べてから狩りに出掛けた。安全装置の外し方さえ知らなかったんだがね」

「狩猟は一種の生活みたいなものだ」とヘミングウェイは言った。「ウェストポートやブロンクスヴィルでの暮らしよりもいい生活だと俺は思う」

「やっとのことで安全装置の外し方を覚えても、今度は弾が標的に当たらなかった」とスクリブナーは言った。

「俺はモンテカルロ射撃大会か、サンレモの世界選手権に出てみたい」とヘミングウェイは言った。「どちらでもいけそうなくらい調子はいいんだ。射撃は、見て楽しむスポーツじゃない。自分でやるのが楽しいし、うまくいったら最高だ。昔は大きな射撃大会でウルフィーと競ったものさ。あいつもいい腕をしているから、まるで大きな馬と勝負しているみたいな気分だった」

「結局、一匹仕留めた」とスクリブナーがおどおどしながら言った。

「何を一匹?」とヘミングウェイが訊いた。

「ウサギだ」とスクリブナーは言った。「ウサギを仕留めた」

「モンテカルロの射撃大会は一九三九年以来、開かれていない」とヘミングウェイは言った。「七十四年の歴史の中でアメリカ人の優勝者は二人だけ。射撃をしている間、俺は気分がいいんだ。周りに嫌われているとか、憎まれているとか感じることなく、みんなと一緒にいて、親しみを味わうことができる。しかも野球よりも勝負が早い。ストライク一つでアウトだからな」

電話が鳴った。ヘミングウェイが受話器を取って話を聞き、二言三言言ってから私たちの方を向いた。有名人御用達《エンドースメント》社という会社からの電話で、著名人として四千ドルの報酬で商品の広告塔になってほしいという内容だったらしい。「俺は言ってやったんだ。四千ドルもらったってその酒を飲むのは嫌だってね」と彼は言った。「『俺はシャンパン派なんだ』って言ってやった。いつも愛想よく振る舞おうとはしているんだが、これがなかなか難しい。ボストンで勝ってもシカゴでは負けるって感じで、うまくいくこともあればそうでないこともある」

この国の六フィート

Six Feet of the Country

ナディン・ゴーディマー
中村和恵訳

1953年5月23日号掲載

「六フィートの土はすべての人間を平等にする」。冥途の道に王なし、等と訳されるこの諺は、かつてイギリスで死者は六フィート以上の深さに埋葬されなくてはならない、と定められていたことに由来するという。だがアパルトヘイト政策下の南アフリカでは、死してなお平等は得られなかった。この印象深い短篇はその事実を乾いた陽の光の下にくっきりと映し出す。黒人たちを狭く環境劣悪な居留地に押しこみ、多くの男たちを出稼ぎ労働者に、女たちを白人家庭に通いで勤める使用人にするといった身勝手な雇用形態で黒人家庭を崩壊させ、白人家族は邸宅や農園で豊かな暮らしを営む——そんな社会の制度化された人権侵害に疑問を持ち、警察や役人と衝突する人もいた、この短篇の語り手のように。だが彼やその妻も、既得権益を手放したり保護者的態度を省みるには至らず、ナイーヴな自責の念を抱えながらも結局現状に甘んじている。こうした葛藤や矛盾、人間に可能な暴力や狂信性をありのままに描写した、ナディン・ゴーディマー（一九二三—二〇一四、一九九一年ノーベル文学賞受賞）。その筆致を伝えるべく、今日では差別的とおもわれることばづかいにも歴史的意味があると考えそのまま訳出したことをお断りしておく。

（訳者）

僕ら夫婦はほんとうの農家というわけではない――妻のルリースだって、実のところは違うのだ。僕らがあの、ヨハネスブルグから十マイル離れた幹線道路沿いの土地を買ったのは、多分二人のなにかを変えたかったからだと思う。僕らみたいな夫婦はとにかくぺちゃくちゃ喋りすぎるようだ。結婚生活の行き着く先を考えると、とにかくもうしんと落ち着く沈黙しか聞きたくないと願うようになる。農場がそれを与えてくれた、というわけではもちろんないのだが、ほかのことをしてくれた、予期せぬ、理屈の通らないことだが。ルリースはきっとそこで一、二カ月、チェーホフ的な哀愁にひたった後、その場を使用人たちに任せ、また欲しい役を得て理想の女優になるという夢のためにそこを離れるだろう、と僕は思っていたのだが、意外にも彼女は農場経営にのめりこみ、かつてある劇作家の心に不安の影を吹きこんだあの激しい打ちこみようをみせたのだった。ルリースがいなかったらもうとっくの昔に投げ出していたのだ。彼女の手は、以前は小さくて飾り気はないけれど手入れが行き届いていたのに――彼女は赤いマニキュアやダイヤモンドの指輪をするような女優ではなかった――いまや硬くて犬の足裏みたいだ。

僕はといえば、当然ここで過ごすのは夜と週末だけだ。高級旅行代理店を共同経営していて、商売はうまくいっている——そうでなくては困るよ、と僕はルリースにいっている、農場を経営するためにはね、と。まあでも、ほんとうはそんな贅沢はできないんだってわかっているし、ルリースが育てている鶏の甘ったるい匂いには胸が悪くなるのでやつらの飼育場は避けるようにしてもいるのだが、農場はたしかに美しい、ほとんどこういう美しさを忘れかけていた——とくに日曜の朝、起きて牧草地に向かい、郊外住宅地の椰子やら金魚池やら模造石製の鳥の水浴び用水盤の代わりに、白い家鴨たちが溜池に浮かび、ルサーン（ムラサキウマゴヤシ）の草原がショーウィンドウの飾りつけかと疑うほど見事に輝いていて、小柄でずんぐりして意地悪そうな眼をした雄牛がいかにも好色で気だるそうな素振りで、彼に従う貴婦人たちの一頭に優しく顔を舐めさせている、そんな様子を見るのはいい。ルリースは髪も梳かさないまま出てくる、手に持った棒からは牛用の殺虫剤が垂れている。彼女はそこに立ち、夢見るようにしばらくその場を見渡している。ときどき劇でやる、そういうお芝居みたいに。「明日には交配するわ」と彼女はいう。「ああしてもう二日目だもの。ほら彼女ほんとうに彼が好きなのよ、わたしのかわいいナポレオン君が」そんなわけだから日曜の午後に僕らの農場に遊びにくる人々を迎えると、僕はみんなに飲み物を注ぎながらわれ知らずこんなことをいってしまうことになるのだ、「毎日町から車でここに戻ってくるとき、家がぎっしり建ち並んだ郊外住宅地を抜けながら、よくこんなところに以前は我慢していられたものだと思わずにはいられないんですよ……農場を案内しましょうか？」そしてどこかのきれいな娘さんと彼女の若い夫を従えて、僕らの川の土手に危なっかしい足どりで降りていく。娘さんのストッキングはトウモロコシの刈束にひっかかり、緑色に輝く蠅がぶんぶん群がっている牛の糞をまたぎ越すことになるのだが、彼女はこういうのだ、「都会の緊張ときたらもう、我慢できませんわ。ここは街からそう遠くなくてショーを見にいくのだって簡単でしょう。素晴らしいわ。二つの暮しを両方楽しんでおられるのね！」

その瞬間僕はこの成功を、まるで自分が成し遂げたものであるかのように甘受する、僕が得ようともがきつづけ得られずにきた成功を――まるで「二つの暮しを両方」手にすることが実際可能なのだというように――実はこっちの暮しでもあっちの暮しでもなく三つめの、心の準備もしていなかった暮しを手にしているということになるんだ、なんてことはいわずに。

でも僕らが比較的冷静で、僕はルリースの土への情熱に、かつて彼女が演技に熱意を燃やしていたとき同様にいら立ってしまい、ルリースのほうは僕が彼女の情熱の力に「嫉妬」してるのだといって、それは結局僕が彼女の連れあいに向いていない大きな証しだという話になってしまう、そんなときでも、すくなくとも僕らの家に来る客人たちが語る、あの都会特有の緊張感というものから、僕らは実直なやり方で逃れたのだと信じている、それは確かだ。ヨハネスブルグの人々が「緊張」というとき、それは雑踏を急ぐ人々のことや、金の苦労や、都市生活というもの全般にいえる競争的社会のことではない。彼らがいっているのは白人の男が枕の下に隠している銃や、白人の家の窓につけられた防犯用の格子のことだ。町の歩道で黒人が白人のために道を譲ろうとしない、そんな異様な瞬間のことをいっているのだ。

たった十マイル町から離れただけでも、生活はずっとましになる。田舎にはまだ旧時代の名残りが消え残っている。黒人たちと僕らの関係はほとんど封建時代のそれだ。多分それは間違っているのだろうし、時代遅れだが、どの点からみてもずっと心地よい。うちには防犯格子もないし、銃もない。ルリースが使っている下働き《ボーイ》たちも、この農場で黒んぼの子《ピカニニ》や妻と一緒に暮している。彼らはいきなり警察に乗りこんでこられる心配もなく自家製ビールを醸造している。実のところ僕らはずっと、いささか誇らしく思ってきたのだ、僕らのところにいればこの哀れな連中も、ほとんど怖れることなしに暮していられるのだと。ルリースは連中の子どもたちの守りさえしてやる、まあ自分の子どもを持ったことのない女にできる範囲でだが、それに連中みんな――子どもも大人も――の医者がわりもつとめているのだ、病気になったときはいつだって、赤ん坊の世話をやくみたいに彼らの面倒をみてやっている。

そういうわけで、去年の冬、ある晩アルバートというボーイのひとりがやってきて、もう真夜中で僕らはとっくに就寝しているというのに家の窓を叩いたときも、僕らはそれほど驚きはしなかった。僕は寝室のベッドではなく隣の小さな衣裳部屋兼リネン室で寝ていた。ルリースのせいで腹が立って、彼女が風呂の後に肌につけた甘いタルカムパウダーの薫りぐらいで優しくしてやろうという気にはなれなかったのだ。彼女がきて僕を起こした。「アルバートがいうんだけど、ボーイの誰かがひどく具合が悪いんですって」彼女はいった。「あなた行って見てきたほうがいいと思うわ。余程じゃなきゃあの子がこんな時間に起こしにきたりしないわよ」

「一体何時だ」

「それがどうしたの」ルリースはむしゃくしゃするほど論理的なのだ。

ぎこちなく立ち上がる僕を彼女はじっと見守っていた——寝室のベッドに彼女をひとり置き去りにした後はいつも、自分がばかだという気がしてならないのはどういうことなんだろう。翌日の朝食の席で彼女は話しかけてはきてもけっして僕の目は見ない、それでやっぱり僕に拒絶されたために彼女が傷つき屈辱を感じているのだと知ることになる——そこで僕は眠くてよろけながらも外へ出ていった。

「ボーイの誰なんだ?」躍るように揺れる懐中電灯の明かりを頼りに進みながら、僕はアルバートに訊いた。

「彼はひどくわるい。とてもわるいんです、旦那《バース》」彼はいった。

「だけど誰なんだ? フランツか?」そういえばフランツが先週来よくない咳をしていたのを僕は思い出した。

アルバートは答えなかった。彼は僕に小道を譲り、自分は横の高く伸びた枯草の中をこぎ歩いていた。懐中電灯の光に照らされた瞬間、ひどく狼狽した彼の顔が見えた。「一体何なんだ?」僕は訊いた。

光を向けられて彼は頭を垂れた。「おれじゃないんです、旦那。おれは知りません。ペトラスにいわれたんで」

いらいらしながら、僕は彼をボーイたちの小屋が建ち並ぶほうへ急がせた。着いてみると、煉瓦の足台の上にペトラスの鉄製ベッド枠が置いてあり、その上で一人の若い男が死んでいた。男の額の上にはまだ、うっすらと冷たい汗があった。身体はまだ温かかった。ボーイたちは周りにつっ立っていた、台所で誰かが皿を割ったことが発覚したときに連中がいつもそうするように——非協力的に、そして無言で。誰かの妻が暗がりをうろうろしている、手をエプロンの下でもみしだきながら。

死人を見たのは戦争以来だった。でもこれはまるで違っていた。僕もほかの連中と同じように感じていた——場違いで、なんの役にも立たないと。「一体どうしたんだ」僕は訊いた。

さっきの女が自分の胸をとんとん叩き頭を振って、息ができなくて苦しかったのだということを仕草で示した。

肺炎で死んだに違いない。

僕はペトラスのほうを向いていった。「この子は誰だ？　ここで何をしていた？」床に置かれた蠟燭の灯でペトラスが泣いているのが見えた。僕の後について彼は小屋の外へ出た。

外へ出て、暗闇の中で、僕は彼が話し出すのを待った。でも彼はなにもいわなかった。「なあ、わかるだろう、ペトラス。この子が誰なのか僕にちゃんと話すんだ。おまえの友達なのか？」

「おれの弟です、旦那。ローデシア（旧英領植民地。南北に分割統治され、北は現在のザンビア、南は現在のジンバブウェ）から仕事を探しにきたんです」

この話に僕とルリースはいささか驚いた。この若者はローデシアから徒歩でやってきて、ヨハネスブルグで仕事を探すつもりだったのだが、途中野宿をしているうちに寒気がしてきて、兄のペトラスの小屋にたどり着くと寝こんでしまった、それが三日前のことだという。ボーイたちは怖くて僕らに彼を助けてほしいということができなかった。彼の存在を僕らが知ることがあってはならなかったからだ。ローデシアの原住民《ネイティヴ》（この物語では黒人のことを指す）は許可証が下付されないかぎり南アフリカ連邦（略称ユニオン、南アフリカ共和国の旧称）への入国を禁じられていた。若者は不法移民だったのだ。おそらくこのボーイたちは以前にも何度かこうしたことをうまくやってのけたのだろう。かなりの数の親類縁者が七、八百マイルの距離を歩いてきたに違いない、貧困を逃れ、ズート・スーツ（一九四〇年代に流行した肩パッド入りでだぶだぶのスーツ・スタイル）と、警察の襲撃と、黒人居留地《タウンシップ》のスラム街からなる楽園を目指して、彼らのエゴリ、「黄金の町」へ——それがヨハネスブルグのバンツー語名なのだ。そういう男をひとり農場に隠しておいて、不法移民を雇って訴えられる危険を冒してでも都会ずれしていない者を雇いたい、そんな誰かから仕事をもらえるまで待つ、それだけのことだった。

だが今回の男は、二度と起き上がることはない。

「わたしたちにならいっても大丈夫って思ってくれてもよさそうなものなのに」翌朝ルリースは

いった。「病気になったのならそうすべきだったのよ。すくなくともわたしたちには――」彼女はなにかに真剣になると、まもなく旅に出る人がするように、部屋の真ん中に立って周りを見回す癖がある、よく知っているはずのものをまるで見たこともないという顔で食いいるように見つめるのだ。気づいたのだが、早朝ペトラスが台所にいたとき彼女は、彼に腹を立てている、いや傷ついているといってもいい様子だった。

ともあれ僕にはもう、僕らの生活のあらゆる出来事をいちいちとりあげてああだこうだいうような時間も気持ちもない。ルリースがそうしたいと思っていることは、彼女の怯えた、懇願するような目を見れば明らかだったが。ルリースは自分がきれいに見えないとか、おかしく思われるなどということを、気にする女じゃない。不安で切羽つまって顔全体のバランスが崩れている彼女が、いかに奇妙に見えるか教えてやったとしても、どうとも思わないだろう。僕はいった。「さてそれじゃ、汚れ仕事は全部僕が引き受けなきゃならないってわけだな」

彼女はまだ僕をじっと見つめて、その目で僕を試していた――時間の無駄だというのに、彼女はわかっていないのだ。

「保健当局に届け出る必要がある」冷静に僕はいった。「ただ好きなように運んで埋葬していいっていうわけにはいかない。なにしろ僕らは彼が死んだ原因をよく知らないんだ」

彼女はただそこに立っていた、諦めたかのように――僕を見るのも止めてしまった。

こんなにいらいらしたことはかつてなかった。「伝染病だったかもしれないんだぞ」僕はいった。「誰になにがわかる？」答えはなかった。

ひとりでうっとり喋りつづける趣味は僕にはない。僕は外へ出てボーイのひとりに怒鳴り、ガレージを開けて朝の町へのドライブのために車を準備するよういいつけた。


予想通り、事はかなり厄介になった。保健当局だけでなく警察にも届けを出さなくてはならず、うんざりする質問に山ほど答えなくてはならなかった。どうしてその若者の存在を知らずにいたのか？　原住民の居住区を監督していなかったというのなら、どうしてこの手の行いが常に行われてはいなかったといえるのか？　等々。僕は頭にきて、僕の原住民がちゃんと仕事をしているかぎり彼らのプライベートな生活に鼻をつっこむのは僕の義務でも関心事でもないといってやった。すると粗野で鈍重な巡査部長は僕に例の視線を向けた、脳で行われるどんな思考にも関係ない、支配民族という理論に憑かれた者たちみんなが共有する力に由来する、あの視線を——狂っているといっていいほど空っぽな確信の眼差しを。彼はにやりと笑い、僕のばかさ加減を半ば嘲り、半ば面白がっていた。

それから僕はペトラスに、なぜ保健当局が検死のため遺体を持っていかなくてはならないのかを説明しなくてはならなかった——さらに、実のところ検死とは一体なんなのか、ということも。何日か後に衛生部に電話して検死結果を訊くと、死因は僕らが思ったとおり肺炎で、遺体はすでに適切に処置されたといわれた。僕は出ていって、鶏の餌をすり混ぜていたペトラスに、すべて心配ない、トラブルは起こらない、弟は胸の病気で死んだのだと告げた。ペトラスは灯油缶を置いて、こういった。「いつとりに行けるんですか、旦那」

「とりに行く?」

「おれらがいつ行ったらいいのか、旦那にはすまねえけど訊いてもらえますか」

僕は家に入ってルリースを呼んだ、家中呼び歩いた。彼女は予備の寝室から出て階段を降りてきた。僕はいった、「さあ困った、一体僕はどうしたらいい? ペトラスに話したら、彼は静かな声でただ、いつ彼らが遺体をとりに行けるのかと訊くんだ。自分たちで埋葬するつもりでいるんだよ」

「じゃあ、戻って彼に事情をいったらいいじゃない」とルリースはいった。「いわなくちゃ。どうして訊かれたときいわなかったの?」

またペトラスのところに行くと、彼は丁重な態度で僕を見上げた。「あのな、ペトラス」僕はいった。「弟を返してもらいに行くことはできないんだ。もう終わってるんだ——彼らが埋葬したんだよ、わかるか?」

「どこに?」彼はゆっくりと、曖昧な様子で訊いた。ひょっとすると自分はこの話をなにか誤解しているのではないかと考えているようだった。

「つまりだ、彼はよそ者だった。ここの人間じゃないってことを彼らは知ってた、だからここに同族がいるとは思わなかったんだよ、それで彼らで彼を埋葬しなくちゃって考えたんだ」貧者のための共同墓地をある種の栄誉のように語るのはむずかしかった。

「お願いです旦那、旦那から頼んでくれませんか?」だが彼がいっているのは墓所が知りたいということではなかった。僕が教えた、死んだ弟の処置にあたった理解しがたい仕組みのことを、彼は単純に無視した。彼は弟を返してほしいのだ。

「でもペトラス」僕はいった。「僕になにができる? おまえの弟はもう埋葬されたんだ。もう彼らに頼むことはできないよ」

「ああ、旦那!」彼はいった。鶏用のふすまで汚れた両手をまっすぐ体側に伸ばし、口の片側の端をひきつらせて、彼は立っていた。

「困ったなあ、ペトラス、彼らは僕のいうことなんて聞かないよ! どっちにしろ、彼らにも無理なんだ。気の毒だが、僕にはどうしようもない。わかってくれるかい?」

彼はただ僕をじっと見つづけた、彼の知るところでは白人はすべてを持っていて、なんでもできるはずだったから。白人がなにかをしないというのは、それをしたくないからだ。

夕食の席で、ルリースもいい出した。「すくなくとも電話ぐらいできるじゃない」

「くそったれ、僕のことをなんだと思ってるんだ? 死人を生き返らせるべきだとでもいうのか?」

大げさに騒いでみても、僕に押しつけられたこのばかげた責任から逃れることはできなかった。

「電話して」と彼女はつづけた。「そうすればすくなくとも、連絡はしてみたけどそれは不可能だと説明されたって、彼にいえるわ」

コーヒーの後、彼女は台所の奥のほうに姿を消した。しばらくして戻ってきた彼女は僕に告げた。「彼らのお父さんがローデシアからお葬式のために出てくるわ。許可証もとれて、もう向かっているんだそうよ」

やっかいなことに、遺体をとり戻すことは、不可能ではなかった。当局いわく、いささか変則的ではあるが衛生状態の条件が満たされているため、墓地を掘り返すことを拒否はできないとのことだった。訊いてみると、葬儀屋の支払いに二十ポンドいるということがわかった。やれやれ、と僕は思った、これでけりがつく。月給五ポンドのペトラスに二十ポンドは無理だ——そのほうがいい、こんなことをしたって死者のためになどならないのだ。けっして僕から出してやろうなどといわないほうがいいだろう。二十ポンドだろうがなんだろうが、道理にかなった話なら惜しまず出してやったのだ、医者とか薬とか、生きている間にあの子を助けてあげられるものだったら。死んでしまった後で、単なる形式のために一家の一年分の衣料費より多い金額を無駄にするようなことを、ペトラスに勧めるつもりはなかった。

彼にその晩、台所で話をした。「二十ポンド?」と彼はいった。

「うん、そうなんだよ、二十ポンドだ」と僕はいった。

一瞬、彼の表情を見て、僕は彼が計算しているんじゃないかと思った。でも彼が再び口を開いたとき、僕はそう思いこんだだけだったのだと思い直した。「二十ポンド払わないとだめですか！」そういった彼の声は、あまりに遠く手に入りようもなくて考えることもままならない、そういうものの話をしている人のため息のようだった。

「さあ、ペトラス」僕はそういって彼を退かせ、居間に戻った。

翌朝僕が町に出る前に、ペトラスが会いたいといってきた。「お願いです、旦那」そういいながら、彼はぎこちない手つきで僕に札束を差し出した。彼らがもらう側ではなくあげる側に立つことはそうめったにあることではない、連中は白人にどうやって金を渡したらいいのかほんとうにわからず困ってしまうのだ。たしかに二十ポンドあった、一ポンド札や十シリング札、皺くちゃのものもあれば何度も折り畳まれてぼろ雑巾のようにやわらかくなったの、きれいで新しいのもあった――フランツが出したのだろう、それにアルバートも、料理人のドーラや、庭師のジェイコブも、ほかにいったい誰の金が入っているのかわかりもしない、この近辺のあらゆる農場や小規模農家からかき集められたのだろうと思う。僕はそれをほんとうのところ驚嘆というよりはむしろいら立ちを覚えながら受け取った――無駄なことをして、といういら立ちだ、こんなにも貧しい人たちがこうして払う犠牲はなんの役にも立たないのだ。貧しい人々はどこでもそうだ、と僕は思った、まっとうな人生のための出費を切りつめて、まっとうな死のための保険を手に入れようとする。ルリースや僕のような人間にはとうてい理解できない。人生はぱっと費やすべきものだと僕らは思っている、死について考えることがあるとしても、そいつは最期にくる破産だとしか思えない。

使用人たちはどっちにしろ土曜日の午後は休みだ、だから葬式にはいい日だった。ペトラスと彼の父はロバに引かせる荷車を貸してくれといい、町まで棺をとりに行った。そこでは、とペトラスは戻ってからルリースに告げたのだが、あらゆることが「うまく」いった——彼らの迎えを待っていた棺はすっかり準備ができていて、封印までしてあった。これは手間が省けて助かった、二週間も経っていたから自分たちで整えることになったら、いささか不快な光景を目にしなくてはならなかっただろう(当局と葬儀屋が遺体を運び出すのに結局それだけ時間がかかったのだ)。午後中ずっと棺はペトラスの小屋に置かれ、小さな古い墓地への旅を待っていた。墓地は僕らの農場の東端のすぐ外にあった、この辺りが瀟洒な田園風の郊外になる以前の、ほんとうの農業地帯だった頃の名残りだ。僕が境界のフェンス近くまで行き葬列が通るのを見かけることになったのは、まったくの偶然だった。またしてもルリースは僕との約束を忘れ、土曜日の午後だというのに家にいられなくなってしまったのだ。町から帰った僕は怒りで爆発しそうになった。彼女は昨夜と同じ汚いスラックスをはき、髪も半分しか梳かさずにいた、しかも呆れたことに居間の床に塗ってあったワニスをみんな剝がしていたのだ。だから僕は八番アイアンを持ってアプローチ・ショットを研究しに家を出たというわけだ。腹立ちに紛れて葬式のことは忘れていた。思い出したのは行列が境界フェンスに沿ってつづく農場の外の道をこっちに向かってやってくるのが見えたときだった。僕が立っているところからは墓地がよく見えた。その日、陽光はきらきらと輝き、割れた陶器片や斜めにかしいだ手製の十字架、茶色い雨水が溜まったジャムの瓶や枯れた花を照らしていた。

僕はちょっと気が引けて、ゴルフボールを打ちつづけるべきか、それともこの会衆がみんなちゃんと通り過ぎるまではじっとしているべきか迷った。ロバの引く荷車は車輪が一回転する毎にきいきい悲鳴をあげ、ゆっくりと、つっかえつっかえ進んできた。その様子は車引きの二頭のロバに、なんだか妙に似つかわしかった。やつらの膨らんだ腹は擦れてざらついていて、頭は心棒の間でうつむき、耳は後ろ向きに引っ張られた格好で寝ていて、打ちひしがれ従わせられるものの気配を漂わせていた。妙に似つかわしいといえば、荷車の後ろをやってくる男女の集団もまたそうだった。辛抱づよく、間抜けなロバ。その様子を眺めていると、どうしてこの生き物が聖書の中で象徴的存在となったのか、わかるような気がした。行列は僕の真横にくると、停止した。僕はゴルフクラブを地面に置いた。棺が荷車から降ろされた――黄色いワニス塗りの木製棺は、安物の家具みたいにぴかぴか光っていた――ロバたちが耳をひくつかせて蝿を追い払った。ペトラスとフランツとアルバート、それからローデシアから出てきた老父が棺を肩に担ぐと、行列はまた動き出した、ここから先は徒歩でいくのだ。それは正直な話、ひどく気まずい瞬間だった。僕はまるでばかのようにフェンスの前につっ立っていた、身じろぎもせず。その前をゆっくりと彼らは行進していった、目も上げず、四人の男たちはぴかぴかの木の箱の下で身を屈め、会葬者たちは三々五々その後ろをついていくのだった。彼らはみんな僕らの使用人か近隣の家の使用人たちで、いつもはうちの農場や台所でのんきに噂話をしている気さくな連中だった。老父の荒い息づかいが耳に入ってきた。

またクラブを拾い上げようとした丁度そのとき、それまで荘重な雰囲気で滞りなく進行していた葬列に、なにか不協和音が生じた。僕は即座にそれを感じた、熱波が空中を飛んできたように、穏やかな流れの中でいきなり寒流に脚をつかまれたように。老人の声がなにかつぶやいていた。人々は足を止め、混乱し、ぶつかり合い、そのまま進めと急き立てる者もいれば、じっとして動くなと制止する者もいた。彼らが困惑しているのは明らかだった、老人の声を無視するわけにはいかなかったのだ。それはあたかも預言者のつぶやきが、最初は不明瞭だったが次第に心をとらえていく、そのさまのようだった。老人が担いでいる棺の一角は斜めに沈みこんでいた。彼はその重みの下から出てこようとしているらしかった。そこでペトラスが父を説得していた。

ロバの見張りをいいつかっていた小さな男の子が手から手綱を落とし、なにが起こっているのか見ようと走り出た。理由はわからないが――よく映画で失神した人を見ようと人々が集まってくる、あれと同じじゃないだろうか――僕もフェンスの針金を押しのけて外へ抜け、彼の後についていった。

ペトラスは僕を見ると――いや誰だろうとかまわなかったのだ――目を上げた、その目は苦悩と恐怖に満ちていた。ローデシアから来た彼の老父はすっかり棺から身を離してしまい、持ちこたえられなくなった残りの三人はそれを地面に横たえた、小道の上に。そのぴかぴかの側面をもう舞い上がった土ぼこりがうっすらと覆い始めていた。老人がなにをいっているのか僕にはわからなかった。首をつっこむのはためらわれた。しかしいまや動揺した会葬者全員が、なにもいわない僕のほうを向いていた。老人は自ら僕のところにやってきた、そして両手をひろげて震えながら、僕に直接なにかいった。ことばはわからなかったがその声音から、彼がいっていることがなにかひどく衝撃的で途方もないことだということはわかった。

「どうしたんだ、ペトラス。なにが問題なんだ?」僕は彼に訴えた。

ペトラスは絶望して両手を上げ、ヒステリー状態のように身震いしながら頭を垂れていたが、急に首をもたげると僕に向かって顔をつきつけこういった。「〈おれの息子はこんなに重くなかった〉と父はいってます」

沈黙。老人の息づかいが聞こえた。年寄りがよくそうしているように、彼は口をうっすら開けたままでいた。

「おれの息子は若くて痩せていた」彼はついに、英語でそういった。

再び沈黙。それからことばの奔流が始まった。老人はみんなに怒号の雷を下した。彼の歯は黄ばんで数も少なくなっていたが、立派な弧を描くごま塩の口髭を生やしていた。ああいうのは昨今あまり見かけない、きっと初期の帝国建設者たちを真似たに違いない。その髭は彼の発言すべてに特別な正当性を付与しているようにみえた、ただ単にそれが古老の伝統的な知恵の象徴だからかもしれないが——しかしそういう考えはいまも根深く残っており、なにか理性では説明できないものを人々はいまだに畏れていた。彼はみんなにショックを与えた。この人は狂っているのかもしれないと思いながら、彼のいうことに耳を傾けないわけにはいかなかった。彼は自分の手で棺の蓋をこじ開け始めた、そこで三人の男たちが手伝おうと前に出てきた。それから彼は地面に腰を下ろし座りこんだ。急に年老いて、ひどく弱ってしまい、口をきくこともできなくなった彼は、震える手を上げてただそこにあるものを指し示した。彼は長老の座を退き、みんなにそれを委ねたのだった。もはや彼にはなんの力も残っていなかった。

人々は群がり、取り囲んで中を見た（僕もそうした）、そしてこの驚愕の事実にどんな意味があるのかも、それが哀悼の儀式に関わるものだということも忘れ、しばらくの間彼らはただもう驚くべき発見それ自体の喜びに舞い上がった。みんなが息をのみ、興奮して騒々しく議論し始めた。あのロバ番の男の子までがぴょんぴょん飛び跳ねて、棺に群がる大人たちの背中に視界が遮られて見えないと怒り、泣きべそをかいていた。

棺の中には誰ひとり見たこともない男が入っていた。がっしりした体つきの、比較的明るい肌色の原住民で、額にはきれいに縫合された傷跡があった——おそらく喧嘩でくらった一撃でついた傷だろう、そのほかにもいくつか遅効性の傷害が生じ、そのせいで彼は死んだのだ。

一週間、僕はその遺体のことで当局と激しくやりあった。彼らはあまり喋りたがらなかったが、自分たちの誤りに衝撃を受けているように思われた。しかし無名の死者のとり違えを正すことに関してはどうにもお手上げであるらしかった。彼らはいうのだった、「遺体を探しています」「まだ問い合わせ中です」いまに僕を死体安置所に案内してこういうんじゃないかという気がしてきた、「どうぞ！　シーツを上げて彼を探したらいい――あなたの鶏小屋番のボーイの弟をね。黒人の顔ならこんなにある――きっとどれかが役に立つだろう」

そして毎晩家に戻ると、ペトラスが台所で待っているのだった。「うん、彼らは探してるよ。まだ見つからないんだ。旦那《バース》がおまえのためにちゃんとやってるから、ペトラス」そう僕はいって聞かせるのだった。

「まったく、ほんとうなら会社にいなきゃならん時間の半分は町はずれを車で行ったり来たりしてこの問題を追っかけ回してるんだからな」いつもの言い訳の後、ルリースに向かい、僕はそうこぼした。

彼女とペトラスの両方が、そういった僕のほうに目を向けてじっと見た、すると、奇妙なことに、その瞬間彼らはそっくりに見えたのだった、そんなことありえないと思われるだろうが。僕の妻は高く白い額のほっそりしたイギリス人女性で、一方鶏小屋番のボーイのほうは、膝のところを紐で縛ったカーキのズボンからごつごつした裸足をつき出し、緊張するとその肌から流れ出る汗がつんと鼻をつく匂いを漂わせる、そんな男なのに。

「どうしてあなたはいまになってこのことでそんなに怒って、がんとして闘おうとしてるの」ルリースが突然そう訊いた。

僕は彼女をまじまじと見た。「原理原則の問題だよ。人をペテンにかけておいて逃げおおせようだなんて、そんなこと許されるわけないだろう。あいつら役人もそろそろ面倒なことを引き受ける気のある誰かにぴしっと一発くらったほうが身のためってものだ」

彼女は「ああ」といった。そしてどうやら自分にはわからない話になってしまったと感じたペトラスがゆっくり台所の扉を開けて出ていくと、ルリースも向こうを向いてしまった。

僕はペトラスに毎晩、どうにかするといいつづけた。だが、僕のいうことは変わらず僕の声も変わらなかったのに、その約束は一晩ごとに力を失っていった。ついに、僕らは二度とペトラスの弟をとり戻すことはないのだということが明白になった。誰も彼の場所を知らないのだ。公営住宅みたいに画一的などこかの墓地の、彼のものではない番号の下に眠っているのか、あるいは医学校で入念に解剖されて、筋肉層や神経線維になってしまったのかもしれない。神のみぞ知るだ。どのみち彼にはこの世でも身分証明書《アイデンティティ》はなかったのだ。

この段に及んで初めて、それも恥をしのんでというような声で、ペトラスは僕に金をとり戻してくれるよう頼んできた。

「彼の頼み方ときたら、死んだ弟から金を巻き上げるとでもいうつもりかって思ってしまうほどだったよ」と僕は後でルリースにいった。でも前にもいった通り、ルリースはこの件にはひどく真剣になってしまっていたので、このことでちょっと皮肉な冗談をいうことも彼女には我慢ならなかった。

僕はその金をとり戻そうとした。ルリースも試みた。二人で電話し、手紙を書き、反論した、しかし得るものはなにもなかった。金のほとんどは葬儀屋への支払いに使われたらしい、そしてなにはともあれ彼は自分の仕事をちゃんとやったのだ。つまりすべての努力はまったく無駄だった。しかもかわいそうな連中にとって、僕が思っていたよりもっと高くつく無駄に終わったのだった。

ローデシアから来た老人はルリースの父親とちょうど同じぐらいの背格好だった、だから彼女は父親の古いスーツをひとつ彼にやった。というわけで彼は来たときよりちょっとだけましな、冬向きの暖かい身支度をして、帰っていったのだった。

救命具

Instrument of Salvation

アーウィン・ショー

佐々木徹訳

1954年4月24日号掲載

アーウィン・ショー（一九一三―一九八四）はニューヨーク生まれのロシア系ユダヤ人作家。『死者を葬れ』（一九三六）で劇作家として注目を浴びた後、《ニューヨーカー》に掲載された「夏服を着た女たち」（一九三八）で短篇小説作家としての地位を確立。ニューヨークに住む若い夫婦の会話で構成され、いかにも幸せそうな二人の関係のもろさが徐々に明らかになり、見事なオチで締めくくられるこの短篇はきわめて《ニューヨーカー》らしい作品として名高い。「救命具」には作者のユダヤ人らしさとともに、上手いとしかいいようのない持ち味がよく出ている。ショーは長い物語を読ませる技巧にも富み、『乱れた大気』（一九五一）、『ローマは光のなかに』（一九六〇）、『夏の日の声』（一九六五）、『富めるもの貧しきもの』（一九七〇）はひときわ優れた傑作である。

（訳者）

それは音楽関係のパーティだった。部屋の隅では白髪の指揮者がお茶を飲んでおり、みんな彼のところに近寄ると、まるで教会に入る時みたいに行儀よく口をつぐんだ。女たちはさながらどっしりした大きな飾り物で、一流デザイナーのドレスの下でラステックスとジッパーにおさえこまれてはちきれそうになっている肉体をそろって強調していた。男たちは神経質で知的な表情を浮かべ、敬愛を受けるのに慣れっこになっている様子だった。女はまちがいなく全員男より長生きするように見えた。英語、フランス語、ドイツ語で会話をかわすグループが別々にあり、そのいずれにも、間違ったアクセントで言葉をあやつる者がいた。

そのパーティには、この五番街の一室ではなくロンドンかパリ（戦前ならウィーンかベルリン）で行われたとしても何も変わらない、普遍的かつ儀式的な趣があった。

音楽に縁のないゲストは、おおむね演劇または文学といった関連業界の人間だった。英語以外の言語で長篇小説を書いた作家が何人かいたし、一九二八年のウーファ・スタジオ時代に全盛期を迎え、今ではハリウッドにいる映画監督もいた。片眼鏡をかけた男も一人いた。

音楽にも文学にも映画にも関係ない連中は豪奢な身なりと、目の肥えた、趣味のいい気前のよさ故に呼ばれたと見受けられる。おおかた、豊かな懐でオペラ協会や交響楽団を援助するのを期待されているのだろう。

インゲ・クラヴェレートはかなり遅れてやってきた。女優をしていた若い頃から、どんなところでも部屋が一杯になってから到着する癖がついていたからだ。その間二十五年の歳月が流れ、戦争があり、髪は白くなり、一つの大陸から別の大陸へと移動し、職業も変わったが、この癖はなおらなかった。二百回目の試合にのぞむ前に地下のロッカールームに入るベテラン・ボクサーのように、自分本来の居場所にやってきたと感じながら、彼女は香水のただよう少々煙たい部屋の匂いをかぐと、丁寧な口調で響くさまざまな国の言葉のざわめきに耳を傾けた。

彼女はもともと決して小柄ではなかったが、五十代の今は太ってがっしりしていた。短く切りそろえた硬い白髪に、大胆で感傷的な顔。青い目は依然明るく、きびきびと、好奇心にみちて輝いていた。部屋を眺めまわし、三ヵ国語の会話の端々に耳を傾け、この何十年にわたって参加したこれとおなじようなパーティのことを、その時一緒にいた男性たちや、むかしの若かった、幸せだった自分のことを思い出した。

ここ何年か西部にいたので、留守のあいだに新顔が増えていた。彼女はパーティを主催した女性に連れられて大きな部屋を歩きまわり、人々に紹介された。もう少し上等のドレスを着る財布の余裕があったらよかったのにと思いつつ、女性には相手の値踏みをしながら微笑みかけ、男性には、特にヨーロッパの男性には、手をさしのべた。相手はその手をとって深々とお辞儀した。その時、主催者が「こちらがヴィネク氏です」と言った。ハンサムな、大柄の老人が彼女の手にキスした。案の定だわ、とインゲは思った。この男が長生きしてれば、いつかこの種のパーティで出くわすに決まってた。老人は背筋を伸ばし、「わたしたちは旧知の間柄でして。一九三一年の冬、ドイツで会ったんです」と言った。

「あら、まあ」それほど長い間知り合いでいられると聞いただけで主催者はすこし顔をしかめた。「じゃ、わたしは失礼しますわね。積もる話がおありでしょうから」

「積もる話」と老人はつぶやいた。彼の声は鈍重で、どことなく古びて腐ったような響きがあった。「どこから始めますかな?」彼は彼女の顔を覗きこんできた。そう、この男は目が近いのにいつも外見を気にして眼鏡をかけなかった。少なくとも六十五にはなってるのに、まだ見栄を張るなんて。「あなたは昔とちっとも変わりませんな」とヴィネクは言った。

いかにもドイツ人ね。女を丁重に扱おうとする時、彼らは一番愚かしく見える。彼女はヴィネクが最後に見た一九三一年の自分の姿と、今彼の目に映っているはずの自分の姿を思い比べた。愚かな老人だわ。彼女は彼に微笑みかけた。「わたしたち、みんな、すっかり変わってしまいました。それも、いい方にではなく」

ヴィネクは溜息をついた。昔の彼は重々しい、自信満々の、ハンサムな男性だった。実際今でもハンサムで、裕福に死を迎えつつある老人の、昔風の物憂い美しい外観を保っていた。「ああ、ほんとうに長い歳月が経過しました。ほんとうにたくさんの出来事がありました」

まるでドイツの小説を読んでるみたい。そりゃそうね、ドイツ人はほんとにこんなしゃべり方をするんだから。早く止めないと、「人生」とか「運命」とか「偶然」とか「神のご意思」なんて言い出すにきまってるわ。

インゲがそう思っているあいだに、彼は「あれからドイツには戻られましたか？」と訊いてきた。

「いいえ」

「ぜひお行きなさい。国は生まれ変わりました。ほんとうに生まれ変わりました」

「あなたはずっとドイツにいたんですか？」インゲは好奇心に駆られて尋ねた。どういうわけだか、戦争や敗北の印、苦労の印さえ、彼には見られなかった。老齢の印は確かにある。だが、それは快適な、手入れの行きとどいた、泰然とした老齢だ。

「いえ、いえ」ヴィネクは、まるで非難の言葉を押し戻すかのように、老斑《しみ》だらけの大きな両手を突き出した。「それはとても無理でした。あれはドイツではなくなりましたから。わたしは一九三八年にスイス国籍を得ました」

そうでしょうとも。こういう連中は最高のタイミングでかならずスイス人になるんだから。

「今はまたドイツでビジネスをしています。狂気の時代が去ったあとは、そうするのが義務だと思いましたから。ドイツに来られたら、是非うちに泊まってください。ガルミッシュのそばの昔の家を買い戻したのです。妻はきっと喜ぶでしょう」

「奥さまはここに一緒にいらして？」

「ほら、あそこ」彼はゆっくりと手を振り、部屋の反対側で、白髪の指揮者の近くに座っている女性を指し示した。「緑のドレスを着ています」

　インゲはハンドバッグから取り出した眼鏡をかけて、ヴィネク夫人を見た。すっかりスイス人ぽくなっちゃって。彼女は眼鏡をはずした。

「あなたのご主人は？　ここに来ておられるのですか？」

「ブルーノは五年前に亡くなりました」そう言って彼女は眼鏡をバッグにしまった。

「ああ」ヴィネクは溜息をついた。「それはお気の毒に。まだ若かったのに。偉大な才能の持ち主だった。もったいない。わたしはあの人がとても好きだった」

　それほど若死にじゃありません、死んだ時は今のあなたぐらいの年でした、それに、あなたは「とても好きだった」という気持ちを、ここぞという時、みごとに封印なさいましたね――もう少しでインゲはそう口走るところだった。しかし、黙っていた。彼女はただ、「短命の家系だったんです」とだけ言った。

「お子さんたちは？」ヴィネクは社交辞令として尋ねた。「たしか、すてきな娘さんがお二人でしたね」

「息子が二人です」

「え？」ヴィネクは少々うろたえた。

「すてきな息子が二人です」

「そうでした」ヴィネクは自らの失策に苛立ち、頭を軽く叩いた。「もうずいぶん昔になります
し、あれから頭に入り切らないほどたくさんのことがありましたから。みなさんお元気で？」

「ええ、とっても。一人はテキサスで石油の仕事を。もう一人は空軍の大尉です。今ドイツにいます」

「空軍大尉ですって？」ヴィネクは頭を振って驚嘆の意を示した。「いやはや。ほんとにほっそりして、若くて、美しいあなたがハンブルグで『人形の家』のノラを演じたあの晩を昨日のことのように覚えているんだが。劇場から興奮して帰ってきたところで――」

「わたしはほっそりしてたことなんか一度もありません」インゲはにべもなく言った。彼女は愉快だった。「それに、美しいようなふりをしてただけですわ」

ヴィネクは寛容な笑みを浮かべ、彼女の手を優しく叩いた。「あなたが毒舌家だったことも覚えてます。誰に対しても容赦なかった」

やれやれ、今から十五分、昔はよかったっていう馬鹿話を聞かされるんだわ。ドイツ人だからこうなるのかしら？　それとも、ただ老人だから？

しかし、ヴィネクは踵に重心を置いてゆっくりその巨体を前後に揺らしながら、嬉々としてインゲ自身の演技を彼女に向かって言葉で再現していた――登場した時の軽快な陽気さ、幕切れの

力強さ……。

彼がしゃべっている間、彼女はほとんど聞いていなかった。彼の重い、滑らかな声は彼女を通り抜けていった。彼女はハンブルグに戻っていた。冬の夜、数年後には空襲で焼けてしまう劇場で、幕が下り、観客の拍手が始まっていた。

その時、彼女とブルーノはこれが彼らの人生で最も重要な夜だと思っていた。人生で最も重要な出来事が劇場で起こる可能性がまだあった時代、彼ら自身の劇団の公演の初日だった。ブルーノと彼女はこの劇団を作るために、一か八か、すべてを投入したのだった――女優としての彼女と舞台監督としての彼の評判と、ありったけの貯金と、若さとエネルギーのすべてを。必要な資金の大半はヨハン・ヴィネクが出した。確約はなかったが、資金がさらに必要になれば彼がそれを補ってくれるのはほぼ間違いなかった。

その夜、喝采がまだ耳で鳴り響きながら楽屋にもどった彼女にとって、ギャンブルは成功をおさめたかに思われた。ブルーノが入ってきてキスをした。彼は目を輝かせて彼女の演技を絶賛した。彼らの友人で、初日のためにわざわざベルリンからやってきた劇評家は、この戯曲がこれほど力強く演じられるのは観たことがないと二人に語った。劇場全体が成功と歓喜できらめいていた。

ブルーノと劇評家が部屋を出た後、彼女が着替えをすませようとしていたら、ドアをノックする音がしてヴィネクが入ってきた。彼が送ってくれた二ダースの赤いバラは、このぎらぎらした粗末な小さい楽屋のなかで不釣り合いな輝きを放っていた。彼女は前に一度だけヴィネクに会っていた。ベルリンにある彼の自宅で、堅苦しいフォーマルな茶会の席上だった。冷やかな物憂い優雅さで場をとりしきるヴィネク夫人の様子はあたかも、応接間にいる目に見えない御先祖さまの霊に対して、ここに座って彼女のティーカップからお茶を飲んでいる劇場関係の奇妙な連中は夫が勝手に呼んできた人たちなんです、と示したがっているかのようだった。

楽屋の中で立っているハンサムで大柄なヴィネクは燕尾服に身を包み、見事な押し出しでお金のオーラを漂わせていた。洗練されたやわらかい声の持ち主で、初日の夜に女優に何を言ったらよいか、どんな花を送ったらよいか、どんなお世辞を言うべきか、どんな批評は慎むべきかをちゃんと心得ていた。彼はインゲが髪を整えおわるのを見ながら、化粧鏡の中の彼女にやさしく自信たっぷりに微笑みかけ、かくも偉大な才能の支援にほんの少しでも貢献させていただいてどれだけ誇らしいか、観客が――そして自分が――インゲの活気あふれる美しさにどれだけ心を動かされたか、舞台上の彼女の身のこなしがどれだけしなやかで優雅なものであるかを弁じた。楽屋にやってきたのは演技を褒めそやすためではない、とインゲが悟るのに五分しかかからなかった。

「本日の成功を祝して夕食をご一緒できれば光栄です。すでにわたしのホテルの部屋に注文してあります。シェフと話をつけて、今宵にふさわしい料理を頼んでおきました」

「あら」インゲはそ知らぬ顔で答えた。「主人の都合をきかないと――」

「わたしとしてはご主人を招待するつもりはさらさらなかったんですが」ヴィネクは悪びれる様子を全く見せず、鷹揚に笑ってみせた。

相手は百戦錬磨ね、とインゲは困惑しながら思った。女をたぶらかすのは朝飯前。彼の噂は聞いていた。紹介される前にすでに、彼女は彼が妻以外の美女といっしょにいるのを見たことがあった。自分の思い通りのペースで女を操れるという自信たっぷりな彼の思いあがりに対して、彼女は女性全体を代表して腹を立てた。それに、彼女はエゴの強い女だった。男は彼女を目の前にして平常心を失い、狼狽する方が好ましい。

「ねえ、あなた、ざっくばらんな話をしましょう。あなたとご主人の間には、この種のことに関して、いわゆる大人の取り決めがあるというのはあなたのお友だちの中では周知の事実です。そう申しあげても今さら驚かれますまい？」

それはほんとうだった。ただ、夫との関係について「大人の」という言葉が使われるのは大嫌いだった。しばらく彼らは共に深い愛情を抱いていたが、それは過去のことだった。二人は尊敬し合い、これほどいい友だちにはもう会えないだろうと思っていた。仕事の呼吸はぴったりだったし、子供たちを愛していた。お互いに対して嘘はつかず、同じ一つの家に住み、ともに劇場で汗水流し、お互いに対して、自分たちなりに、あくまで忠実だった。気が向けば、彼らはほかの相手とつきあった。それはこの世で一番幸せな取り決めではなかったが、結果としてそれでうまく行っており、彼らの知っているたくさんの夫婦は二人よりうんと不幸せだ、とインゲは感じていた。

「実のところ」ヴィネクは依然親しげな、くつろいだ、悠揚迫らざる声で言った。「ご主人がさるご婦人と夕食をともにされるので、今晩はお相手いただけないのを承知しておるのです」

「そのとおりです」インゲは鏡から振り向き、ヴィネクの顔を見て、愛想よく微笑んだ。「実は、近々その方と結婚するつもりらしいの」

「ということは——」理屈を巧みに操って結論を導いた論客のように、ヴィネクは両腕を広げてみせた。「ということは、わたしのホテルの部屋でわれわれが快適な食事をともにするのを妨げる理由はありませんな、そうでしょう?」

「一つあります」インゲはまだ愛想よく微笑みながら言った。「わたし、あなたが嫌いなんです」

「ああ」あやまって何かに頭をぶつけた時のように、ヴィネクは思わずそんな声を出した。「ああ」

一瞬驚きのあまり腹を立てることもできず、彼は言葉を失った。インゲはコートを取り、「おやすみなさい。ご招待、感謝いたします」と言って、バラの隣に彼を立たせたまま、楽屋を出た。

あいにく、劇団の評判は彼らが初日の反応から予想したほど芳しくなく、二カ月後インゲとブルーノは、ヴィネクが事実上約束した資金援助を仰ぐためにベルリンに赴かねばならなかった。

「まことに残念です」ヴィネクはクルミ材とビロードでしつらえた暗い書斎の机越しに言った。「援助はしてさしあげたいのです。わたしがあなたがたのお仕事をどれだけ高く評価しているか、もちろん言うまでもないでしょう」彼はその友好的で遺憾の意にみちた目をずっとブルーノに注いだままで、とっておきのドレスを着て革張りのクルミ材の椅子に背筋を伸ばして座っているインゲには一度も向けなかった。「ところが今は資金繰りが難しく、おまけにこのご時世で……」彼は今の不景気を示すために机の上で両手をゆっくり振ってみせた。「おわかりいただけるでしょう」彼は立ちあがりながら言った。「幸運を祈ります」

彼らは難しい顔をしたまま黙って握手を交わし、インゲとブルーノは一緒に外に出た。

金持ちが住む、冷え冷えとした通りをしばらく歩いてから、やっとインゲは言った。「約束したくせに」

「それはそうだがね」ブルーノは肩をすくめた。

「なぜ断られたか、知ってるでしょ」ヴィネクとの一件についてはあの翌朝ブルーノに報告してあった。

「もちろんだよ」

「ごめんなさい」ブルーノがどれだけ根をつめて働き、二人がどれだけの期待を劇団にかけたか考えると、インゲは泣きそうになった。

ブルーノは足を止め、彼女の腕を取って、間近から彼女の目を覗きこんだ。「あやまることなんかない、絶対あやまることなんかない」

「かどが立たないようにあの人を遠ざけるのは簡単だったけど、でも、どうしても手厳しくやっつけてやりたかったの。こっちがどう思ってるか、見せつけてやりたかったんだわ」

「しーっ、言わなくていいよ」ブルーノは優しく彼女の体を揺り動かした。「一つ残念なのは」彼は楽しそうな、辛辣な笑みを浮かべた。「その時の奴の顔が見られなかったことだ」

劇団の解散やブルーノが独力で返済せねばならない借金のことは忘れて、二人は子供のように一緒に笑った。ブルーノは彼女にキスし、彼らは陽気に高級レストランに行き、ドイツでとる人生最後のご馳走を楽しんだ。

その後すぐブルーノはアメリカに渡った。ハリウッドで映画監督の口がありそうだったからだ。ハンブルグでの借金を返すにはそれぐらいのまとまった金が必要だった。陰鬱たる別れだった。ブルーノは旅行好きではなかったし、英語は一言もできない上、言葉の勘が悪い。それに、彼は映画監督がつとまる自信はなかった。劇場の方が性に合っていたし、当時はアメリカ人よりもドイツ人の方が好きだった。

三カ月後、彼はインゲに家族の渡航費用を送金してきた。これは旅行で、たぶん次の演劇シーズンにはベルリンに戻ってくるでしょう、と彼女は子供たちに言った。しかし、ブルーノはカリフォルニアで食べていくだけの稼ぎがあったし、ヒットラーが台頭すると、ブルーノはユダヤ人だったから、結局彼らはそこにとどまるよりなかった。

　五十を越え、頭は白くなり、重量感を増したインゲは、五番街のごてごてと飾り立てた大きな一室で、年老いて腐りかけているようなヨハン・ヴィネクの声をぼんやり聞きながら、グラスを片手に立っていた。アメリカでの苦労、厳しい生活、一時しのぎの仕事、夫の死といった一連の出来事が頭の中を駆け巡っていた。

「ああ、あなたを見ていると、昔を思い出しますよ」そう言うヴィネクの喉は老人らしく肉が垂れ、皺だらけだった。彼はずるそうな目で彼女を見た。「覚えてますか」この時も彼は声の調子を変えて、官能と誘惑の響きを含ませた。「ハンブルグでホテルの夕食にご招待した晩のことを?」

　宝物を前にした時のような、狡猾な、老いた女たらしの目をインゲはまじまじと見つめた。そう、これでこいつに仕返ししてやろう、と復讐心に駆られた彼女は考えた。「いいえ」彼女はゆっくり首を振った。「どの晩のことかしら?」

「覚えてらっしゃらない?」彼は信じられないという様子で訊いた。

「ええ」インゲは微笑んだ。「大事なことでしょうか?」

「いいえ」老人はつぶやいた。「ちっとも」一瞬彼女は相手が泣きだすのではないかと思った。これまで彼は数多くの成功をおさめてきた。それが老人となった今、みんな奪われていく。いくらなんでもこの屈辱は耐え難い。「女性は覚えているものだろうと思ってましたが」彼は哀れな声で言った。

「失礼します、ヴィネクさん。わたし、まだここのご主人にごあいさつしてないの。またお会いできてうれしかったわ」

老人はお辞儀をし、それから硬い体をまっすぐ伸ばし、インゲが部屋を横切るのを眺めていた。彼の顔には傷つき、困惑した、苦々しい表情があった。

半時間後、インゲはヴィネク夫人が近寄ってくるのを意識し、身をこわばらせた。ところが、いざやってくると、金持ち独特のやぼったさを感じさせる、豊かな胸をした、恰幅のよいこの女は満面に笑みを浮かべてインゲの頬にあたたかくキスし、「まあ、ほんとに、お会いできて嬉しいわ」と言った。その様子はまるで、ベルリンのアパートでの冷やかな茶会から二人を引き離した四半世紀にわたる戦争と損失と恐怖が、摩訶不思議な手段でもって彼らを固い姉妹愛で結びつけたかのようだった。「ほんとにお若くて、生き生きしてらっしゃる」その言い方からすると、彼女の知り合いは死んだ人か死にかけている人ばかりらしい。「ヨハンはあなたと楽しい昔話ができたと言ってました。思い出がたくさんありますものね」

ええ、その通り、とインゲは苦々しく感じた。いろいろ思い出させていただきましたわ。

「あの頃はほんとによかったですわね」夫人は溜息をついた。「わたしたちが若かったあの頃は」

この夫婦はどちらもドイツの小説そっくりのしゃべり方をする、インゲは親しげな笑顔を見せながらそう思った。でも、あなた、そんなに若くなかったでしょう。三十五にはなってたくせに。

「うちの人、年取って見えるでしょ?」夫人は心配そうに亭主の方を見ながら言った。ヴィネクは大きな窓のそばに一人で立って、雨の夜景をぼんやり眺めていた。

「それが自然なのでは?」

「かもしれません。でも、主人はそう思ってなかったんです。そういう男の人っているでしょ。年の取り方を知らない人。あの人は自分に自信を持ってました。今も自分の顔を見ながら何時間も鏡の前に立ってますけど、若い女性の気持ちをひきつけるのがとても難しくて」夫人は頭を振ってインゲの方を見た。彼女は悲しい、戸惑った、太り過ぎで、厚化粧の、愛情豊かな女性だった。「人間って、最後にどういうことが待ちかまえてるか、初めからは絶対わからないようになってるんですね?」

「ええ、そうでしょうね」

「ああ」ヴィネク夫人は羨望のまじらない讃嘆の溜息をついた。「あなたはほんとに厳しい時代をうまく切り抜けられましたわ。あなたを一目見れば誰だってわかります。この自由で美しい国にずっと住んで、ほんとに健康そうで、活気がおありで。おまけに息子さんは空軍の大尉さんでいらっしゃる」

どこの国のものでも、とにかく軍隊に対するプロシア風の敬意をヴィネク夫人は、たとえ百年スイスに住んだとしてもずっと純粋に保ち続けるだろう。

「あなたがお幸せで、ほんとに嬉しいです」ヴィネク夫人は言った。彼女が本気でそう言っているのだと知ってインゲは驚いた。この人、ほんとに喜んでくれてるわ。「わたしたちがニューヨークにいる間に、会いにきてくださる時間があればいいんですけど。昔のお友だちに会って昔話をするのはヨハンの薬になるんです。そのあいだ何時間か、若返った気分になりますから」

窓のそばに一人ぽつねんと立っている亭主を看護婦のように優しい視線で見つめながら、夫人は重々しい足取りで部屋を横切っていった。それを眺めるインゲの気持ちはなかなか整理がつかなかった。二十年以上、彼女はヨハン・ヴィネクを責め続けてきた。あの男のせいで故国《くに》を離れ、希望を砕かれ、ブルーノはけちくさい、ちっぽけで、愚かしい映画を作らざるを得なかった——彼にとって、その映画で話される言葉は最後まで自分のものにならず、奇妙で理解不能なままだった。それなのに、この賑やかしいパーティで夫人は近寄ってきて、すべての死者の霊が見守る中、「あなたはほんとに厳しい時代をうまく切り抜けられましたわ」などとのたまうのだ。

腹が立って当たり前なのに、彼女はその気になれなかった。だから戸惑っているのだ。なるほどブルーノは憔悴して、夢のかなわぬままこの世を去った。しかし、彼は自分を愛してくれた人たちに囲まれてベッドの上で死んだ。鞭打たれたり、ガス室送りになったりはしなかった。現在、息子の一人はテキサスで石油を掘る仕事に満足し、結婚の準備を進めている。かわいい婚約者の父親はほとんどルクセンブルグ一国に相当する面積の牧場を持っている。もう一人の息子は上機嫌で若者言葉を使いながら、世界で一番の軍服を身にまとい、凱旋軍の一員となり、廃墟の間を活発に動きまわっている。もしヨハン・ヴィネクがハンブルグでもっと寛大で善良に振る舞い、約束を忠実に履行していたなら、今頃彼らはみんなどうなっていただろう？

インゲは部屋の向こう側にいるヨハン・ヴィネクを——昔は自信満々だったのに、年の取り方を知らず、今は窓のそばに一人たたずみ、衰えてしょぼくれた体を上等の背広に包んだその姿を——感慨深く眺めた。それから彼女は部屋を横切って彼の前に立ち止まり、「ヨハン」と呼びかけた。彼の目には疑い深い、傷ついた表情があった。

「何ですか？」彼は冷たく答えた。

「どうしても言わなくちゃならないことがありまして」

「ほう？」老人はさらなる苦痛をこうむる覚悟をした。

「わたし、嘘をつきました」インゲは相手の袖に軽く触れた。「ほんとは、ハンブルグの夜のこと、よく覚えています」

「おや、そうですか？」彼の背筋が少し伸びた。かすかな、わななくような老人の笑みが唇の端でぴくりとうごめいた。

「体裁がわるくって。わたし、あの時、一緒に行くつもりだったんです。あの頃は色女気どりでしたから、あなたがてっきりもう一度頭を下げるんだろうって思ってました。でも、そうはなさらなかった」彼女の声には演技とは思えぬほど残念そうな響きがあった。

「ああ」敗北の記憶が勝利へと書きなおされ、ヴィネクはしゃんと背を伸ばし、彼女に向かって鷹揚に微笑んだ。「もちろん、そうすべきでした」

「ほんとのことをあなたに知っていただきたかったの」今まで以上の不快感を抱きながら、インゲはかがみこんで頬にキスしてやった。乾燥してぴくぴく震える皮膚が唇の先に感じられた。それから彼女は別の部屋に行った。みんなが酒を酌み交わしていた。これで借りを返したわ、と彼女は思った。

十五分後、帰りがけに、インゲは老人が盛んに身振り手振りを交えながら話に花を咲かせているのを見た。相手は四十の坂を越えたばかりの美人だった。

シェイディ・ヒルのこそこそ泥棒

The Housebreaker of Shady Hill

ジョン・チーヴァー

森慎一郎訳

1956年4月14日号掲載

ジョン・チーヴァーは一九一二年、マサチューセッツ州ボストン南郊のクインシー生まれ。名門高校を中退後、ボストンからニューヨークへと居を移しつつ短篇作家として名を揚げていき、第二次大戦への従軍を挟んで、一九四〇年代から六〇年代にかけて《ニューヨーカー》の常連作家として活躍、同誌に掲載された作品は百篇を超える。「巨大なラジオ」（一九四七）、「泳ぐ人」（一九六四）など傑作と呼ばれる短篇は数多いが、戦後アメリカ中流階級の郊外暮らしを描かせたら天下一品というチーヴァーの持ち味が存分に発揮されているのが、一九五〇年代、ニューヨーク郊外の架空の住宅地を舞台に書かれた一連の「シェイディ・ヒルもの」だ。本作は、「郊外族の夫」、「五時四十八分発」（ともに一九五四）などと並んでこの作品群を代表する名篇で、作者自身、その名声を不動のものにした『短篇選集』（一九七八）の序文の中で、お気に入りの作品の一つに挙げている。なおチーヴァーには『ワップショット年代記』（一九五七）、『ファルコナー』（一九七七）など長篇の佳作もある。一九八二年没。

（訳者）

私の名前はジョニー・ヘイク。年は三十六、身長は靴なしで一八〇センチ、体重は服なしで六五キロ、いまは言うなれば素っ裸で、闇に向かって語っている。我が命の種が宿されたのはセント・レジス・ホテルでのこと、誕生したのはプレスビテリアン病院、育ったのはサットン・プレイス、洗礼式と堅信式は聖バーソロミュー教会、ニッカボッカ・グレイ団で鍛えられ、セントラルパークでフットボールや野球をし、イーストサイドのアパートメントの玄関先の日よけにぶらさがって懸垂を覚え、ウォルドーフホテルで開かれる恒例の大舞踏会《コティヨン》で妻（クリスティーナ・ルイス）と出会った。海軍で四年の軍務を果たし、いまは子供も四人いて、シェイディ・ヒルという郊外《バンリュー》住宅地に住んでいる。洒落た家には庭はもちろん、バーベキュー用のスペースもあって、夏の夜にはそこに子供たちと一緒に座り、ステーキに塩を振ろうと屈みこんだクリスティーナの胸元を覗きこんだり、あるいはただ天の明かりに目を凝らしているだけでも、何やらぞくぞくと、大胆で危険な仕事に臨むがごときスリルを覚えるのだけれど、思うに生きることの痛みと愛しさとはこの感覚のことを言うのだろう。

戦後はすぐにパラブレンディウム包装材の製造会社で働き始め、そこで定年まで過ごすことになりそうに思えた。会社はワンマン経営。つまり、親分の一存でこちらはあっちこっちの持ち場に飛ばされ、どこに行こうが——ジャージーの製造所であれナッシュヴィルの加工工場であれ——事ある毎に親分が口を出してくる。この会社はわしがうたた寝中に見た夢にすぎんとでも言いたげな専制君主ぶり。だから私はなるべく親分の行く手をひょいひょいと避け、やむなくご一緒したときには、この私をせっせと土からこしらえ命の火を吹きこんでくれたのはあなた様です、というふるまいに徹した。さて、この親分は表看板が別に要るタイプで、それがギル・バックナムの仕事だった。ギルは親分の右腕、表看板、仲裁人であり、どんな取引にも親分本人が持ち合わせていない人間味を添えることができたのだが、しだいに欠勤がちになってきた——当初は一日二日、じきに二週間、やがてはそれ以上にわたってオフィスを空けるようになった。欠勤から戻るたびに、胃の具合がどうとか目の疲れがこうとか愚痴をこぼしていたが、その実、酒に溺れていたのは誰の目にも明らかだった。もっとも、これは何も不思議なことではなく、しこたま酒を飲むことはギルが会社のために果たしていた務めの一部でもあったのだ。親分は一年ばかり我慢したのち、ある朝私のオフィスにやってきて、バックナムのアパートメントを訪ねてやつをお払い箱にしてこいと命じた。

なんとも遠回しな汚いやり方だった。取締役会長を解雇するのにオフィスボーイを遣わすようなものだ。バックナムは私の上司だったし、年もずいぶん上で、一杯おごってくれるようなときでもこちらを下っ端扱いしているのがわかる、そんな男だったのだが、親分のやり方というのはいつもこんな感じで、従わないわけにいかないのはわかっていた。そこでバックナム宅に電話してみたところ、奥方が出て、その日の午後にギルと会えることになった。私は一人でランチを済ませ、オフィスで三時頃まで時間を潰してから、ミッドタウンの職場から徒歩で東七十丁目界隈にあるバックナム夫妻のアパートメントに向かった。季節は初秋——ちょうどワールドシリーズが開催中——で、雷雨の雲が街に近づいていた。バックナム家に到着する頃には、遠くで大砲の音が聞こえ、雨の匂いを嗅ぐことができた。ドアを開けてくれたバックナム夫人の顔は、過去一年の並々ならぬ苦労を手早くパウダーの厚塗りで隠したといった風情だった。目には金輪際お目にかかったことがないほどの消耗の色が見え、身に着けているのは大きな花柄をあしらった古めかしいガーデンパーティー用ドレス（夫妻には大学生の子供が三人、大型ヨットにその運転手、他にも出費がいろいろあるはずだった）。ギルは床についているらしく、夫人が寝室へ案内してくれた。いまにもザッと降りそうな空模様で、何もかもが夜明けを思わせる穏やかな薄闇に包まれているものだから、いまは眠って夢を見ているはずの時間で、おたがい不愉快な知らせを持ち出すなんてもってのほかだという気がした。

　ギルは上機嫌で愛想がよく、下っ端扱いも相変わらず、訪ねてきてくれて実にうれしいよと言った。前にバミューダに行ったときに、きみのところの子供にと思っていろいろ土産を買ったんだが、送るのをすっかり忘れていた、などと言う。「ほらあれ、持ってきてくれないか？」と夫人に声をかける。「どこにしまったか憶えてるかね?」やがて部屋に戻ってきた奥方は、大きな高価そうなプレゼントの包みを五つ六つも抱えていて、それをどさりと私の膝にのせた。

我が子たちのことを思うとたいてい楽しい気分になるし、とりわけプレゼントをあげるのは大好きだ。私はすっかりうれしくなった。むろん計略なのは明らかだった——奥方のだなとピンときた。この一年、一家の暮らしがばらばらにならないよう、同種の計略を山ほどめぐらせてきたに違いない(包装紙に張りがないのはひと目見てわかったし、帰宅して包みを開けてみたところ、出てきたのはギルの娘たちが実家に置いていった古いカシミアのセーターが数枚、それに汗止めにしみのあるスコットランド帽、でもそれを見ても、バックナム家の苦境が余計に哀れに思えただけだった)。子供たちへのお土産をどっさり膝にのせ、体の節々から同情が漏れ出しているような男に、クビを言い渡すことなどできるわけもない。ワールドシリーズのことを話し、仕事の細々したことを話して、やがて雨風が強まってくると、バックナム夫人を手伝って住居内の窓を閉めて回り、そこでお暇して、早めの電車に乗って雷雨の中を家路についた。その五日後のこと、ギル・バックナムはきっぱり酒を断って職場復帰し、再びボスの右手に座を占めたのだが、その彼が真っ先に狙ったのが私の首だった。仮に私が天の定めでロシアのバレエダンサーになるとか、こつこつアートジュエリーを作るとか、たんすの引き出しにバイエルンの民族舞踊の模様を、もしくは二枚貝の殻に風景を描きつけるとか、何かそんな身の上になって、プロヴィンスタウンみたいなうらぶれた町に暮らしていたとしても、このパラブレンディウム業界で知り合った男女ほど奇妙な人々を知ることはなかったんじゃないだろうか、そんな思いとともに、私は独り立ちすべく腹を決めた。

常々母に、無一文にでもならないかぎりはお金のことを口にするなと言われて育ってきたせいか、昔から私は金に困ったという話をするのが大の苦手である。だからその後の六カ月の成り行きについてはあまり詳しく説明できそうにない。とりあえず貸しオフィスを借り——といってもデスクと電話があるだけの小部屋だが——手紙を出しまくってみたものの、返事はほとんどなく、電話も繋がっているのかわからないような状態、やむなく金を借りようと思っても、どこにも頼るあてはなかった。母はクリスティーナのことを嫌っていたし、どのみちそんなに金を持っているとは思えなかった。子供の頃、コートだのチーズサンドイッチだのを買ってくれるたびに、なけなしの貯金をはたいたのよとこぼしていたからだ。知り合いならたくさんいたが、たとえこの命がかかっていても、一杯やろうと誘って五百ドルせびるなんてできるわけがない——だいたい五百ドルではとても足りないのだ。中でも最悪だったのは、妻にこの現状をまともに説明できなかったこと。

ある晩、ご近所のウォーバートン夫妻宅での夕食会のために着替えをしながら、打ち明けようかと考えてはみた。クリスティーナは鏡台の前に座ってイヤリングをつけていた。女盛りの美人で、金の心配など頭をよぎったこともない妻。ほっそりとした首がとりわけ美しく、ドレスの生地の中で波打つ胸がきらりと光を放った。そうして鏡に映った自分の姿に慎み深くも健全な喜びを覚えている様子を見ていると、我が家はもう文無しだなどとはとても言い出せなかった。妻のおかげで私の人生はずいぶんと甘美なものになっている。その姿をじっと眺めているだけで、身のうちから何か澄みきった活力が滾々《こんこん》と湧き出す思いがして、部屋が、壁にかかった絵が、窓の外に見える月が、生き生きと楽しそうな姿に見えた。真実を知れば妻は泣くだろうし、せっかくの化粧も、ウォーバートン夫妻の夕食会もだいなしになるだろう。今夜は客間で寝ると言い出すかもしれない。妻の美しさ、妻の存在が私の五感に及ぼしてくるこの力も、たしかな真実なのだと思えたのだった。我が家の銀行口座の残高が赤字なのもまた真実だとしても。

ウォーバートン夫妻は金持ちだが、付き合いのいいほうではない。その手のことに興味すらないのかもしれない。奥さんは老いかけたネズミみたいな女で、旦那のほうも、クラスメートだったらまず仲良くなれなかったタイプ。肌荒れがひどく、声も耳障りで、その思考は常に一点を中心に回る――色欲だ。ウォーバートン夫妻は始終金を使っていて、会ってもたいていその話になる。玄関ホールの床の白黒大理石はリッツホテルから譲り受けたものだとか、シー諸島にいくつも持っている海の家《カバーニャ》に冬支度を施しているところだとか、ダヴォスに飛んで十日ほど遊んでくる予定だ、乗馬用の馬を二頭買うことにした、屋敷の袖を建て増すつもりだ、などなど。その晩は私たちの到着が遅くなり、メザーヴ夫妻もチェスニー夫妻もすでに来ていたが、肝心のカール・ウォーバートンが帰宅しておらず、シーラはさかんに心配していた。「カールが駅に行く途中にはひどいスラムがあるのよ」と言う。「そこを何千ドルも持って歩いていくものだから、餌食に、、、されるんじゃないかって気が気じゃなくて……」そこにカールが帰宅して、女性がいようがお構いなしに卑猥な話を披露し、それから夕食のテーブルに席を移した。誰もがきちんとシャワーを浴びて一張羅を着こんでくる、そんなパーティーだった。年老いたコックが明け方からせっせとマッシュルームの皮をむいたり、カニの身をほじくり出したりしている、そういう類のパーティー。せっかくだから私も楽しみたかった。楽しみたかったが、いくらそう願ったところでその晩は気分が乗らなかった。子供の頃、母の脅しと餌に屈して連れて行かれたおぞましい誕生パーティーにいるみたいだった。パーティーは十一時半頃にお開きになり、妻と帰宅した。私はカール・ウォーバートンがくれた葉巻を吸い終えようと、しばらく庭をぶらついていた。いまは木曜の夜で、週明けの火曜までは小切手の不渡りが発覚することはないはずだが、とにかく早く手を打たないといけない。二階に上がるとクリスティーナはもう眠っていて、私もじきに眠りに落ちたが、三時頃に目が覚めた。

色とりどりのパラブレンディウムのフィルムでパンを包装する夢を見ていた。夢には全国誌の全面広告も出てきた。「お宅のパンボックスにちょっとした彩りを！」艶やかな色をまとった食パンがページにあふれていた——トルコ石色のパン、ルビー色のパン、エメラルドの色合いに染まったパン。夢の中ではなかなかの妙案に思えたのだった。そうして元気が出てきたところで目が覚めたから、暗い部屋にいる自分に心底がっかりした。うらぶれた気分で、我が人生の端々にあるもつれほつれを思いやるうちに、めぐりめぐって老いた母のことを思った。クリーヴランドのホテルで独居生活を送っている母。母が身づくろいをして階下の食堂で夕食をとっている姿が目に浮かぶ。想像の中の母はいかにも不憫だった――一人ぼっちで、まわりは見知らぬ人ばかり。それでいて、その顔がふとこちらを向くと、歯茎にまだ鋭い歯が残っているのが見えた。

母は私を大学に行かせたうえ、休暇を風光明媚な土地で過ごせるよう取り計らい、そうして野心家ではない私の野心を焚きつけてくれたのだったが、結婚には猛反対して、以来ずっと親子関係はこじれたままだ。こっちに来て一緒に暮らすようしきりに誘っても、母は毎回断るし、毎回機嫌が悪くなる。折々に花やプレゼントを送り、手紙も毎週書いているのに、そうした心遣いも結局、私の結婚は母にとっても私自身にとっても大失敗だったのだという母の確信を強めるだけのようだ。それからふと、母のエプロンのひものことを考えた。まだ小さかった頃の母、あの巨大な女のことを。母のエプロンのひもは大西洋と太平洋の向こう岸まで渡してあるように思えたのだった。飛行機雲よろしく、蒼穹《そうきゅう》にぐるりと弧を描いているみたいに。するともう、母のことを思っても、反抗心も不安も感じなくなった――ただ悲しみがあるだけだった。おたがいこれだけ努力したのに、報いはもっぱら混沌とした感情でしかなく、一緒にお茶を飲むだけで、ありとあらゆる苦い思いがかき立てられてしまう。私はこの状況をなんとか正したかった。もっと単純素朴で人間味のある舞台で母との関係をまるごと再演したかった。私の教育がこれほどの代価を、病的な感情という高い代価を伴わない舞台で。そんな感情の理想郷でいちからやり直し、母にも私にも違ったふうにふるまわせて、夜中の三時に母のことを思ってもうしろめたさを感じずにすむよう、そして老境の母が一人ぼっちで捨て置かれたりしないよう、過去を書き換えたかった。

私はクリスティーナのほうに軽く身を寄せた。そうして妻の温もりの輪の中に入ったとたん、何もかもが感じよく喜ばしく思えてきたが、妻は眠ったまま身動きし、離れていってしまった。私は咳をした。もう一度咳をした。大きな咳をした。咳が止まらなくなって、ベッドを出て暗いバスルームに入り、グラス一杯の水を飲んだ。バスルームの窓辺に立ち、庭を見下ろした。風が少し出ていた。風向きが変わりかけているようだった。風は夜明けの風を思わせる音をたて——空気を満たすざわめきがにわか雨のように響く——顔に心地よく感じられた。便器の向こうに煙草が置いてあったので、一服してから寝直すつもりで火をつけた。ところが煙を吸いこんだとたん、肺に痛みが走り、突如私は一つの確信に襲われた。自分は気管支癌で死にかけているのだ、と。

これまでありとあらゆる馬鹿げた憂鬱を経験してきたけれど——見たこともない土地への郷愁に駆られたり、自分には決してなれないものに切々と憧れたり——そうした塞ぎの虫がどれも虫けらに思えるほど、この死の予感は強烈だった。私は煙草を便器の中に弾き飛ばし(ピン)、背筋を伸ばしてみたが、胸の痛みはきりきりと鋭くなるばかりで、すでに体内の腐敗が始まっているのだと確信した。私のことを好意的に思い出してくれる友も少なからずいるのはわかっていたし、クリスティーナと子供たちも愛ある思い出を胸に抱き続けてくれるだろう。が、そこでまた金のことを思い、ウォーバートン夫妻のことを思い、不渡り小切手が手形交換所に近づいていくさまを思い浮かべて、やはり愛も金には勝てないんじゃないかという気がしてきた。女性に恋焦がれた経験は――青息吐息の恋患いだって――何度もあるけれど、どんなに人を恋しく思う気持ちも、今夜のこの金への恋しさほど切実だったことはないんじゃないか。私は寝室のクローゼットに向かい、履き古した青いスニーカーとズボンと黒いセーターを身につけた。そして階段を下りて家を出た。月は沈んでおり、星も多くなかったが、木々や生け垣の上に見える空は薄明かりに満ちていた。トレンホームズ家の庭をゴム底の靴で音もなく迂回し、芝生を横切ってウォーバートン邸に向かった。開けっ放しの窓から物音が聞こえるかと耳を澄ましてみたが、聞こえるのは時計の音だけ。玄関先の階段を上ってスクリーンドアを開け、例のリッツホテル直送の床に足を踏み入れた。窓から漏れ入る夜の微光に薄ぼんやりと照らされた家は、おのれを包みこむべく形作られた殻みたいに、オウム貝みたいに見えた。

チャラチャラと犬の鑑札の音がして、シーラの飼っている老いたコッカースパニエルが玄関ホールにとことこ駆け出してきた。耳の後ろをなでてやると、どこだか知らないが寝床に戻っていき、低く唸ってから眠りに落ちた。ウォーバートン邸の間取りなら我が家も同然に知り尽くしている。階段にはカーペットが敷いてあったが、まずは片足で段を踏んで、きしみ具合を確かめた。それから階段を上っていった。寝室のドアはどれも開いている。カールとシーラの寝室は、盛大なカクテルパーティーに招かれた際、コートを置くために何度も入ったことがあったが、その奥から深い寝息が聞こえてきた。一瞬、戸口で立ち止まり、状況を確認する。薄暗がりの中にベッドが見え、ズボンと上着が椅子の背に掛けてあるのが見えた。私は素早い足取りで部屋に入り、上着の内ポケットから大きな札入れを抜き取ると、玄関ホールへ引き返そうとした。荒れ狂う感情のせいで動きがぎこちなかったのかもしれない。シーラが目を覚ましたからだ。こう言う声が聞こえた。「あなた、いま物音がしなかった?」「風だろ」と旦那がつぶやき、また二人は静かになった。玄関ホールにたどり着く――ここまで来れば安全、もはや敵は自分だけだ。その場で神経衰弱に襲われそうだった。口の中がからからで、潤滑油が切れたみたいに心臓がきしみ、両脚をまっすぐ立てている力がなんであれ、いまにも枯渇しそうだった。壁につかまらないと前に進めなかった。手すりにしがみつくようにして階段を下りて、よろよろとその家を離れた。

我が家の暗いキッチンに戻ると、水をグラスで三杯か四杯、立て続けに飲んだ。そうして半時間かもっと、キッチンの流しのわきに立っていたと思う。それからやっと、カールの財布の中身を見てみようと思いついた。外階段を下りていき、地下室のドアを閉めてから明かりをつけた。九百ドルちょっとあった。明かりを消して暗いキッチンに戻った。ああ、私は知らなかったのだ、人がここまで惨めになれるなんて! 心がこれほどたくさんの小部屋を開けて、そのことごとくを自責の念で満たすなんて! あの若き日に鱒釣りをした清流は、その他あれこれの無垢なる喜びはどこに行ったのか? 叩きつけるような雨のあと、轟々と流れる水としんと冷えた森に漂う濡れた革の匂い、あるいは解禁日の夏のそよ風に混じった、ホルスタインの青臭い息のような匂い――頭がくらくらしてくる――そしてあの頃は小川という小川が（少なくとも暗いキッチンで私が想像するところでは）鱒であふれていた。水底に沈んだ私たちの宝で。私は泣いていた。

何度も言うが、シェイディ・ヒルは郊外住宅地《バンリュー》で、都市計画者、冒険家、抒情詩人といった手合いには何かと批判されやすい土地柄だけれども、街で働きながら子供を育てる者にとっては、これほどいい場所はちょっと思いつけない。なるほどまわりの住人はみな金持ちだが、この場合の金とはすなわち余暇のことであり、彼らはその暇な時間を賢く使っている。世界中を旅し、すぐれた音楽を聴き、空港の売店でペーパーバックを選べと言われれば、トゥキュディデスや、ときにはアクィナスを選ぶ。防空シェルターを掘るよう勧められても、木々を植えバラを育て、輝くばかりにきれいな庭を造る。翌朝、バスルームの窓から外を見た私の目に飛びこんできたのが、仮にどこかの大都市の悪臭漂う荒れ果てた街並みであってくれたなら、自分のしでかしたことを思い出すショックもこれほど激しくはなかったかもしれないのだが、こうして私の世界が道徳的に崩壊したいまも、外のうららかな陽光は微塵も変わっていなかった。私はこそこそと着替えをすませ――だってどんな闇の子が家族の陽気な声を聞きたがるだろう？――いつもより早い電車に乗った。身につけたギャバジンのスーツは清潔さ高潔さの印象を醸し出してくれるはずなのに、中身の私はと言えば、足音を風の音と間違えられた惨めな男。私は新聞に目をやった。ブロンクスで三万ドルの給料強奪事件があったようだ。ホワイトプレインズの主婦がパーティーから帰宅すると、毛皮や宝石類がなくなっていた。ブルックリンの倉庫から六万ドル相当の薬品が盗まれていた。私のしたことはごくありふれているという発見に、気分もやや上向いた。でもほんの少しだけで、ほんの少ししか続かなかった。すぐにまた、自分がケチな盗人にしてペテン師であり、この世に知られるどんな宗教の教えにも背くほどの不埒な行為に及んだのだという認識に直面することになった。私は盗みを働いた。さらに悪いことには、友人宅に不法侵入し、共同体を一つに束ねている不文律をことごとく破ったのだ。良心の呵責に気力を蝕まれるあまり――猛禽の硬いくちばしさながらの責苦だ――左目がピクピク引きつり始め、またも神経衰弱寸前かという不安がこみあげてきた。電車が街に着くと、まず銀行に行った。銀行を出たところで、あわやタクシーに轢かれそうになった。ひやりとしたが、それも命の心配というより、ポケットからカール・ウォーバートンの財布が発見されたらという不安のほう。誰も見ていなさそうな瞬間を選んで、財布をズボンで拭ってから（指紋を消すためだ）くずかごに捨てた。

コーヒーでも飲めば気分もましになるかと思い、レストランに入って、見知らぬ男と相席で腰をおろした。汚れたレースペーパーのナプキンと飲みかけの水がまだテーブルに残っていて、相席の男の目の前には、前の客が置いていった三十五セントのチップ。私はメニューを眺めたが、視界の隅のほうで、男がその三十五セントをポケットに入れるのをたしかに見た。なんて悪党だ！　私は席を立ち、レストランをあとにした。

歩いて狭いオフィスにたどり着くと、帽子とコートを掛けてデスクの向こうに腰をおろし、気合十分の伸びをしたのち、ため息を一つついて虚空をにらんだ。まるで挑戦と決断に満ちた一日が始まろうとしているみたいに。部屋の明かりはつけていなかった。少しすると隣のオフィスにも人が入り、そのお隣さんがごほんと咳払いをし、ごほごほ咳きこみ、マッチを擦り、腰を据えて今日の仕事に取り掛かる物音が聞こえた。

何しろ壁が薄いから――曇りガラスとベニヤ板でできた仕切りがあるだけ――ここのオフィスには音響面でのプライバシーがまったくなかった。なるべく音をたてずに、それこそウォーバートン邸に忍びこんだときと同じくらい用心しながら、ポケットに手を突っこんで煙草を一本取り出し、外の通りをトラックが通り過ぎるタイミングを見計らってマッチを擦った。盗み聞きの興奮が私を捉えたのだった。お隣さんは電話でウラン関連株を売ろうとしていた。セールスの流れはだいたいこんな感じ――初めは丁重に話している。そのうち不機嫌になってくる。「なんなんです、Xさん？　儲けたくないんですか？」それから軽蔑しきった口調に変わる。「お騒がせしてすいませんでしたねえ、Xさん。てっきり六十五ドル投資する余裕が本当におありなのかと思ってたもんでね」そうして十二件の電話をかけて、買い手はゼロ。私はネズミのように身を潜めていた。やがて男はアイドルワイルド空港の案内デスクに電話をかけ、ヨーロッパからの到着便のことをあれこれ確認し始めた。ロンドンは定刻通り。ローマとパリは延着。「いや、まだ来てない」と電話で誰かに答えているのが聞こえた。「明かりがついてないからな」。心臓の鼓動が速まった。そこに私の電話が鳴りだし、呼び出し音を十二まで数えたところで鳴りやんだ。「絶対、絶対だって」と隣のオフィスの男。「やっこさんの電話が鳴ってんのはちゃんと聞こえるのに、出ねえんだからさ、だいたい職にあぶれたどっかの淋しい野郎だぜ。そうかい、やれよ、勝手にしろ。俺にはそんなことしてる暇なんてねえからな。勝手にしろ……七、八、三、五、七、七……」男が電話を切ると、私は入口に行ってドアを開け閉めし、部屋の明かりをつけ、ハンガーをがちゃがちゃ鳴らし、口笛でメロディを吹き、デスクの椅子にどさっと腰を下ろし、最初に頭に浮かんだ電話番号を回した。古い友人――バート・ハウ――の番号で、相手は私の声を聞くとあっと声をあげた。「おいヘイキー、あちこち探し回ってたんだぞ！　まったく、知らん間に店をたたんで、こそこそいなくなっちまうんだから」

「ああ」と言った。

「こそこそ」ハウは繰り返した。「こそ泥みたいにさ。いや実は、話したかったのはこの、取引のことでね、きみも興味があるんじゃないかと思ってさ。単発の仕事なんだが、三週間もあれば片づくと思う。持ってけドロボーってな仕事だぞ。相手は青二才で、阿呆で、どっさり金を持ってる。だからもう話は簡単、持ってけドロボーってわけ」

「ああ」と言った。

「よし、じゃあ、一緒に昼飯でもどうだ、カーディンの店で、十二時半、詳しい話はそのときで？」

「いいとも」とかすれ声で言った。「悪いな、バート」

「日曜に小屋まで出かけたんだ」電話を切ると同時に隣のオフィスの男の声が聞こえてきた。「するとルイーズのやつが毒グモに刺されてね。医者がなんだったか注射してくれたよ。きっともう大丈夫だ」それから別の番号を回して、「日曜に小屋まで出かけたんだ。するとルイーズのやつが毒グモに刺されてね。医者がなんだったか注射してくれたよ。きっともう大丈夫だ」それからまた別の番号を回して、「日曜に小屋まで出かけたんだ。するとルイーズのやつが毒グモに刺されてね……」

可能性としては、妻がクモに刺された男がたまたま暇を持て余し、友人三、四人に電話をかけてその話をする、というのはありうる話だったが、このクモというのが警告の暗号、もしくは何か不法な取引への同意の暗号である可能性も同じくらいありそうだった。怖いのは、こうして自分が泥棒になったことで、にわかに身のまわりに泥棒だの詐欺師だのが集まりだしたように思えることだった。左目がまたピクピクし始めた。何やら意識のある部分が、別の部分によってせっせと積み上げられていく非難の重みに立ち上がれずにいるような感じで、とにかく誰かのせいにしようと、私は躍起になって責任転嫁の道を探った。新聞などでたびたび読む話に、離婚の影響で犯罪に走るというのがあった。両親は私が五歳の頃に離婚している。この恰好の手がかりから、私はすぐさまもっといい説明に行き当たった。

父は離婚を機にフランスに移り住んだため、その後十年ばかりは会えなかった。やがて母宛に私に会う許可を求める手紙が届くと、母は来たるべき父子再会に備えて、親父がいかに酒好きで女好きで冷酷な男かを私に言い聞かせた。夏のことで、私たちはナンタケット島に滞在中、私は一人汽船に乗り、それから鉄道に乗り換えてニューヨークに向かった。プラザホテルで父と落ち合ったのは日暮れ前だったが、午後もそこそこ遅い時間だったし、父はすでに酒が入っていた。思春期特有のよく利く鼻で、私は父の息にジンの匂いを嗅ぎつけ、父がテーブルにぶつかったり、たまに同じ話を繰り返したりするのも見逃さなかった。のちになって気づいたことだが、初老の男にしてみれば、この再会はずいぶんと骨の折れるものだったに違いない。父は六十になってい た。私たちは夕食をとり、それから『ピカルディの薔薇』を観に行った。コーラスの娘たちが舞台に出てくるや、父は私に、あの中のどれでも好きなやつをおまえにやると言った。手筈はすっかり整えてあるんだ。前で踊っているやつでもかまわんぞ、と。思うに、父がはるばる大西洋を渡ってきたのは私にこの便宜を図るためだったのだと、もしそう信じられたなら事情は違っていたかもしれないが、実のところ、父のこの旅はもっぱら母への嫌がらせなんじゃないかというのが私の印象だった。私は怖くなった。ショーの会場はよくある古風な劇場、天使たちの力でどうにか崩壊を免れている感じの、あの手の建物だった。金褐色の天使たちが天井を支え、ボックス席を支え、四百人の観客がひしめく桟敷席すら支えているように見える。それらくすんだ金色の天使たちを私はしきりに眺め、そのたびに目が離せなくなった。仮に劇場の屋根が落ちてきたとしても、むしろほっとしただろう。ショーが終わると、娘たちと落ち合う前にシャワーを浴びるべくいったんホテルに戻り、すると親父はベッドで大の字になって、一分ほどでいびきをかき始めた。私は父の財布から五十ドルを抜き取り、グランドセントラル駅でひと晩過ごして、早朝の電車でウッズホールに引き返したのだった。そう、これですべて説明がつく。ウォーバートン邸二階の廊下で味わった荒れ狂う感情も含めて。私はあのプラザホテルでの場面を生き直していたのだ。あのとき盗みを働いたのは私の落ち度ではないし、ウォーバートン邸に行ったときのことも私の落ち度ではなかったのだ。父のせいだ！　それから思い出した。父はかれこれ十五年も前にフォンテンブローの土に埋められ、いまでは塵にすぎないことを。

私は男性用トイレに入って手と顔を洗い、たっぷり水を使って髪を撫でつけた。昼食に出かける時間だった。昼食の見通しを思い描くと何やら不安がこみあげ、なぜだろうと考えてみてはっとなった。バート・ハウが「泥棒」云々という言葉を実に遠慮なく使っていたせいだ。あれを何度も口にするのはやめてくれないものだろうか。

その思いがトイレで心をよぎると同時に、目の引きつりが頬にまで広がった気がした。あの言葉はさながら毒を塗った釣り針のように、我々の言語の体内に埋めこまれているのだと、そんな思いにとらわれた。不倫を犯したことならあるが、「不倫」という言葉にさほど破壊力は感じない。泥酔したこともあるけれど、「泥酔」という言葉にも特別な力はない。「泥棒」だけが、「泥棒」とその関連名詞、動詞、副詞だけが、私の神経組織に我が物顔で暴威をふるうのだ。もしや私は無意識のうちに、窃盗行為が十戒のその他すべての罪の上位を占め、道徳的破滅の確かな印であるような、そんな教義を編み出していたのだろうか。

外に出ると空が暗くなっていた。いたるところに明かりが灯っている。道行く人々の顔に目を凝らし、この不正に満ちた世界にも正直さは息づいているという証をつかんで元気をもらおうとした。三番街で、若者がブリキのカップを手にじっと目を閉じ、目の見えないふりをしていた。その盲目の印、いかにも罪のなさそうな顔の上半分は、眉間と目じりのしわの裏切りに遭って、バーでは酒が見える男であることを露呈していた。四十一丁目にも盲目の物乞いがいたが、街中の物乞いを一人一人本物かどうか確かめるわけにもいかないし、眼窩を精査するのはやめておいた。

カーディンの店は男性用レストランで、四十丁目界隈にある。入口付近のにぎわいもただ私を怖気づかせるばかりで、クロークの娘はこちらを見るなり、きっと目の引きつりに気づいたのだろう、ひどくうんざりしたような顔をした。

バートはバーにいたので、まず飲み物を頼んでから仕事の話に入った。「こんなぼろい取引の話、ほんとならどこかの路地裏でしなきゃいかんのだが」などと言う。「愚か者の銭なんとかってやつさ。若造が三人。P・J・バーデットってのがその一人で、三人合わせて正味百万ドルばかり捨てる金を持ってる。放っときゃどのみち誰かがくすねちまうんだから、きみがやったってかまわんだろ」私はチックを隠そうと顔の左側に何気なく手をやった。グラスを口もとまで運ぼうとして、スーツにたっぷりジンをこぼした。「三人とも大学出たてでね」バートが言う。「おまけに三人ともどっさり金を隠し持ってるから、きみがきれいに巻き上げたってちっとも困りやしない。それでだ、この押しこみ強盗に一枚嚙む気があるならだな、きみはただ……」

トイレはレストランの反対側にあったのだが、私はなんとかたどり着いた。洗面台に冷水を張り、頭と顔をその中に突っこむ。バートも私のあとからトイレに入ってきた。ペーパータオルで顔を拭いている私を見てこう言った。「なあヘイキー、これ、言わないでおくつもりだったんだけど、なんだか本当に気分が悪そうだし、やっぱり言っとくとな、きみ、ひどい顔してるぜ。いやほんと、顔見た瞬間にどこか具合が悪いんじゃないかと思ったよ。別におせっかい焼く気はないんだが、原因はともかく——酒かヤクか、家庭の事情か——なんにせよきみが思ってるよりずっと重症だと思うし、いますぐ手を打たないと手遅れになるかもしれんぞ。こんなこと言っても悪く思わないでくれよ、な？」私は実際気分が悪いのだと答え、そのまましばらくトイレに残って、バートに逃げ出すだけの時間を与えた。それからクロークの娘に帽子と二度目のうんざり顔をもらい、ふとクロークわきの椅子の上の新聞に目を留めると、ブルックリンの銀行を襲った一味が一万八千ドルを奪って逃走中とあった。

私は街をぶらぶら歩き回り、スリやひったくりとしてものになるにはどうすればいいかと思いめぐらした。聖パトリック寺院のアーチや尖塔を眺めやっても、気になるのは門前に置かれた救貧箱のこと。いつもの電車に乗って家路につき、窓の外の平和な景色と春の夕暮れの色を眺めていると、漁師たちや、ぽつぽつと泳いでいる人々、踏切の監視人、草野球の選手たち、戯れに夢中で恥じることのない恋人たち、小型帆船の所有者、消防署でピノクルに興じる老人たち、次々目に映るこうした人々こそ、私みたいな人間が世界という織物に開ける巨大な穴を繕ってくれているのだという気がした。

　ところでクリスティーナというのは、女子大の同窓会幹事に現在の身分について訊ねられたら、あれやこれやの活動や関心事を思い浮かべて目を回してしまいそうな女である。では、ところどころ脚色も加えつつだが、とある一日に妻がこなす仕事にはどのようなものがあるか？　車で私を駅まで送る。スキーを修理してもらう。テニスコートを予約する。北ウェストチェスター美食協会《ソシエテ・ガストロノミーク・デュ・ウエストチエスター・ノール》の月例晩餐会に備えてワインと食料品を買いこむ。ラルース仏語辞典で単語をいくつか調べる。女性有権者同盟主催の下水道に関するシンポジウムに出席する。ボブシー・ニールの叔母さんのための正装昼食会に参加する。庭の草取りをする。パートのメイドの制服にアイロンをかける。ヘンリー・ジェイムズの初期小説を扱った自身の論文を二ページ半ほどタイプする。くずかごの中身を空ける。タビサが子供たちの夕食を準備するのを手伝う。ロニーのバッティング練習の相手をする。髪にピンカールを取りつける。車でコックを拾いに行く。駅までお出迎え。入浴。着替え。七時半に招待客をフランス語で出迎える。十一時にはボン・ソワールを告げる。その後十二時までは私の腕の中。そうなのだ！　驕った女だと言う人もいるかもしれないが、私が思うに、若く豊かな国での暮らしを存分に楽しんでいる、それが彼女だ。とはいえ、その晩駅で出迎えてくれたときには、これほどまでの活力に立ち向かうのはいささかつらかったと言わざるをえない。

日曜の早朝聖餐式で献金を集める役に当たったのは、不運というほかなかった。とてもそんな仕事が務まる状態ではないのに。友人たちの信心深そうな顔にひどく歪んだ笑みで応え、ヴェルモットやバーガンディの瓶の底で作ったようなステンドグラスの鋭尖窓《ランセット》のわきに跪く。足下の合皮の膝布団《ハソック》は、どこかの組合だか支援団体だかの寄贈で新調されたもので、もとあった古い黄褐色のハソックの縫い目が裂けて中の藁が見え、教会全体が古い飼葉桶みたいな匂いになっていたのだった。藁と花の匂い、常灯明、牧師の吐く息でゆらめく蠟燭、このうすら寒い石造りの建物のじめじめとした空気、これらはすべて私のよく知っているもので、それこそキッチンや子供部屋の物音や匂いと同じくらい、子供の頃から慣れ親しんできたものだったが、その朝の私には何やら強烈すぎて頭がくらくらした。と、そのとき、右手の壁の幅木のあたりから、ネズミの歯が堅い樫材を錐のようにガリガリやっている音が聞こえた。「聖なるかな、聖なるかな、聖なるかな」私はネズミを威嚇しようと大声で言った。「万軍の神、主の栄光は天地に満つ、、、!」こぢんまりした会衆のアーメンの小声が足音のように響いたが、ネズミは幅木をガリガリ削り続けている。その後——ネズミの歯の音に気を取られすぎていたせいか、それとも湿った空気と藁の匂いに催眠作用があったのか——両手で作った隠れ家の中から顔を上げると、牧師が聖杯に口をつけているのが見え、聖餐をやり過ごしてしまったことに気づいた。

自宅に戻り、日曜版の新聞を広げて盗みの記事を探してみたところ、やはりたっぷりあった。あちこちで銀行が襲われ、ホテルの金庫から宝石が消え、メイドや執事がキッチンの椅子に縛りつけられ、毛皮や工業用ダイヤモンドが大量に盗まれ、デリカテッセンや煙草屋や質屋が押しこみ強盗に遭い、加えて何者かがクリーヴランド美術大学から絵を一枚盗み出していた。夕方になると、熊手で庭の落ち葉をかき集めた。薄雲たなびく春の青白い空の下、芝生に残った秋の暗い残滓を掃き清めることほど懺悔にふさわしい行為があるだろうか？

そうして落ち葉を掃いていると、息子たちが歩いてきた。「トブラーさんとこでソフトボールしてるよ」ロニーが言った。「みーんな来てる」

「おまえも入れてもらったらどうだ？」と言ってみた。

「誘われてない人は入れないんだよ」ロニーが肩越しにそう答え、息子たちは行ってしまった。言われてみれば、ソフトボールの試合の歓声がたしかに聞こえる。我が家は誘われなかった試合。トブラー家は同じブロックの少し先に住んでいた。夜が近づくにつれ、元気いっぱいの歓声はますますくっきり聞こえるように思えた。グラスの中の氷の音や、ご婦人たちのおざなりな応援の声まで耳に届いた。

どうして私はトブラー家のソフトボールに誘われなかったのだろう。なぜ我が家はこの単純素朴な楽しみから、この気楽な集まりから締め出されているのか？　薄れていく笑い声と話し声、閉じられるドア、それらは私の手の届かないところへ遠のきながら、闇の中できらめいて見える。この私がなぜトブラー家のソフトボールに誘われないのか？　社会の階段を駆け上がった――はっきり言えば成り上がった――ような連中が、私みたいなナイスガイをソフトボールから締め出すなんてことがなぜありえるのか？　そんな世界があっていいのか？　この私がなぜ黄昏の中、枯葉とともに取り残されて――いや実際、こんなふうに――寒気がしてくるほど打ち棄てられた気分を、やるせない孤独感を味わわねばならないのだろう？

　私に大嫌いなタイプの人間がいるとすれば、それは弱っちい感傷家だ――あの憂いに沈んだ連中、他人へのあり余る同情のせいでおのれの実在のスリルを決して味わうことがなく、自分が何者かも知らぬまま、人の形をした霧みたいに人生をふらふら漂い、相手かまわず憐れみを振りまいていく。タイムズスクエアの一角にわびしく鉛筆を並べた脚のない物乞い、地下鉄で独り言をつぶやく口紅を塗りたくった老女、公衆トイレの露出狂、地下鉄の階段にひっくり返った酔っ払い、そんな惨めな人々を見ても憐れみを感じるだけではすまず、即座に一体化してしまうのがこの連中だ。世の除け者たちの存在は彼らの生煮えの魂を踏みにじるかのようで、ゆえに日暮れ時にその内幕を覗けば、刑務所暴動の一コマかと見紛うような状態に陥っている。自分に失望するあまり、全人類の失望を勝手に代弁したがるのが常で、そうして街も、世界も、天空や霊界までも、まるごと涙に濡れた失望から作り上げてしまう。夜になって寝床につけば、大穴を当てたのに馬券をなくした男を、最高傑作を誤って駄作と酷評された大小説家を、選挙人団のペテンのせいで大統領選挙に敗れたサミュエル・ティルデンをやさしく憐れむ。そう、こういう一味のことが大嫌いな私だからこそ、自分もその一味じゃないかとはたと気づいて苦しみも二倍だった。そして星明かりの下、花も葉もないハナミズキを見て、私は思った。ああ、何もかもなんて悲しいんだろう！

水曜日は私の誕生日だった。この事実に気づいたのは午後の中頃、オフィスでのことで、もしやクリスティーナがサプライズパーティーを計画しているのではと考えたとたん、思わず座っていた姿勢からがばっと立ち上がって喘いでしまった。が、すぐにそんなはずはないと思い直した。とはいえ、子供たちがあれこれ準備してくれているというだけでも、心を乱すには十分だ。いったいどうやって乗り切ればいいのだろう。

早めにオフィスを出て、二杯ばかり飲んでから電車に乗った。駅で出迎えてくれたクリスティーナはなんの不満もなさそうな笑顔で、私もどうにかうまく不安を押し隠した。子供たちはきれいな服に着替えており、熱をこめて誕生日おめでとうを連発してくるものだから、まったくいたたまれない気分になった。テーブルの上にはこまごましたプレゼントの山があった。たいていは子供たちが作ってくれたもの——ボタンで作ったカフスリンクとか、メモ帳とか、その手のものだ。状況を考えれば我ながらよくやっていると思いながら、私はクラッカーを鳴らし、間抜けな帽子をかぶり、ケーキの蠟燭を吹き消し、みんなありがとうと言ったのだったが、どうやらプレゼントがもう一つ――とっておきのプレゼントが――あるらしく、夕食後は家の中に留め置かれ、その間クリスティーナと子供たちは外で何やらしていて、やがてジューニーが戻ってきて私を外に連れ出し、案内されるままに家の裏手に回ってみると、家族全員が待ち構えていた。家のわきに立てかけてあるのはアルミ製の繰り出し梯子、カードとリボンが結わえつけてある。まるでガツンと殴られたみたいに私はつい声を荒らげた。「なんだこれは、いったいどういう意味だ？」

「パパに必要だと思ったのよ」ジューニーが言った。

「なんで梯子が必要なんだ？　いったい私をなんだと思ってる――二階狙いの泥棒か？」

「雨戸とか」とジューニー。「網戸も――」

私はクリスティーナのほうに向き直った。「私は寝言でも言ってたのか？」

「いいえ」クリスティーナが言った。「寝言なんて言ってなかったわ」

ジューニーが泣きだした。

「雨樋の落ち葉も掃除できるよ」ロニーが言った。息子たちはどちらも鬱々とした顔でこっちを見ている。

「まあとにかく、ずいぶんとおかしなプレゼントだってことはきみも認めるだろう？」とクリスティーナに言った。

「もういいわ！」とクリスティーナ。「いらっしゃい、あなたたち。さ、もう入って」そう言って、子供たちの背を押しながらテラスのドアから家に入っていった。

　私は暗くなるまで庭をいらいらと歩き回っていた。二階の明かりがついた。ジューニーはまだ泣いていて、クリスティーナが歌でなだめている。やがて静かになった。夫婦の寝室の明かりが灯るのを待ち、さらに少し間を置いてから階段を上がっていった。クリスティーナはネグリジェ姿で鏡台の前に座り、目にたっぷりと涙をためている。

「私の気持ちもわかってくれ」と言った。

「絶対わからない。あの子たち、何カ月もお金を貯めてたのよ、あなたにあの馬鹿みたいな道具を買ってあげるために」

「きみは知らないだろうが、こっちもいろいろあったんだよ」と言った。

「たとえ地獄をくぐってきたって言われても絶対に許せない」妻は言った。「何があったにせよ、あんなふるまいの言い訳にはならないわ。あの子たちはね、あれを一週間ずっとガレージに隠してたのよ。ほんと、いじらしい」

「このところどうも自分が自分じゃないみたいでね」私は言った。

「それ、私に言ってるの？　このところのあなたがどうだったか？」妻は言った。「このところの私はね、朝はあなたが出かけてくれるのが待ち遠しい。夜はあなたが帰ってくるのが不安で仕方がない。ずっとそう」

「いくらなんでもそこまでひどくなかったはずだぞ」と言い返した。

「地獄よ、ずっと」妻は言った。「子供たちには厳しく当たるし、私には意地悪だし、お友だちには無礼だし、毒のある陰口も叩くし。ほんと最悪」

「出ていってほしいのか？」

「ああもう、出ていってほしいなんてもんじゃないわよ！　息もできないんだから」

「子供たちはどうする？」

「弁護士に訊いて」

「出ていくよ、じゃあ」

廊下に出て鞄をしまってあるクローゼットに向かった。スーツケースを取り出してみると、子供たちの飼っている子犬に嚙まれて、片側の革のストラップがすっかり外れていた。別のスーツケースを探そうとしたら、鞄の山が崩れ落ちてきて顔をしたたか打ちのめされた。最初のスーツケースを手に、ひらひらした革を引きずって寝室に戻った。「見ろよ」と言う。「クリスティーナ、見ろよこれ。犬がストラップを嚙みちぎりやがった」妻は目を上げようともしなかった。「ここ十年、この所帯に年二万ドルも注ぎこんできたんだぞ」と叫ぶ。「なのにいざ出ていくときには、まともなスーツケースもない！　私以外はみんな持ってるのに。猫用の旅行鞄まであるっていうのに」シャツの引き出しを開けると、きれいなシャツは四枚しかなかった。「一週間分のきれいなシャツもない！」と怒鳴った。それから数少ない持ち物をまとめ、頭に帽子をのせて、すたすたと家を出た。一瞬、車も持っていってやろうかという考えが頭をよぎり、ガレージに入って中を調べた。すると、昔々、大昔にこの家を買ったときに掛けてあった「売り家」の看板が目に入った。看板の汚れを拭い、釘と石も持って家の正面に回ると、楓の木に「売り家」の看板を釘で打ちつけた。それから駅まで歩いた。一マイルほどの距離だ。ひらひらした革を引きずって歩き、途中で立ち止まって、ひらひらをスーツケースから引きちぎろうとしたが、どうしても取れなかった。駅にたどり着くと、電車が早朝四時までないことがわかった。駅で待つことにした。スーツケースに腰かけて、五分待った。それからすたすたと家に引き返した。駅との中間あたりで、クリスティーナがやってくるのが見えた。セーター、スカートにスニーカー——とりあえず手近にあったものをという恰好だが、どこか夏らしい。そして一緒に家まで歩き、寝床についた。

土曜日はゴルフをした。プレーが終わった時間は遅かったが、家に帰る前にクラブのプールでひと泳ぎすることにした。プールはがらんとして、先客はトム・メイトランドただ一人。浅黒い肌の男前で、大金持ちだが無口な男だ。心を開くのが苦手なのだろう。奥方はシェイディ・ヒルでいちばん太った女で、子供たちもご近所であまり人気がない。この男のタイプを想像するに、パーティーも友だち付き合いも色恋もビジネスも、いわば手の込んだ上部構造のごときもの——マッチで作った塔——で、すべては鬱々とした少年時代の上にのっかっている、そんなところだろう。息を吹きかけたらがらがらと崩れ落ちかねない。ひと泳ぎすませた頃には真っ暗になりかけていた。クラブハウスの明かりが灯り、ポーチからは夕食の物音が聞こえてきた。メイトランドはプールの縁に腰かけ、死海みたいに塩素の匂う真っ青な水を足でぱちゃぱちゃやっている。タオルで体を拭きながらそばを通り過ぎるときに、プールに入らないんですかと声をかけてみた。「泳ぎ方がわからなくて」そう言って笑みを浮かべ、それからふと目をそらして、暗い風景の中、艶やかに静止した水面を見つめた。「昔住んでた家にはプールがあったんですよ」と言う。「なのに結局泳ぐチャンスがなくてね。ヴァイオリンの練習に忙しくて」四十五にもなって、しかも最低百万ドルは持っていそうなこの男が、水に浮かぶことさえできないのだ。それにきっと、いまみたいに正直に胸のうちを語ったことも、これまで数えるほどしかなかったに違いない。服を着ているあいだに一つの考えが——自分で考えている意識のないままに——頭に根を下ろしていった。メイトランド家が次の獲物になるだろう。

それから数日経った夜、私は三時に目を覚ました。これまでの人生のもつれほつれを思いめぐらし——クリーヴランドにいる母、そしてパラブレンディウム——バスルームに入って煙草に火をつけたところで、自分は気管支癌で死にかけていて、妻子を一文無しであとに残すことになるのだと思い出した。私は青いスニーカーその他一式を身に着け、開けっ放しのドアから子供たちの部屋を覗き、それから外に出た。夜空は雲に覆われていた。裏庭をいくつか通り抜けて四つ角まで出た。通りを渡り、メイトランド邸の私道に入ると、砂利道の縁の芝生を踏んで家に近づいていった。ドアは開いていた。ウォーバートン邸のときと同じくらい興奮し怯えながら、中に入った。薄闇に包まれて、自分が実体をなくしたような感覚があった――亡霊だ。まっすぐ階段を上り、夫妻の寝室があるはずのところまでたどり着くと、中から荒い寝息が聞こえ、椅子に上着とズボンが何本か掛けてあるのが見えたので、上着のポケットを探ろうとしたが、ポケットがない。それはスーツの上着などではなかった。若者がよく着ている、派手なサテンのジャンパーだった。こいつのズボンのポケットを探っても仕方がない。メイトランド家の芝刈りでそんなに稼げるとも思えない。私は急ぎ足でその場を立ち去った。

その晩はもう寝つけず、闇の中に腰かけてあれこれ考えていた。トム・メイトランドのこと、グレイシー・メイトランドのこと、ウォーバートン夫妻のこと、クリスティーナのこと、私の汚らわしい運命のこと、そして夜のシェイディ・ヒルが昼間の姿とどんなに違って見えるか。

それでも私は翌日の夜中も出かけていった――今回のお目当てはピューター夫妻邸、この夫婦は金持ちであるうえに大酒飲みで、あれほど飲んでいれば消灯後は雷鳴が轟いても耳に入らないはずだった。いつも通りに三時過ぎに家を出た。

道すがら、うら淋しい気分でおのれの生の始まりについて考えていた――みだらなカップルがディナーコース六品とワインののちにミッドタウンのホテルで私を作ったわけだが、母に何度となく聞かされた話によると、あの名高きディナーの前に母がオールドファッションドを飲みすぎなければ、私はいまも生まれることなくお星さまに住んでいたとのこと。それから親父のことを考えた。プラザホテルでのあの夜のこと、ピカルディの農家の娘たちの太腿の青痣のこと、劇場の崩壊を食い止めている金褐色の天使たちのこと、私の恐ろしい運命のことも。そうしてピューター邸に向かって歩いていると、ふと、まわりのすべての木々が、庭々が、火床に風を送ったみたいにざわざわとそよぎ立ち、なんだろうと思っているうちに、雨粒が両手や顔に当たるのを感じ、やがて私は笑いだした。

親切なライオンのおかげで立ち直れたとか、無邪気な子供がとか、どこか遠くの教会から聞えてきた音楽の調べがとか、そういうことを言ってみたいのは山々だが、現実には、頭を濡らしたただの雨——鼻に飛びこんできた雨の匂い——にすぎない。それが、フォンテンブローに埋まっている骨だの、泥棒稼業だのから、自分がどれほど自由かを教えてくれたのだった。この悩みから抜け出す方法など、その気になればいくらでもあるのだ、と。私は追い詰められてなどいなかった。私がこの地球にいるのは、それが私の望みだからだ。自分がこの世に生を享けた経緯なんて、その生が私のものであるかぎりは知ったことじゃないし、そのとき生はたしかに私のものだった——濡れた草の根と、この体から生えている毛を結ぶ何か、夏の夜に子供たちを愛し、クリスティーナのドレスの胸元を覗きこみながら感じたあの限りある生のスリル。その頃にはもうピューター邸の前まで来ていて、私はその暗い家を見上げてから、向きを変えて立ち去った。そしてベッドに戻り、楽しい夢を見た。帆船で地中海に出ていく夢だ。すり減った大理石の階段が水中へ続いているのが見えた。そして水——青くて、塩の香りがして、汚い水。私は帆柱を立て、帆を揚げて、舵柄に手をかけた。でもなぜだ、と出帆しながら不思議に思う。なぜ私はまだ十七歳なんだ？　まあでも、すべて完璧というわけにはいかない。

我々を死から呼び戻すものは、かつて誰かが書いたように、コーンブレッドの香りではない。それは愛と友情の光と印なのだ。翌日、ギル・バックナムが電話をかけてきた。実は親分が死にそうなんだが、仕事に戻る気はないかね？　話を聞きに行ったところ、私の首を狙っていたのは実は親分なのだと教えてくれたので、私はもちろん、喜んでパラブレンディウムの仕事に戻ることにした。

その午後、五番街を歩きながら、いくら考えてもわからなかったのだが、あれほど暗く見えた世界がなぜ、ものの数分でこれほど愛しいものに変わりうるのだろう。歩道もきらきら輝いて見える。電車で我が家に向かいながら、ブロンクスの線路沿いに並んだ看板を眺め、ガードルの宣伝をしているあの間抜けな娘たちににっこり微笑みかけた。翌朝には給料の前借りで金も手に入ったので、指紋がつかないよう注意して九百ドルを封筒に入れ、ご近所の最後の明かりが消えるのを待ってから、ウォーバートン邸まで歩いていった。先ほどまで降っていた雨は上がっていた。空には星が見え始めていた。用心しすぎるのも愚かだと思い、さっさと家の裏手に回ってみたところ、キッチンの勝手口が開いていたので、その暗い部屋のテーブルの上に封筒を置いてきた。そうして家の前から立ち去ろうとしているところに、パトカーがやってきてすぐそばに止まり、顔見知りの巡査が窓を開けて質問してきた。「こんな夜遅くに外で何してるんです、ヘイクさん？」

「犬の散歩ですよ」私は愉快そうに言った。あたりに犬はいなかったが、警官たちは見ようともしない。「さあおいで、トビー！　おいで、トビー！　おいで、トビー！　よおし、いい子だ！」そう叫んでから、その場を立ち去った。闇の中、陽気に口笛を吹きながら。

楢の木と斧

The Oak and the Axe

エリザベス・ハードウィック

古屋美登里訳

1956年5月12日号掲載

エリザベス・ハードウィック（一九一六―二〇〇七）はケンタッキーの敬虔なプロテスタントの家庭に生まれた。大学では十七世紀英文学を専攻。ニューヨークに出てきて多くの知識人と交流し、詩人のロバート・ローウェルと結婚。しかし女性問題などが原因で後に離婚。その結婚していたときに書かれたのが本作「楢の木と斧」（一九五六）である。

《ニューヨーク・レビュー・オブ・ブックス》誌の創刊にも関わり、以来亡くなるまでエッセイや批評などを百本以上寄稿した。おもに批評とエッセイを書き続け、エッセイ集を四冊、長篇小説を三作（***The Ghostly Lover*** (1945)、***The Simple Truth*** (1955)、***Sleepless Nights*** (1979)）発表した。また、ニューヨークに暮らす人々を描いた鮮烈な作品からなる初めての短篇集 ***The New York Stories of Elizabeth Hardwick*** が二〇一〇年に出版され、本作も収録されている。ノーベル文学賞を受賞した詩人ウォルコットは、彼女への追悼文で「アメリカ最高の散文作家」と称賛した。

知性がほとばしるような切れ味のいい文体と、鋭い人間観察が特徴で、本作にもその特徴がはっきりと現れている。しかも底知れないユーモアもある。まず、「楢の木と斧」という寓意に満ちたタイトルが目を引く。謎めいた男性の虜になったために、ついには仕事まで失う主人公は、誇り高い女性のひとつのタイプかもしれない。男女の関係、引力の魔術、そして夢が破れる瞬間を冷静に綴るハードウィックの描き方は、驚くほど冷徹で魅力的である。

（訳者）

クララ・チャーチは三十三歳という若さで、一万五千ドルの年収があった。とはいえ、彼女が立派で自信満々に見えるのはその稼ぎのせいではなかった。そうではなく、生まれつきこのように潑剌としてて自立心旺盛であったために、一万五千ドルの年収を得るに至ったのである。クララは背が高く堂々とし、自分に対する意見はたっぷり持っていたが、現実を超えるものではなかった。これまでの自分の人生や才能や運について思い巡らすとき、愛情のこもった率直さと穏やかでいささか心地よい謙虚さを抱くことができた。また、短期間で目覚ましい出世をし、幸福を察知する豊かな感性があったため、毎日を興味をそそられる新しい経験としてとらえることができた。健全でたくましい自己愛と、活力と成功がもたらす弾むような姿には、壮麗な楢か楓の木のような美しさがあった。彼女の知的教養は、その態度に重みをもたらした。自分の素晴らしい、陽気な性格を喜ぶのと同じように、新しいことを学ぶという喜びも知っていた。

クララは、「厳密に言えば」という言葉を使うのを好む、大成功している女性誌の料理担当編集者だった。「それがわたしの肩書きよ」彼女は威厳のある口調でよくそう言った。「でも、ハムやパイナップルや豆を描いた四色刷りのイラスト相手に一生を費やすつもりはないの」確かにクララはこれまでも人とは違った刺激的な生活を送ってきた。「パンフレットと委員会」の世界を愛し、それに没頭したのは、彼女が編集者で、そういう仕事が好きだったからだ。求められる以上のことをする心構えがいつもできていたのである。最低限必要な食事の摂取や子供の労働や変わり続ける女性の世界に関するアドバイザーとして活動し、戦争孤児救済のための宣伝記事を書いた。政府の代理で外国に出張し、国連でスピーチをし、フォーラムに参加し、所属する委員会のために大量の冊子を作った。彼女が手がけるものは、ひたむきな真剣さと手際のよさでことごとく成し遂げられた。「本年度最重要女性」の投票に参加する前には、まるまるひと晩かけて人柄と欠点を考え抜いた。

クララは芸術にも明るく、人名や題名を忘れない政治家のような記憶力があり、精力を傾けて身に備えたさまざまな意見があった。あるカクテル・パーティで、難しい顔つきをしながらこう言うこともあった。「アイヴィー・コンプトン゠バーネットねえ……もちろん、そうね。彼女の小説についてはとことん考えぬいたわけじゃないから、どう判断したらいいか決められないわ」あるいは、ある画家についてこういう意見を述べたかもしれない。「彼は、独自の心象風景として始めたはずのものを誇張しているのね」こうした例は、彼女が単に言葉を述べているのではなく、頭を働かせている証だった。独立心があり知識欲があった。最大の魅力が、徹底して主観的なところだった。彼女が世論と同じ意見になるときは、彼女がその意見に達してしまったのだった。つまり、たまたま彼女の意見が大勢の人と同じになったとしても、それは予想通りのことでしかなかった。たとえ焼印を押されてもびくともしなかっただろう。

クララは率直さと勤勉さとを兼ね備えていたので人々から尊敬されたが、電話交換手が憧れを抱いたり、若い秘書が真似したがったりするタイプではなかった。瞳の中にある冷ややかで明るい光を見ると、彼女が変わった発想と献身的な思いの持ち主だということがわかったが、それはあまりにも堅苦しく、個性的すぎて、人が見習いたいと思うものではなかった。目上や同い年の人との関係は申し分なかった。とはいえそういう人々に対するクララの態度は、職業として異常な厳密さが身についていたにもかかわらず、筋が通っておらず、不安そうだった。成功の中には喜びもあれば、不安をもたらす責任もあり、クララはときどき、ほかの人が行き当たりばったりに無計画に仕事をしたせいで自分に厄災が降りかかることを恐れた。そして自分によく言い聞かせた。自分の美徳——きちょうめんさ、聡明さ、洞察力、思慮深さ、忠誠心——がこの世の全てではないのだから、普通どおりに、自分の才能を世間の物差しに合わせるようにしよう、と。残念ながら、オフィスでの毎日は細々とした問題と遅滞を絶えずもたらし、世間の物差しがめったに通用しなかった。

クララの上司のミセス・モートンは、傷つきやすく、おおまかで、時間を守らず、だらしない人物で、すぐに見あたらなくなる紙切れのように当てにならなかった。しかもその紙切れにミセス・モートンは大事な事柄をメモしていて、そのためにいつも、紙切れを探しまわっていた。

「彼女のことは大好きよ。素敵な、素敵な女性だもの」とクララはミセス・モートンについて正直にそう言ったが、そのミセス・モートンがクララの不安の種であることは否めなかった。クララの夢の中に、端がすり切れ、判読できない文字の書かれた、見あたらなかった紙切れが出てきた。ミセス・モートンはいわば樹液で、クララは樹皮だった。ミセス・モートンは乱れた髪の上に高価で似合わない帽子をかぶり、謎めいていると言うしかないほどつかみきれない人だった。喫緊の用件に直面すると、遠慮なく振り払う手つきをし、夢見がちな声で「よく考えてみるわ」とか、「一週間ほどしたらまた話しましょう」と言った。内面は破壊的で直感的だったが、物腰は柔らかく協力的で、この上なく愛想がよかった。この矛盾した人柄がクララには不安だった。クララはこの矛盾を、ミセス・モートンでなく自分が解決しそびれた問題、知ってさえいれば簡単な鍵で解ける謎として見ようとした。

各号の雑誌の校了前には必ず、完璧主義のせいで逆上状態に陥ったミセス・モートンが、深夜になるまで部下たちをオフィスに留め置き、何日も前に了承したことに些細な、あるいは大がかりな修正を加えさせた。この夜の混沌の時間には、ミセス・モートンをまともに見ようとする大胆な者はひとりもいなかった。というのも、彼女が異常なくらい、狂乱しているかのように嬉々としていたからだ。混乱させ、拒否し、酷評するといった悪魔の要求にその身をすっかり委ねていた。クララもこの深夜の会議で目を上げるのを恐れていた。不穏にこわばった表情と深く激しい呼吸が、この事態を雄弁に物語っていた。

クララは愉しく忙しく生きていたので、深い落胆や激しい怒りを感じることがあっても、普段はなんとかうまくやり過ごしてきた。危機が迫り、怒りの嵐がやってきても、手すりを握りしめ、水面が静まるまでじっと耐えた。本当の不幸など知らなかったし、それがどんなものか考えることすら耐えられなかった。悲惨な苦しみには禁忌の威力と恐怖のようなものがあると彼女は考えていた。つまり、苦しみは反自然的なものであり、不幸に襲われた不運な者を貶めるものだった。クララが初めて「落胆」した相手は夫だった。彼女が二十三歳のときに結婚したアーサー・チャーチである。五つ年上で、寛大で外向的な面があり、ひどく頭が混乱しているだけなのに物わかりがよく見えるような雰囲気があった。アーサーはかさばって扱いにくい家具に似て、見ないですますことも、簡単に修理することもできなかった。もっとも、クララは何度も修理を試みようとしたものだった。アーサーはコロンビア大学で法律の学位を取り、ダウンタウンで法律事務所を開いていたが、クララは夫を見るとどうしても靴屋の店員を連想した。顔色が悪く、人当たりがよく、弁護士らしくない物腰で、淡い色合いのギャバジンのスーツにパステル調のシルクの靴下を身につけるのを好み、その格好をするとまるで――少なくとも妻には――日曜日に正装した靴屋の店員にしか見えなかった。クララはときどきあきれるほど強い願いを込めて夫をじっと見つめ、ふたりで協力して何かで目覚ましい成果をあげることや、自分が新しい「理想」を発見し、その結果アーサーが魅力的で威厳のある姿に見えてくることを夢見ることがあった。しかし何をしても彼は変わらなかった。彼は柄付きのハンカチを素早く振りながら、浮かれた声で意味のない話をした。笑みを絶やさず口当たりのいい言葉を話したが、ユーモアのセンスに決定的に欠けていた。ふたりだけのときは愉しい時間を過ごせた。そのときはクララは夫の品格の欠如が気にならなかった、なぜなら実際にとても仲の良い夫婦だったからである。ふたりは相手を理解し受け入れていた。

そう、確かにアーサーはクララを愛しく思っていた。ところが、結婚して十年以上が経ったある日のこと、クララが三十四歳の誕生日を迎えた週に突然、きみと別れて秘書と結婚したいと言い放った。それを聞いたときクララは、これも夫の不器用な性格の現れだとしか思えず、「ねえ、アーサー、あなたっていつもこういう面倒なことに首を突っ込んでしまうのね」と言った。まるで夫が親しくなった相手がウェイターであって、秘書ではなかったかのように。しかしアーサーは真剣そのもので、一週間もせずにクララのもとを永遠に去ってしまった。

生まれて初めてクララは、本当の苦しみを味わった。秘書に嫉妬した。孤独とひどい屈辱を味わった。自分がアーサーにだけでなく世界にまで徹底的に棄てられた、惨めな壊れ物に思えた。編集室のみんなには、アーサーと別れるのがいちばんいいことだとずいぶん前から考えていた、と嘘をついた。そして自分には、アーサーと別れるのがいちばんいいことだとよく考えていたはずでしょう、と言い聞かせた。実際には一度も考えたことがなかったのだが。クララの友達が幸せに輝くこの元夫を見るおそれはなかった。彼は、秘書がその母親と暮らしているニュージャージーで夜を過ごしていたからだ。そしてそのニュージャージーでアーサーはとうとう秘書と結婚し、五つの寝室のある家を買った。クララの悲しみが果てることはなかった。この一撃は彼女を完膚なきまでに傷つけた。肉体的に損なわれ、道徳的に汚された気がした。実際に、悲惨な離婚をしてから数ヵ月のあいだに、彼女の容姿はすっかり悪化し、夜仕事から帰ると、体がぼろぼろでずきずきと痛み、醜くなった気がし、オレンジ色のシャンタンのドレッシング・ガウンを着てハマメリスの化粧水をしみ込ませたコットンを目の上に当てて横になることしかできなかった。メイドと喧嘩さえした。メイドは主人が出ていったことを喜び、仕事に没頭する独身女性の世話をするのをこのうえなく気に入っていた。

もう一度結婚したらこの呪いが解けるかもしれないとようやく考えられるようになったとき、クララの気分は上向いた。自信をかなり喪失していたので、年上――相当年上――の男性でもいいと思うようになり、通りを歩いているときも、恰幅のいい、裕福そうな男性を真剣に目で追いかけ、「なんて魅力的な目かしら、年を取るにつれてもっと青みがかっていく目ね」と思ったりした。

離婚してから一年ほど経って、クララはヘンリー・ディーンと出会った。ヘンリーはクララが心に決めていたような心和ませる高齢の男性ではなかったが、四十七歳にしてはみごとなまでに枯れた興味深い雰囲気を漂わせていたのである。長身で、細くて薄い鼻の美男子だった。衣類は古いデザインだが仕立てが良く、彼の笑みは無頓着で自嘲的な感じがした。人で溢れた部屋の隅にいても、怪しげで立派な顔立ちは強烈な印象を与えた。彼の美貌は、細い鼻と控えめで知的なたたずまい、寛大そうな目、そしてこの場合は、かすかに漂う貧しさ——尊敬に値する無能力——などから作り出された完璧に上品な観念のひとつだった。この喪失と無力の気配が、アーサーからひどい仕打ちを受けたクララの心にずしんと響いた。ヘンリーの魅力と世慣れた感じと気取りのなさは、貴族的だった（クララはこの単語が自分の考えの中に繰り返し浮かぶことを恥じ入りながら認めた）。つまり、財産を没収された貴族、理想主義的精神を持った、廃嫡された貴族のような雰囲気があったのである。その疲れ果てた目、金髪に縁取られたやつれた顔に彼女はすっかり魂を抜かれてしまった。彼女の胸に希望と感謝の念がわき上がった。ヘンリーとクララが初めて会った場所は、ニューヨークに暮らすクララの古くからの友人の家だった。その友人にしても、ヘンリーと会ったのはつい最近のことで、どんな仕事かは説明できないが、普通ではない仕事をしている人、と思っていた。ヘンリーのもっとも人目を引く才能は、真の姿よりはるかに大きな人間だと人に思い込ませるところにあった。

クララの見たところ、彼は昔のことをとてもよく覚えていた。マーリー・ヒル・ホテル、ラファイエット・カフェ、リッツ・カールトンのメンズ・バー、夜になると明かりが灯ったミセス・ヴァンダービルトの五番街の邸宅、四八番街のブラウンストーンのオランダ改革派教会——こうした最愛のニューヨークの建築物が壊されていった音が、いまも彼の頭の中でこだましていた。

最近亡くなった人の思い出にとらわれて、ずっと喪に服すつもりでいるかのようだった。彼は子供の頃、ウォール街のそばにあるトリニティ教会の祭壇で従者をしていた。「最近では教会になど誰も行かなくなったんじゃないかな」彼はそう言ってから、思いやり溢れる寛大な笑みを浮かべて付け加えた。「行くこともないですね。とても面白いミサをテレビで放送しているわけですから」

クララは、この初対面の男性の口調に、堅牢で実践的な伝統主義に則った響きがあることをとても喜んだが、その調和が、いきなりケープ岬の空想的で自由奔放な夏の話題に切り替わって、台無しになった。トリニティ教会の内陣の手すりや、古いラファイエットのチェス・テーブルの話からは彼がどんな職業についているのか見当もつかなかったが、ようやくクララは、ヘンリー・ディーンは作家か画家かもしれないと思い始めた。そして彼がメアリー・ガーデン（オペラ歌手）がメトロポリタン劇場で素晴らしい公演をしたことや、カーネギー・ホールでの卓越したコンサートのことなどを話し始めた瞬間、きっと芸術家に違いないと思った。

「あの人が話すちょっといい話は、あの人のいちばん面白いところね」とクララの友人が耳打ちした。

ヘンリーはその意見を小耳に挟むと、心からびっくりしたという表情をして言った。「でも、目新しい話はひとつもないんですよ。だから古い逸話を何度も繰り返し話している。みんなは聞き飽きてます。つまらない話、意味のない話ばかりです」

その言葉を聞いて、クララは自分でも驚くほどむきになってそれを否定し、それに反論した。すると彼は奇妙な笑みを浮かべて、「あなたをげんなりさせなくて本当によかった。恥ずかしくなって、何か話さなければと思うと、一方的に喋りまくってしまう質《たち》ですから」

間もなくクララとヘンリー・ディーンはふたりだけで頻繁に会うようになり、クララはヘンリーをもっと詳しく知るようになった。彼は、乾ききった木の根が雨水を拒めないように、クララの強烈でありがたい関心を拒めなかった。そして率直にざっくばらんに、自分の人生のありのままの姿、説明しがたい状態について語った。「いろいろチャンスはありましたがね」と、ヘンリーはクララのアパートメントに酒を一杯飲みに立ち寄った夜に説明した。「うまくいったことが一度もなかったんですよ。必死で仕事をし努力したなんてとても言えません。でもそれができていたとしても、同じような人生になっていたかもしれないという嫌な考えが浮かんできます。きみみたいな精力的に働く人には、怠け者の悲哀など理解できないでしょうね」

クララは、それは彼が「単純化」しているのだと言い、きっぱりと否定した。そしてやはりざっくばらんにこう言った。「あなたはどう考えても稀有《けう》な人よ」。するとヘンリー・ディーンは煙草に火をつけ、物静かな心地よい声で、自分の人生を厳しい冬眠のうちに過ごすことを選んだと語り、途方にくれながらも確固とした愛情を彼女に注いだ。「あなたの自分に対する評価は正しくないわ」クララは果敢に言った。「あなたの皮肉や逆説、どんなに素晴らしい意見も認めないという態度――それがどういうことなのかわたしにはわかってる。それはたいてい大きな嘘なのよ」ああ、じゃあ本当のことはなにかしら、と彼女はとてつもない不安に苛まれながら思った。

その一、二週間後、ふたりは定期的に、ヘンリーが知っているニューヨークの手頃な値段のレストランに出かけるようになった。「二ドル七十五セントで食べられるところを独自に調査することにかけては、ぼくはだれにもひけをとらないよ」とヘンリーは暢気《のんき》そうに言った。

そんなある夜、クララはヘンリーが裕福な家の三人兄弟の末っ子であることを知った。そして、両親が死んだときに財産を分配したところ、三人の息子はだれひとり裕福になれなかったこともわかった。ヘンリーにはわずかながら収入があった。したがって貧しいとはいえ一文無しではなく、運がいいとはいえ豊かではなかった。財政面に関しては、つましい生活をしているが、年金の広告で「退職して月額二百五十ドルの年金！」と言っている、いい気な男たちの仲間みたいな気がしている、と彼は言った。「ほら、知ってるだろ」とヘンリーは彼らしい頑なな口調で続けた。「もっともらしい顔つきをした、陽気な年寄りカメラマンみたいな男が、小さな家の前に立って、片手に剪定ばさみ、片腕にこぎれいで灰色の髪をした、フリル付きエプロン姿の妻を抱き寄せている広告だよ」

「やめて！　耐えられないわ」クララは不安そうに言った。「わたし、迷信深いのよ。というか、自分が迷信深いことをいま知ったところ。そういうことを言うと、その言葉に不思議な力が生じてしまうんじゃないかしらって思うの。赤ん坊のほっぺたに苺みたいな痣を付けるような力が」

クララは、ヘンリーの半生の中の甘い思い出に愛着を抱いた。子供の頃のメイン州での長い休暇、祖父のスリリングな訴訟事件、何年もヴァイオリンの稽古を続けたことなどに。文学が好きになったのでヴァイオリンは諦めた。一度アメリカの出版社のために、バルザックの小説を翻訳したことがあった。「ずいぶん前に破棄してしまった」とヘンリーは急いで付け加えた。そしてときどき「ちょっとした短いもの」を書いた。彼の話が豊饒な安定期のところまでたどり着いたとき、クララは自分のすべての信頼と愛と敬意とがひっそりと正当化されたかのようにほっとした。彼の投げやりな苦笑、彼の否定も彼女にはさらに魅力的に映った。

ヘンリー・ディーンは自分のことをクララに知ってもらおうと必死で説明した。それどころか、彼が人と話すときのテーマがそれだったのである。つまり、心に傷を負った人間が余裕をもって無造作におこなう、終わりのない辛辣な自己検証であった。彼の説明は、病状を説明する医者のように明快で、板に付いていて、客観的だった。不気味なほど同じ扱いを受けている真実、勇気、絶望が、彼の会話の特質だった。二十八歳のときに闇のようなものに包まれてしまった、と彼は言った。はっきりした原因もなく定義もできないものだが、いちばん現実的で苦痛に満ちた体験だった、と。「それがいまもここにあるんだ。いまは分厚い霧のようで、薄い靄にすぎないときもあるけれど」彼は、かつての活力と幸福と野心とを取り戻すことができなかった。日々を漫然と過ごし、自らの狭くて縺《もつ》れた存在に耐え、予測のつかない倦怠感と怠惰を味わっていた。ぼんやりした明るく灰色の目が彼のものであるのと同じように、倦怠と怠惰がいまでは彼のものだった。「毎日がいつもぼんやりしている。でも、夜に近づくにつれて少し晴れてくる」と彼は言った。それで外出し、人に会って話すことができたが、そうなると気が晴れるどころかさらに落ち込んだ。彼の父親がこうした気鬱に苦しんだ人だった。時折看護婦に付き添われて病院に送られ、回復し、幸せになり元気いっぱいになって戻ってきたものだった。「ぼくの場合はそれほどひどくないけど、すっきりと回復したこともないんだ。役に立たないことならなんでも意のままにできるのに、この中心に昔からある停滞を取り除くことができない」

「なんてひどい！　なんてことなの！」クララは大きな声で言った。ヘンリー・ディーンは愛しげにクララの腕に触れた。ほとんどの時間、本を読んでいる、と彼は言った。あらゆる本を読んで、いろいろな見方を身につけたので、退職した男が考えそうな意見よりもいろいろな問題を論じられるよ、と。行動面では無気力だったが、考えるための時間も精神的強さもたっぷりあった。

ヘンリーは西五七丁目に建つホテルに十年間暮らしていた。そのホテルには、気立てのいい、おっとりした、育ちの良さそうな男たちが大勢住んでいたが、彼らは自分たちが心地よく朗らかに暮らすことを許されていないばかりか、「部屋掃除」のメイドに挨取りくらいしかしてもらっていないことにも気づいていなかった。ヘンリーの住まいは寝室と年代物のバスルームだけで、両方ともサフラン色の壁に囲まれていて、狭くて味気なかった。毎日部屋の中は、埃ごしに射し込む青白い陽の光で、ほんの短いあいだ明るくなった。陽光は、メイドと同じようにそそくさと冷ややかに通り過ぎていった。寝室の隅にはわずかな所有物が、そこの住人の最後の忠実な友であるかのように、世間からことごとく軽視されようと離れていくことはないかのように、いくつか置いてあった。銀製のカップ、ロートレックのポスター、乗馬靴、擦り切れたケースに入ったヴァイオリン。ヘンリーの哀愁が寝室のその隅で、葉群れの陰の苔のようにひっそりと繁殖していた。彼はいつまでもぐずぐずと、ベッド脇のスタンドの光で本を読んで過ごした。自分のために買ってきた機能的なデザインの明るく姿のいいスタンドだった。午後の二時になってようやく、髭を剃ってツイードのスーツに身を固め、慌てふためいた様子でロビーを通った。というのも、フロントにいる老女と「こんなに日が高いうちから」会話するのが耐えられなかったからである。

ヘンリーのふたりの兄は、彼ほど美男子ではなかったが恐ろしいほど誇り高く、際だった成功を収めていた。そしてヘンリーをことのほか愛していた。もしかしたらふたりが愛していたのは、自分たちが若かったときに欠けていて、ヘンリーにだけ備わっていた魅力だったのかもしれない。もっとも、ふたりはその後成功して美しく魅力的な妻をめとり、本人も美しく魅力的になったことを考えれば、それはいささか奇妙なことだった。ふたりの兄には、ヘンリーが追放されたも同然の境遇にいることがわかっていたが、それは弟が自ら望んだことで、芸術家気質によるものと見なしていた。ふたりは無邪気なおおらかさで弟を自慢にしていた。自分たちとはまったく違うところが、一族にひそむ多様な資質を暗に示しているように思われ、それを受け入れるのは容易だったのである。それにヘンリーを愛するのも容易だった。扱いにくく、皮肉屋で、何もできなくとも、愛らしさが失われることはなかった。そしてこの愛らしさこそ、無気力から生まれたものであった。

ヘンリーとクララが出会ってひと月が経ったころ、彼がインフルエンザにかかった。ヘンリーにとって言いようのないほどの苦痛だったのは、クララが彼の部屋を不意に訪れ、悲しみと愛しさから泣き叫び、ヘンリーに対するいや増す情熱から生じた歓迎されざるエネルギーを伴ってベッドに駆け寄ってきたことだった。クララは部屋の薄汚さと暗さに衝撃を受け、自分がかなりの愛情を注いでいる相手がこんな生活を送っているという事実にも衝撃を受けた。実際的な生活に欠かせないもの——パチパチと音を立てて燃える炎、蠟燭の光、ぱりっとしたシーツ、病人用の華やかなトレイ——がすべて欠けていた。それで彼女はとがめられているような気がした。愛する人がこんなひどい状態にいることに対してではなく、自分が愛する人をそんな状態にしていることをとがめられている気がした。この部屋が彼女に与えた衝撃の強さは尋常ではなかった。クララはこの部屋とヘンリーとを、驚きと決意の入り混じった顔つきで見つめたので、ヘンリーのほうはその美しい視線に晒されておののいた。一瞬クララは口が利けなかった。手が震えた。これほど驚いたのは部屋のせいではなかった。なんの前触れもなくいきなりある考えがひらめいたからだった。孤独な闇の中に陽の光が射し込んできたかのようだった。それで震えたのである。わびしさと陰鬱な静けさは現実——人生そのもの——に対する挑戦に思えた。クララは「本物の」ヘンリーは、愉しい話をし、軽い皮肉を交え、才能がある男だと思っていたので、彼女の中のあらゆるものが、この部屋の恐ろしいほどの寒さ、閉じられた鎧戸、古新聞、磨かれていない銀のカップ、沈黙したヴァイオリンを認められずに闘っていた。これは悪魔の所業だ。クララは言葉にこそ出さなかったが、選ばれし者、善良なる者というのは、明るく、幸運で、健康に恵まれ、秩序と進歩を重んじるものだと信じていた。こうした祝福によって神は満足と人間に対する善意を示すものである、と。

「十年も！　気の毒な人！」その年月の長さを考えると、彼女の心は痛み、震えた。そしてヘンリーの手を取り、回復するまでわたしのアパートメントにいてちょうだい、と言った。ヘンリーはたとえ抵抗したくともその力が残っていなかった。それで彼女は自分の思い通り、光り輝く広々としたペントハウスに彼を運び込んだ。きらめくガラス、深緑の植物、パステル調の絨毯といった南国風のしつらえ。柔らかな肘掛け椅子は、ビーチパラソルのような赤と緑と黄色の縞模様で、真鍮は南国の太陽を受けているかのように暖かく明るく光っていた。ピンク色と白の皿、ヒマラヤ杉の匂いのするベッドクロス。クララは寝室の大きなベッドにヘンリーを横たえ、自分は狭い予備室へ移った。

ヘンリーはすっかり魅せられ、クララの手厚い看護のもとで生き返ったような感じがした。「自分のことをいやになるほど正確に知っていなかったら、回復したのではなく生まれ変わったと思っただろうね」彼は全快した日に男らしい声で言った。生まれ変わった自分を見つけられなかったかもしれないが、立ち去ることはなかった。彼女のアパートメントに留まった。彼がいることで、生活がすっかり変わった。まるで南国のペントハウスに愉しい小雨の季節がやってきたかのようだった。

　ある夜、喜びで大胆になったクララはヘンリーに言った。「わたしはかなり保守的だと思うけれど、あなたは結婚なんてごめんだと思っているのかしら。もちろん、わたしとの結婚よ」

　ヘンリーはポケットから鉛筆を取り出し、読んでいた新聞の余白に絵を描き始めた。そしてようやく「きみはぼくと結婚したいなんて本気で思ってやしないよ！」と言った。「ぼくがこれまで一度として口に出す勇気がなかったことを、きみが望むなんて、いや、だれが望んでも、そんなおかしなことはないね」

「でも、わたしは本当に結婚したいの」とクララは言った。

「もちろん、そうなったらとても幸せだろうね。でも、結婚したことを後悔したときには、ぼくを哀れに思って結婚生活を続けようなんて思わなくてもいいよ」

「どうしてあなたを哀れに思わなくちゃいけないの？」とクララはきつい口調で言った。

「いい相手じゃないからさ。ぼくはきみにとってふさわしい夫じゃないと思う」

　ヘンリーは二十代で一度結婚していた。妻は若く美しかった。そしてその妻は、ヘンリーの説明によれば、夫が「のろま」だということで彼を棄てて出ていった。「まったくまっとうな理由だと思う。鹿とモグラが結婚するようなものだったから」

「鹿はどっち？」クララは尋ねた。

「ぼくがモグラ」

クララには、この謙遜をどう判断していいものかわからなかった。ヘンリーはそういう用心深いところがあった。大鎌を持った農夫のように自分の人格の上にごみを積み重ねた。そして結婚をずるずると先延ばしにした。ヘンリーは、自分が一度結婚に失敗していることをクララに思い出させ、また同じ結果になるかもしれないと言いつつも、クララの部屋から出てはいかなかった。午後には陽光を浴びながら、夜にはハイボールを片手に、老眼鏡をかけて読書しているとき、その顔には満足そうな表情が浮かんだ。孤独な生活から救われた表情だった。怠惰も、とても説明できないいつもの力で彼にとりついていた。彼はクララに拾われ、彼女の生活の中にしっかりと根を下ろした。そのため、そこから動いて、新たな成長と開花を妨げるのは気が引けた。ヘンリーに魅力を感じた女性はたくさんいたが、クララのように効果的に愛情を注いだ女性はひとりもいなかった。彼女はヘンリーを光の中に引っぱり出した。片やヘンリーは光に晒されて恥ずかしかったが、この強力な愛情の行路から出ていくのは気が進まなかった。

「ぼくがきみの人生に加えられるものがあるのかな」ヘンリーは尋ねたことがある。

「あなた自身よ。わたしがほしいのはあなた」とクララは言い張った。

「きみのいない夜は耐えられなかった」と彼は言った。「でも、間違いを犯してほしくなかったんだ。ぼくが躊躇っていたのは愚かなことだった」

ふたりはひそかに急いで結婚し、ケベックに三日間の新婚旅行に行った。クララは忙しい時期だったので、長い休暇を取れなかった。旅行から帰ると、ふたりの生活が始まった。植物は花をつけ、窓から陽の光が差し込み、オレンジジュースは銀のタンブラーで供され、新聞が玄関に届けられ、気づかないうちに白い壁は洗われ、パステル調の絨毯は掃除されていった。なにもかもが明るく、白く、素晴らしく新鮮だった。クララが朝の九時十五分に部屋を出るとき、ヘンリーはまだ眠っていた。クララはそのことに腹は立たなかったが戸惑いを覚えた。寝姿にぎょっとして、ちゃんと生きているかどうか寝息に耳を澄ますこともあった。どういうわけか、クララはふたりのアパートメントのドアを閉めるとき、ヘンリーが愛情のこもった社会学徒のような笑みを浮かべて彼女を見つめ、「成功したビジネス・ウーマンがどんなものか、ぼくはまったく知らなかったよ」と言っている姿をちょくちょく想像した。

メイドはこの新しい夫をどう扱っていいかわからなかった。ヘンリーはお愛想程度にメイドの仕事に興味を示し、彼女の生活についていろいろ尋ねたり同情を示したりした。多くを求める人ではなかったが、それでもメイドは、ずっと事務的で秩序正しかったかつてのクララとの関係が懐かしかった。メイドもクララと同じくヘンリーを賛美していたが、ふたりともひそかに、ヘンリーには気軽な好奇心を発揮する資格はないと思っていた。野心を抱いていないというヘンリーが、わずかな過去の業績を異様なほど大事にしていることを、ふたりの女性は受け止めかねていた。ヘンリーは自分が訳したバルザックの作品の文章をいつも読んでいて、深夜を過ぎて眠れなかった。

いときにもそれを読んでいた。また、いまは共産主義とは反対の信条の持ち主だが、かつては共産主義者であったことを、昔の恋人の思い出のように大切にしていた。厳密に言えば中流階級のクララは、ヘンリーが政治的意見を言うたびに居心地の悪い思いをした。彼の業績が過激な意見と釣り合いが取れていなかったし、真面目さと理想は努力して得るもの、とクララは思っていた。ソファに横たわって本を読んで得られるものではないと思っていた。しかしクララは現実的な大問題――ヘンリーの怠惰――に触れるのを恐れた。考え始めてしまえば、それはさらに力を増し、さらに大きくなる気がしてならなかった。控えめに、気を遣いながら、彼女はときどき話題をそちらに向けてみた。「ねえダーリン、もしわたしがあなたみたいに文章が書けて、あなたみたいに教養があったら、いつも机に向かっているに違いないわ」するとヘンリーは、面白がって同情しているような含み笑いで応えるのだが、その同情が自分に向けたものか彼女に向けたものかはよくわからなかった。クララは仕事上のニュースを家に持ち帰った。雑誌はさらに真面目なものになったの、とクララはヘンリーに話した。毎月、セックスや精神科病院や薬物依存やスキャンダルについて率直な記事を載せすぎるという文句の手紙が来た。「発行部数の多い雑誌にしては、うちの雑誌はとても進歩的で勇敢な考え方を示しているから」とクララは説明した。

ヘンリーはクララの雑誌を読んで、暴露記事より恋愛話と酒の広告のほうが面白い、と言った。クララはその意見に傷ついたが反論しなかった。その意見についていろいろ考えはしたが、結局、密かな決意の意味をこめて自分に言い聞かせた。ヘンリーの言いたいことは「なんとなくわかる」、と。次第にクララはヘンリーとともに、奇妙な差別、不意の当てこすり、予期せぬ偏愛によって構成された世界に入っていった。彼女はこれまで無意味だと思っていたものに面白みを見出し、これまで魅力的だと思っていたものを退屈に感じてため息をついた。すべての感覚が変わったようで、彼女は山頂で登山者が体験する、胸がすくけれど危険極まりない清澄さを味わっていた。朝、編集室に行くと、まるで上空の場所から降りてきたような――風光明媚な場所から、厳しい天候の新天地にやってきたような――気持ちになった。赤い革製の椅子、ルーズヴェルト大統領夫人のサイン入り写真、特別なデザインの長い机――こうしたものが彼女にはただの面白い小道具、マンハッタンの優良企業に勤めるキャリア・ウーマンをテーマにした映画の小道具のように思えた。編集室にいる人々に明るく笑いかけたが、いつも感謝の念と、忍耐と寛容の気持ちを忘れることはなかった。初めての気持ちで物事を見ること、恐ろしいほどの明澄さを感じることは、喜びだった。

ある朝、緊急会議が開かれた。ミセス・モートンの目は落ち着きのない熱意と満足感に溢れていて、クララは突然おかしくなって噴き出し、ふと気がつくとこう言っていた。「来たるべき聖戦の怒りを感じるわ」

ミセス・モートンの小ぶりな顔が、泣き出さんばかりに歪んだ。ミセス・モートンはクララの顔を二度と見なかったが、期待満々の早口でのお喋りのあと、自分のスタッフに向かって、あなたたちはどう思うかしら――ここで彼女は大きく息を吸い込んだ――同性愛の記事について！

スタッフは息を弾ませた。いつもより素早い提案は少なかったが、興奮と関心ははるかに大きかった。ミセス・モートンには、軽妙な文章を書く有名な医師のことが念頭にあった。スタッフと読者に考えるべきことを伝えられる男性が。「徹頭徹尾、正直に率直に伝えなければいけないテーマよ」と彼女は説明した。「でも、上品でなければだめね。品位がなければ」

「うちの読者はほとんど支持してくれると思いますが、不満を抱く人たちも必ずいるでしょうね。かなりの数になるかもしれない」営業部長が言った。「その準備はしておいたほうがいい」営業部長は頬が薄く、神経質そうだった。かなりの酒飲みで、この数カ月間アルコール依存症についての記事を読んで耐えなければならなかった。新しいテーマは彼には救済だった。

「適切なテーマにはまったく思えませんね」保守的な人物が苦々しい口調で言った。副編集長のこの女性は、強い不満を表明する揺るぎない存在としてスタッフに加えられていた。それはアナーキストの雑誌に資本家の創業者の名前と写真を載せているのと同じようなことだった。

クララは、この会議のことをヘンリーに話したいという思いを募らせていた。自分が話す順番になると、クララは顔をほころばせて言った。「だれもがすでに知っていることを人に伝えるときにどうして自分たちは勇敢だと思わなくちゃならないのかしら」

礼儀正しさ、平等、配慮にばかり気を回して、だれもクララの発言に応じなかった。この沈黙はいささか拍子抜けだったが、それでも彼女は言いたいことを言えたので、有頂天になり、夜になってヘンリーに話した。「あの人たちの子供っぽいやり方ったらないの！　いちばん無害な決定をするとき、革命的な方針を打ち出しているると思っているみたいな大まじめな顔でやるんだから」

「そういった単純な自信のよりどころをつきとめようとすると、こっちはお手上げだよ」ヘンリーは謎めいた言い方をした。

この数週間、ヘンリーの毎日は、自分が思いついた新しい企画で埋められていた。公共図書館でニュルンベルク裁判の写しのある大量の資料を読み始めていて、この裁判の全容を研究しようと興奮し、浮き足だっていた。クララはこの取り組みに感銘を受け、同僚にそのことを話した。「いいえ、彼は別に弁護士じゃないわ」クララは説明した。「でも、裁判にとても惹きつけられているのよ。きっと、全世界であの裁判記録を最初から最後まで読み通した数少ない人間になると思う」

ヘンリーの新しい暇つぶしは、勇ましく前途有望なものだった。午後のぼんやりした時間などに、クララは、ヘンリーがウォルター・リップマンのような新聞記者としていきなり世に躍り出るといった夢想に知らず知らずのうちにふけっていた。とはいえ、全体としてはヘンリーのことばかり考えていたわけではなかった。彼女がヘンリーに求めることは、絶望を感じずに一日を過ごし、ふたりで愉しい会話をし、夜に一時間ほどレコードを聴いて過ごすことだった。会話とレコード鑑賞はとてつもない喜びであり、彼女の精神が求め、感謝していた大きな慰めだった。

ある日編集室で、クララはミセス・モートンに言った。「わたしたちみんな、つまらないいい子ちゃん、いんちきのようなものですよね。うちの雑誌は世界を揺るがすものじゃないし、公共の利益に貢献していないってことを認めるだけで、もっと面白い雑誌に――もっと実際的な雑誌に――なるんじゃないかしら」

再びミセス・モートンはクララの背信行為に涙を流さんばかりになった。彼女は困り果てた母親のような仕草でクララの腕に触れた。「かわいそうなクララ！　具合でも悪いの？　わたしたちにできることがある？」

クララは母親面《づら》した中年女に言葉を返さなかった。そして無礼なことに、ミセス・モートンをじっと見つめて狼狽させ、小馬鹿にするように肩をすくめて返してもらえない返事を待つことに奇妙な喜びを味わった。

もしかしたら、クララの突然の解雇には、ある種の残酷さがあったのかもしれない。そして長く続いた決まり悪い思いがあったのは確かだった。ミセス・モートンはこの決定に心から悲しんでいるようだった。「あなたはほかのところで働いたほうが幸せになれると思うの」と彼女はクララに本心からそう言った。「これがあなたの望んでいたことなんでしょう？」

「とんでもない！」とクララは心底驚いて答えた。「ここを辞めたいだなんて思ったこともありません、一度だって。本当に思ったことなんてないのに」

「あなたは正直な人よ、クララ」ミセス・モートンが考え抜いた声で言った。「あなたほど正直な人をほかに知らないわ。でもね、あなたはわかっていないのよ。自分がいかにここを辞めたいと思っているか。無意識の願いなの。でも、心の中にそれが根付いていたわけね。物事はそういうふうになるものなのよ。あなたに惨めな思いをさせたくないわ。あなたはとても聡明だし、現実主義者だし、信頼が置ける人だもの。わたしたちのためにどんなに力を尽くしてくれたことか！　これからあなたの才能に助けられる人たちがうらやましくてならないわ」

クララは目眩がした。実に奇妙な出来事が――彼女から威厳をすべて剝ぎ取って、不幸な人物というより愚かな女として置き去りにするような出来事が――その身に降りかかってきたかのように。「これでわたしの築き上げたものすべてが終わるのね」彼女は絶望をあらわにして言った。「これから沈んでいって恨みがましく気むずかしくなっていくんだわ」

ミセス・モートンはクララの発言に苦しそうな顔をした。明らかに違う反応を期待していたようだった。堂々として機知に富んだクララが、上品な冷淡さで部屋から出ていくことを。「あなたが沈むなんてことはあり得ないわ、クララ」ミセス・モートンが、忙しなく瞬きしながら言った。「あなたの仕事はとても貴重なものだし、あなたはとても聡明だもの」

ヘンリーはクララと同じように心底仰天した。そして凄まじい好奇心を示した。大きな衝撃を生み出すときに現実社会ではどんな行動をとるのか知りたがった。細かなところまで聞き出すうちに、編集室のひとりひとりがどんな発言をしたか、ミセス・モートンがどんな表情をしたか知りたがった。彼の探求はかなり強引だとクララは思ったが、まとめの感想はぞっとするほどぞっけないものだった。「あの雑誌にいちばん合っていたのはきみなのに、こんなことになるなんて、とても不思議だ」と彼は言った。

クララは家にいて、アーサーが出ていった後に味わったのと同じ苦しみに満ちた驚きを日々痛感していた。ヘンリーは何週間もかけて研究したニュルンベルク裁判記録について口頭で軽くコメントする以外なにもせずに、ただ着々と読み進めるだけだった。そしてついに、大部の資料は全て読まれ、粘り強い読み手は疲れ果てた。そして再び、ヘンリーの優しく魅力的な絶望感が、香《かぐわ》しい毒ガスのようにふたりのアパートメントに満ちていった。

「申し訳ない」とヘンリーはよく口にした。クララは彼がクララ自身の絶望や失敗について一切触れようとしないことに驚いた。

「申し訳ないって、どういう意味かしら?」クララは、不愉快な答えが返ってくるのがわかっている人のとげとげした口調で訊いた。

「ぼくがひどく鈍感で、気分が落ち込んでいることを申し訳なく思っているんだ。いまきみは、ぼくの干上がった心をものすごく近くで見るという恐ろしい体験をしているんじゃないかな」ヘンリーはすまなそうな絶望しきった気分になっていた。「もちろん、ぼくにとっては愉快なことじゃないけど、きみはいつもとても活動的で、快活だから、もっとひどいことに違いないね」

「なにがもっとひどいことなの?」

「陰気な男が四六時中そばにいるってことがだよ」

クララは、ヘンリーの人柄を知り尽くすのはやめようと努力したが、いくらそう望んでも彼に無関心ではいられなかった。彼の気性は、弱さとある意味で堂々と結びついた絶対的な自我が支えているという困惑させられる事実を、完全に把握することはできなかった。なんらかの変わった新陳代謝、なんらかの気分の起伏が彼の個人史を支配していた。ヘンリーの身には変わったことがほとんど起きなかったが、恐ろしいまでに定期的にわずかな変化は訪れていたのである。ヘンリーが利己的だと言う者はいないだろう、とクララは思った。彼は不可解な大きな理由から仕事ができないタイプのひとりだったが、快適な生活は求めず、必要とあらば木の実や根っこを食べるのも平気だった。人を羨むことがなかった。内面の穏やかさだけを求めた。彼のささやかな願いは、神意に叶って幸福なる喪失状態へ戻ることだった。結局のところ、クララは彼を怠け者と決めつけることさえできなかった。いわば彼が生まれたとき心の中に祈りがあったが、彼の悪霊もともに生まれたのだ。彼の豊かな資質、実を結ばない努力、他者からの助けを求めず、運命に素直に従う生き方――それがあったからこそ、クララにとって彼が忘れられない愛しい存在になったのである。

そうはいっても、クララ自身は失職したことに苦しみ、いまだにその衝撃から立ち直っていなかった。彼女も失ったものを取り戻さなければならなかった。自分の活力が、才能が、目的がいまだに存在していることを確認しなければならなかった。心の平穏と新しい力がほしかった。倫理的な強さが戻ってくるまで新しい仕事に就くのは控えたかった。それに彼女は誇り高かったので、自分が帰された外交官か退陣させられた国務長官のような気がした。職業安定所に駆け込むようなタイプではなかった。クララは夢か現かわからない朦朧とした状態で日々を過ごし、しばらくはなんとはなしに愉しかった。しかし、クララが無理を言ってふたりで午後の散歩に行っても、行く前より疲れて無口になって帰ってくるのが落ちだった。メイドは辞めさせられた。それで、料理の専門家でありながらクララは料理を作るのが得意でないという恐ろしい事実が明らかになった。南国風で明るく、新鮮な空気に満ちていた彼女の美しいアパートメントですら、黒ずんで色あせたように見えた。お洒落で清潔で整頓された雰囲気は、しだいに陰気で自己批判的で怠惰なものへと変わっていった。

クララは、自分が一日中ずっと家にいるようになればヘンリーが迷惑に思うだろうと予想していた。彼女は——少なくとも内心では——ふたりが朝から晩まで常に一緒にいることで問題が生じるのはわかっていた。しかし、まさかヘンリーが予想とは逆の反応を示すとは思ってもみなかった。ヘンリーは、クララと一日中いっしょにいることほど素晴らしいことはないが、四六時中ここにいるぼくという存在にきみが我慢するようなことはあってはならない、と言った。「それは不公平だよ」と彼は言った。「初めは気づかないかもしれないけど、きみはすぐに退屈するさ。退屈というのはあってはならないものだ。重い罪のひとつだ」

「ばかげているわ、あなた」クララは軽い口調で言ったが、すでに最初の何日間か家で過ごしていたので、ヘンリーの内部で生まれている大きな苦悩を、困ったことに理解していたのだ。彼はたちまち緊張した表情になった。彼が示す優しさと称賛には、クララは涙を流すほど心動かされた。「きみはなんて素晴らしい女性だろう」と彼は一度ならず口にした。「ぼくと結婚させてしまったのは間違いだった」

ヘンリーはクララに休みなく見られていることが耐えられなかった。それが不愉快だとか迷惑だとか退屈だというのではなかった。徹底的に、文字通り、何もかもを台無しにすることだが、クララに見られていることが耐えられなかったのである。クララは職を失って初めて気づいた。自分がいかに多忙であったか、そして結婚したところでヘンリーの人生をいささかも変えることができなかったことに。ヘンリーには生活のリズムがあった。そのおかげで、自分の頭に銃弾をぶちこまずにいられた。孤独の中で、毎朝三、四種類の新聞をゆっくりと読み、午後にはバスに乗ってワシントン広場まで出かけていき、そこのベンチに座って文芸誌や政治誌を読み、ドラッグストアでコーヒーを買って飲み、メトロポリタン美術館に行き、夜にはクララに、新しくできたレストランに対する否定的な意見を述べる——こうしたわかりやすい繰り返しが、ときにはニュルンベルク裁判のような試みで妨げられたりするが、彼の運命であり、救済であった。

ヘンリーとの関係においては、前進や進歩や表明にはだいぶ時間がかかったが、撤退は驚くほど速く達成された。クララが解雇されてからひと月もしないうちに、ヘンリーは、西五七丁目通りの古いホテルでひとりで暮らしたい、というようなことを言い出した。クララはそれをやめさせようとはしなかった。ここにいて、と初めこそ言い張ったものの、その懇願は、そう言っている自分の耳にも、恥ずかしいほど陳腐で出来の悪い台詞に聞こえた。愁嘆場、号泣、懇願などを演じるのは、ヘンリー・ディーンという奇妙な知恵者であり、洗練された苦悩の頂点にいる者の前では不可能だった。「ようやくわかったわ」クララは、彼が出ていくことが避けられないとわかって言った。「『去るときはあっという間』という意味が」

「きみはぼくの入場と退場を風に吹かれた葉が窓を出入りするように言うんだね」とヘンリーは言った。「ぼくの運命というのは、しいて言えば、その程度のものなんだ。無名の葉っぱさ！」

「無名のあなたほど素晴らしいものはないわ」クララは言った。その声には間違えようのない落胆の色が出ていたが、それを隠しもしなかった。

ヘンリーがいたホテルは、彼を大歓迎してもとの部屋に入れるよう手配し、クララは、ヘンリーが皮肉な笑みを浮かべて荷ほどきし、ロートレックのポスターと乗馬靴と銀のテニス・カップ、ヴァイオリン・ケースを取り出すのをじっと見ていた。彼女は引っ越しの手伝いをするためにいっしょに来たのである。「きみはずっと勇敢だったよ、可愛い人」ヘンリーは愛情のこもった口調で言った。「一時的なことにすぎないよ」

「なるほど……永遠に一時的なのね」クララは言った。

ヘンリーはそれについてはなにも言わなかった。その代わりに、改めて言った。「きみを失ったらぼくの心はめちゃくちゃになるだろう。でも、こうして別れることがふたりにとって最善だと思ってる。そしてぼくは——悲しみと孤独のうちにあっても、と詩人が言うように——これから立ち直って、なにかの仕事を始められることをひたすら祈っているんだ。だからさようなら、愛しい人」落ち着いた迷いのない態度で、ヘンリーは彼女を玄関まで案内していった。

パルテノペ

Parthenope

レベッカ・ウェスト

藤井 光訳

1959年11月7日号掲載

レベッカ・ウェスト（一八九二―一九八三）はアイルランド・ケリー県生まれ。スコットランドとアイルランドの血を引きつつも、自らを「典型的なイギリス人女性」と形容していた。小説、ジャーナリズム、旅行記、文学批評と多岐にわたって活躍した。彼女の文学作品においてはしばしば、生への意志と死への意志、あるいは男性と女性といった両極の相克が描かれる。

「パルテノペ」は、一九五九年に《ニューヨーカー》に掲載された後、ウェストの生誕百周年を記念して死後出版された短篇集 ***The Only Poet***（1992）に収録された。本作においても、男と女、生と死、さらには正気と狂気といった両極のせめぎ合いが物語を動かしていく。主人公となる、語り手の伯父はある日、「マドレーヌ体験」にも似たきっかけから、かつての記憶を蘇らせる。そのなかで、二十世紀初頭のロンドン郊外、庭園で戯れる少女たちという、「典型的なイギリス風の」と形容したくなる風景が、その裏で抱え込んだ深淵が明らかにされていく。それがゆえに、深淵を越えて伯父とパルテノペの二人が保つ絆の強さと気高さが際立っている。

（訳者）

私の伯父のアーサーは、頭にぺたりと貼り付く巻き毛になった赤髪、先が尖った赤毛の髭と、射抜くようであり物思いに耽っているようでもある青緑色の目をしていた。私たち一家から見た伯父は、入り混じる嘲笑と尊敬の的だった。彼は文官で、若い頃はその知性によって周囲から一目置かれていた。だが、彼のいる部署の長官が、イギリスの文官よろしく余暇は執筆に打ち込んでおり、ヨーロッパ文学史の本を出版したとなったとき、私の伯父は当時の有力な週刊誌に書評を寄稿してこう指摘した。主要でない言語によって書かれている散文作品がかなりの数に上ると長官は考えているが、実際にはそれらは韻文で書かれており、そして韻文で書かれているとされる作品（実はこちらは散文で書かれている）ほどの数はないのだ、と。伯父に悪意があったわけではなく、それを知れば喜んでもらえるだろうと思ってのことだった。確実と思われていた昇進が叶わなかったことや、十九世紀の文官が享受できたはずの安楽な日々を送れなかったことが、その書評に端を発しているとは、彼はついぞ思い至らなかった。とはいえ、しばらくして長官が世を去ると、伯父は重要な地位に昇りつめた。ところが伯父は、その長官にしたような奉仕精神を閣僚の一人に対しても発揮してしまい、本来であればその地位にふさわしい爵位は受けられずじまいだった。

というわけで、彼の人生は山あり谷ありだった。私は小さな女の子だった頃、老人になってい た彼と一緒にいて、意外な体験をするのが好きだった。何かを尋ねるとしても、伯父の答えが私より断然物知りなのか、その逆なのかはまったく予測できなかった。父よりもかなり年上だったから、相当な高齢だったのに、小学生のような発見をしては、およそ大人らしからぬ熱意でそれを教えてくれた。ある日、伯父がどうしてもと言うので、私は一緒にロンドンの近郊までついて行き、彼が発見したこの上なく色鮮やかなキンポウゲ畑を見た。純金の色をしたその畑は、テムズ川沿いの大きなジャコビアン期の館であるハム・ハウスのそばに広がっていた。しばらくそれに見とれた後、伯父は私を近くのピーターシャム教会に連れて行き、もう一つの名所、島にその名を遺すヴァンクーヴァー艦長の墓を見せてくれた。伯父がその墓を気に入っていたのは、少年時代に数年間カナダに住んでおり、当時はほとんど人のいなかったヴァンクーヴァー島にも行ったことがあるからだった。それから私たちは宿屋の庭で紅茶を飲んだ。給仕をしていた娘が、ティーセットをテーブルに置いたちょうどそのとき、彼女は宿屋の主人に呼ばれた。主人の声は台所から聞こえてきた。「パルテノペ！　パルテノペ！」伯父はびくっとしたが、それがなぜなのか私には分からなかった。かつて、イギリス海軍の艦船の多くがギリシャの歴史や神話に登場する男女にちなんで名付けられていた時期があり、そのせいで、船乗りたちの娘には、ニンフや女神、ホメロスの妃たちやギリシャ神話の女性たちの名が数多く見られた時期があった。一つだけ妙だったのは、そのような詩情漂う名がイギリスの艦船に冠されていた時代はすでに過ぎ去り、それに因んで古典的な名前を付けられた女性といえばほとんどが老女か中年になっていたのに、私たちに給仕をした娘は非常に若かったということだった。戻ってきた彼女が言うには、祖母からもらった名前なのだという。だが、私の伯父は、突如として午後の空気に発せられたその五つの音にすっかり動揺していた。テーブルクロスの端を細い手で握り締め、目は伏せたまま、頭はぐらぐらと揺れ始めていた。海軍提督と七人の娘たちの話をしたことがあったか、と私に尋ねてくる伯父の口振りからは、話したことがないとは知っているが、今話すべきなのかまだ心を決めかねているのが伝わってきた。実際、その日はほんの少ししか教えてもらえなかったが、伯父が亡くなる前に、私は物語のすべてを知ることになった。

その物語の発端となるのは、私の祖母の姉アリス・ダレルの館であり、それ以外の場所ではまず考えられない。イギリス領インド軍の将校だったアリスの夫が熱病で世を去ると、彼女の義父は、心ならずも相続したとはいえ限嗣相続資産の一部であるために売却できない館をアリスに与えた。その贈与について彼が謝罪し、新しい館を買ってやる余裕はないのだと訴えると、彼女は勇ましくもそれを受け入れた。だが、その館はどんな勇気もひるむような地区にあった。そこに行くためには、ロンドンから出て十三キロほどをハマースミス・ロードに沿って、つまりは幹線道路のなかでもひときわ冴えない道を進み、そして左に曲がれば、さらにひどいものを目にすることになる。どういうわけなのかは忘れられてしまったが、そこには当時ホガースの版画風の貧民街が出現しており、イースト・エンドに勝るとも劣らない有様で、土曜日の夜ともなれば決まって喧嘩騒ぎが持ち上がった。その薄汚い小屋の網の目を越えたところにある平原は果樹園や農地、市場向けの菜園になっており、そこにはかつて三つか四つの大きな館が置かれていた。まったく魅力のない土地だった。テムズ川はさして遠くはなく、その土手に沿って美しい館が並ぶのは理解できた。だが、冬には霧が一帯を包み込むほどに川に近かったが、アリス・ダレルの館からは川を望むことはできなかった。菜園が沖積土の肥沃さを誇っていたのは事実だったが、それが与えてしかるべき喜びも、貧民街の住民が定期的に苺やラズベリーの畑や果樹園を襲撃するせいで台無しになっていた。

取り残されたそれらの館は摂政時代に建てられ、美しいとはいえ脈絡なく存在するために心乱される建造物であり、いかにも奇妙な位置関係になっていた。どの館も同じ狭い道に通じており、中でも最も小さな、大伯母のアリスの館である〈カリヴェル・ロッジ〉は、馬車道の突き当たりにあって横を向いているために、道路近くに建てられた遥かに大きな隣家の庭を上階の窓からまっすぐ見下ろすようになっていた。つまり、大伯母が寝室の外にある素敵なバルコニーに座ると、どうしても隣人の様子をこっそり盗み見てしまう格好になるため、彼女は決してバルコニーには出なかった。だが、伯父のアーサーが小さい頃に館に泊まりに行ったとき、つまりは百年ほど前の一番の楽しみといえば、寝室に閉じこもり、窓際に膝をついて、アリスが疑われることすら耐えがたいと思っていた行為に耽ることだった。

〈カリヴェル・ロッジ〉は子供にとっては物悲しい場所のはずだった。散歩をするところも、乗馬する場所もなかった。炉の前にいる鍛冶屋や、ベンチに座って作業をする大工を眺められるような村もなかった。当時はテムズ川でボートを漕ぐ光景といえばオックスフォードでしか見ることができず、いたとしても渡し守を生業とする者だけだった。外出することはほとんどなかった。ロンドンに行くには優に一時間か一時間半ほどかかるうえに、貧しい大伯母の馬はどれも老いぼれだったからだ。彼女の子供たちは全員アーサーよりも年上だった。だが、窓際で座って過ごしていられるために、伯父は館への訪問を楽しんでいた。何十年も経ってから、私もその館にたびたび泊まったので、その光景をよく知っている。もちろん、大伯母の一家はそこから離れなかったのだ。限嗣相続が終わり、その土地を売却できるようになったというときにズールー戦争、ボーア戦争、そして第一次世界大戦があり、館の住人たちはきりきり舞いになってしまい、引っ越しどころではなかった。そして、一家がまだ住んでいた一九二〇年代に、館は都市計画によって消えてしまった。少年だった頃のアーサーと後の私が見下ろしていたのは、クロッケー場になっている庭であり、高く聳える木々に囲まれていた――伯父が嬉しそうに言うには、木々の高さと太さは、川が見えなくとも近くにあると分かるほどのものだった。アイルランドでも特に雨の多い地域に生まれ育った彼にとって、乾いた気候と土壌は、私たちにとっての乾いたパンのようなものだった。

その芝の左手、木の葉越しに、深紅と白の薔薇に覆われた石のテラスが見えた。テラスの後ろには、柔らかな赤い色をした、長方形で美しい摂政時代の建物があり、屋根には緑がかった銅の半球型天井が盛り上がっていた。そこに伯父が見たが、私のときにはもうなかったのは、後に私がバレエの〈レ・シルフィード〉から得るような喜びをもたらす光景だった。晴天に恵まれたときによく、お伽噺から出てきたようなお姫様たちがテラスの広い石段を次々に下りてきたのだ。めいめいが違った色の、淡いが鮮やかなドレスで着飾っていた。四人しかいないときもあったが、七人の姫が揃っているときもあった。伯父が覚えているという服の色は、ヒヤシンスの青、鈴蘭の葉の緑、ほぼ灰色で銀がかったライラック色、強い光に手をかざしたときのような透明な赤、プリムローズの黄色、水っぽい翡翠色、そして穏やかな橙色だった。ドレスはモスリンで作られ、それを着る娘たちの小さな足が動き回り、踊りとも、普通の人の動作とも違う動きになると、輪になってうねり、揺れる円を形作った。それはまるで、その愛らしい娘たちが繊細で物憂い存在の一部であり、共通のものである悲しみを互いに打ち明けると同時に励まし合っているかのようだった。

クロッケーの木槌を持ってくる娘たちもおり、芝生に出て遊び始める一方、他の娘たちはベンチに座って眺めていた。だがそのうちに、遊んでいた娘たちが手を止めて次に球を打つことを忘れ、互いに近寄って木槌を地面にもたれさせ、すぐに忘れてしまって倒れるに任せると、座って眺めていた娘たちも立ち上がってそこに向かい、打ち明け話に加わるのだった。彼女たちは週に三度ほど庭に出てくるのだが、互いに積もる話が尽きない様子は、年に一度しか会えないかのようだった。そして、いつも深刻な話し振りだった。彼女たちにはどこか荒々しい雰囲気があり、次に何をするのかまったく予測できなかった。一人が唐突に輪から離れて芝生でワルツを踊り出し、そこにはいないパートナーの腕が見えるような気がするときもあった。話し合うときには自制しており、涙を見せはしなかったが、明らかに悲しい内容を口にしており、笑い声が上がることは滅多になかった。一人について当てはまることは全員に当てはまった。というのも、彼女たちはみな互いに瓜二つだったからだ。全員が金髪だった。一人だけ見分けられたのは、ライラックの灰色のドレスを着た娘だった。他の娘たちより背が高く、娘たちが集まって体を揺すりつつ話しているときも、独り離れて立っていた。時おり、黒のドレス姿の女性がテラスから下りてくると、その離れた娘に話しかけていた。

色とりどりのドレスを着ていたのは、その館の所有者である海軍提督の七人の娘たちだった。伯父が提督の姿を見たのは一度だけ、彼がアリス・ダレルを訪ね、地所の境界にある壁の修繕について話し合ったときだった。長身で顔立ちの整った男であり、鉄灰色の髪と、刺すような、内にこもった目つきをして、厳めしく結んだ唇が顔を真一文字に横切っていた。話し合うべき事柄がなければ、その訪問はなされなかっただろう。提督は近所とはまったく付き合いがなかった。彼の館に招待された者はいなかった。とはいえ、そのような招待状が送られたとしても、大伯母が応じたとは思えない。提督の娘たちに対する扱いは言語道断だと彼女は考えていたからだ。甥であるアーサーに娘たちの名前を教えるときの彼女は、笑みを抑えることができなかった——名前はどれも海軍の艦船名簿からそのまま取られていたからだ。アンドロメダ、カッサンドラ、クリュティエ、ヘラ、パルテノペ、アレトゥーサ、そしてペルセポネ。だが、娘たちの話をするときに彼女が笑みになったのはそのときだけだった。彼女たちは実際に残酷な仕打ちを受けているとアリスが考えていたからだが、それはいかにもありがちなやり方ではなかった。彼女たちは、娘を独占しようとする父親によって孤独な館に幽閉されてはいなかった。彼女たちの場合は逆だった。

提督の娘たちには、母親はいないも同然だった。アーサーが大伯母から教えてもらったところでは、提督の妻は病弱なのでイングランド西部の温暖な土地で暮らさねばならないとのことだったが、使用人たちからは、彼女は気が狂っているのだと教えてもらった。間に入る妻もいないとなると、提督は娘たちをぞんざいに扱い、十七歳の誕生日を過ぎれば揃って、バークリー広場に館を持つ裕福な姉の元に送ってロンドンで一通りの社交をさせ、それなりの名士が結婚の申し込みをしてくれれば即座に娘を与えていた。娘たちは美貌に恵まれていただけでなく、裕福な祖父から財産も受け継いでいたのだから、明らかに求婚者には事欠かなかっただろうが、提督は一切待とうとはしなかった。そうした性急な結婚は常に花嫁の望みを裏切っていた。奇妙にも、彼女たちはその孤独な館でずっと暮らしていきたいとだけ願っていたのだ。

「あの娘たちは年齢の割には妙に幼いのよ」と伯父に言うアリスは、躊躇いがちで、困った顔をしていた。「年を取っているわけではないし、お母様が一緒にはいられないのだから、かなり長く子供たちだけで暮らしている。でも、本来よりもかなり幼いのよ」彼女たちは父親から恐ろしく厳しい重圧をかけられてようやく結婚を受け入れたのだ、と言われていた。伯父がひどく驚いたのは、それらすべてが過去の出来事として語られていたことだった。庭を動き回る彼女たちは大人の女性には見えなかったが、未婚なのは二人だけであり、その二人も婚約していたうえに、何人かにはすでに子供がいた。最も個性的で、父親が不在の間は館を預かっていたパルテノペは、大富豪だという評判のイングランド北部の地主と結婚していた。残念なことに彼は妻の倍ほどの年齢であり、他界した前妻との間に生まれた息子は彼女とあまり変わらない歳だったが、その財産は大いに心の慰めになった。そして、彼女の姉妹にはみな似た慰めがあった。それでも子供時代の家に足繁く戻ってくることに、彼女たちの抱えた不満は見て取れた。

伯父が初めて〈カリヴェル・ロッジ〉を訪れたとき、提督の七人の娘たちはただ遠巻きに眺めて楽しむ存在だった。だがその一年後に再び訪れたとき、彼は大伯母から、隣の館にいるパルテノペ嬢に短い手紙を届けてほしいと頼まれた。両家の間にある壁の別のところを補強する必要があり、建設業者に指示をしなければならなかった。伯父は寝室に上がると、髪を整えて顔を洗った。起きている間に自分からそうするのは初めてだった。そして提督の館に行くと、彼は執事を相手に顔色一つ変えずに嘘をつき、パルテノペ嬢に直接その短信を手渡すように言いつかっていると告げた。様々な事情があるために執事は悩んだ様子だったが、伯父は構わなかった。むっとした執事の背中について、家具が並んだいくつかの部屋を抜けていった。伯父が見慣れた部屋とかなり似ていたが、眠たげな空気が漂い、実際には開いている窓が閉まっているかに思えた。床に人形がいくつも放り出されている部屋もあったが、伯父は館に子供が暮らしていると聞いたことはなかった。最後に入った、石のテラスと白と深紅の薔薇に通じている部屋では、どこか制服めいた黒色のドレスを着た女性が刺繡台を前にして座っていた。その彼女から、普通よりも遥かに深刻な問題を起こした小学生を見るような目を向けられた伯父は、それが庭で一番長身の娘に話しかけていた女性だと分かった。

彼女に手紙を取られ、せっかく手にした機会が逃れていくのを知った伯父は、実際よりも幼く無邪気な振りをすると、アイルランド訛を出した。自分の館では、使用人や畑で働く人々に話しかけるとき以外では決して出さない訛だったが、イングランド人には受けがいいと分かっていたからだ。「庭に入ってお嬢さんたちに会っちゃだめでしょうか?」と彼は尋ねた。「窓から見ていたんですが、本当に綺麗な人たちなんで」

それは効果覿面だった。その女性は笑顔になると「アイルランド生まれなのね、そうでしょう?」と言い、伯父が答える間もなく、かねてからうんざりしていた言いつけを破るような調子で大きな声を上げた。「別にいいわよね? ええ、外に出て自分でパルテノペさんに渡してらっしゃい。どの人かは分かるわ。灰色の服を着ていて、一番背が高い人よ」テラスに出てみると、提督の娘が七人とも芝生にいるのが見え、伯父は心臓が口から飛び出しそうな心持ちで石段を下りた。すると、クロッケーをしていた一人が彼を見つけた。赤い色の、肉よりも炎に近い色合いのドレスを着た娘だった。彼女は木槌を落とすと、「あら見て、男の子よ！　赤毛の男の子だわ！」と叫び、踊りながら彼に近寄り、時おり足を止めては体をくるりと回転させたため、スカートがふわりと広がった。他の声もそれに応え、鳩のような音を出しつつ、クロッケーをしていた女性たちは信じがたいほど美しい輪になって彼に迫ってきた。後々になって、それから先に目にした女性たちのなかでも彼女たちを比類なきものにしていたと彼が回想するのは、その顔つきだった。彼女たちの肌に当たる光は、花弁に注ぐ日の光のようだったが、決して光が薄らぐことはなく、真珠のように永遠に続くと約束していた。だが、彼女たちの愛らしさに目を留め、それに心を打たれはしても、彼は動揺した。彼女たちはかなり近くまで来たため、彼を見て話しかけてくるだけでは済まなそうに思えた。まるで、鳥の群れが彼の上に舞い降りてきて、周囲で羽をはためかせたりついばんだりしているようだった。そして彼女たちは口々に質問を浴びせてきた。そのさえずるような声は疲れを知らず、人間の声音よりも鋭かった。「あなたは誰？」「あなたダレル夫人の甥っ子さん？」「ご兄弟のお子さん？　それともご姉妹のお子さん？」「今何歳なの？」「名前は何ていうの？」「ミドルネームがグレイトレックスなのはどうして？」「あら、なんて素敵な髪なのかしら。本物の金褐色よ！　それにコインみたいな巻き毛だわ！」「姉妹はいるの？」「みんなもあなたみたいな髪かしら？」彼女たちの小さな手がさっと伸びてきては、彼の手や頬、肩に素早く触れてきたが、それは心地良いものではなかった。暗闇の中でベッドに入っていると蛾の羽が顔をかすめたときと同じように、彼は鳥肌が立った。そして鳥のように落ち着きのない娘たちが彼を相手につついたりさえずったりしている一方で、彼を見つめるその目は、盲目でまったく見えていないかと思うほど動いていなかった。彼女たちの瞳は巨大で澄んでおり、その上にかかる睫毛は彼が見たこともないほど長かった。だが、その灰色の色合いは本当に薄く、小石が並ぶ川床を流れる水のように色彩に乏しかった。黒服の女性が「その子を離してあげなさい！」とテラスから声をかけてくれたとき、伯父はほっとした。いざ間近で見てみると、提督の娘たちは何一つ好きにはなれなかった。遠くからは美しかったドレスさえも不快に感じた。もしも貴婦人が森の精として描いてもらうべく肖像画家の前に座っていたならば、そうした襲付きの服に身を包んだかもしれないが、誰も見てくれる人がいない庭でそのような格好をするなど愚かなことだった。「その子を離してあげなさい！」黒服の女性はもう一度声をかけた。「パルテノペに渡す手紙があって来たのよ」

彼女は輪の中にはいなかった。他の娘たちが下がると、彼女が少し離れたところに立ち、まるでその一幕に困惑したかのように唇を噛み、眉を寄せているのが見えた。背丈の他にも、彼女と他の娘たちは違っていた。彼女たちはみな腰回りも手も足も細く、いかにも女性らしかったが、パルテノペは顔立ちのよい運動好きの少年が学校の劇で女装しているような外見だった。もちろん、彼女が少年でないことは分かっていたが。背筋をぴんと伸ばして立ち、両腕は体の横に垂らし、モスリンのスカートのうねりを撫で付けている様子は、他の娘たちの愚かさとはおさらばしたいと思っているかのようだった。そして実際、彼女にはギリシャ風のドレスの方がよく似合っただろう。姉妹と同じく金髪だったが、彼女の髪はより白に近かった。伯父と彼女が互いに近付いていくと、彼女は微笑み、伯父はその目が他の姉妹よりも色の濃い灰色であり、素早い動きであちこちを見ているのが分かって安心した。彼が自己紹介をし、気に入られるために訛を使うことはせずに誠実に話すと、彼女は笑顔になって片手を差し出した。少し時間をかけて手紙を読むと、彼女はその内容に眉をひそめて人差し指を唇に当て、後で庭師たちと話をしてから返事を送ると言い、それから、館に入ってラズベリービネガーを飲んでいかないかと彼に尋ねた。伯父は彼女に連れられて芝生を横切り、テラスに向かった。姉妹は一つに固まって、館の高くにある樋にとまっているミヤマガラスを大いなる驚異であるかのように見上げていた。「お嬢さんたちにさよならを言った方が？」と伯父が不安げに尋ねると、「いいえ、あなたのことはみんな忘れてしまったわ」とパルテノペは答えた。だが、一人はまだ忘れてはいなかった。薄赤色のドレスを着た娘は彼の後を追いかけてきて叫んだ。「またすぐに来てね、坊ちゃん。この庭に入ってくるのは、私たちの苺を盗みに来る人たちくらいなの」

パルテノペは彼を連れて静かな館を抜けていき、人形が床に落ちている部屋で立ち止まると、すべて拾い上げて引き出しにしまい、そして、荒れた海と格闘する大きな船の絵が並ぶ食事室に入った。食器棚の上にはラズベリービネガーがなく、札の付いたデキャンタだけが並び、そこには伯父がクリスマスと誕生日に一杯だけしか飲ませてもらえない大人の酒の名前が書いてあった(彼はいつもクラレットを選んでいた)そこで二人で下の戸棚を開け、絨毯に腰を下ろして暗がりを覗き込んでいる間、伯父は、自分としては特に飲みたいわけではないが、もしどこかにいってしまったのなら喜んで探す手伝いをすると言った。だが、戸棚の裏からデキャンタが出てくると(そして二人は、物がなくなるときはいつもそうだし、物が勝手に動くに違いないと頷き合った)、二人ともグラスを持ち、好きな飲み物と食べ物は何かと話し合った。彼と同じく、彼女も蒸した羊肉は嫌いだと言い、彼と同じく彼女も七面鳥より鴨肉が好きだった。飲み終えて話が途切れがちになると、伯父は立ち上がってグラスを食器棚に置き、彼女が立ち上がるのを助けようと手を差し出したが、彼女には必要なかった。そして、彼は記憶に刻んでおこうと思い、もう一度部屋を見回した。「どうしてシャンデリアをカンバスの袋で包んであるんですか？　家でそれをするのは家族がいないときだけです」と彼が尋ねると、「私たちの家族はいない」と彼女は答えた。その厳しい口調に、「失礼なことを尋ねる気はなかったんです」と彼は言った。すると彼女は言った。「失礼なことではないわ。私が言いたかったのは、この家を使っているのは私たちのうち二人だけだし、その二人もじきにいなくなるということよ」彼女の口調が悲しげだった、と言えば嘘になるだろう。だがその声音からは、狩りに出たときに鶏肉を手で食べるのはどれほど美味しいか、と二人で話したときの響きはすっかり消え失せていた。彼は伯母から聞かされていた悲しい話、使用人たちから聞いたさらに悲しい話をすべて思い出した。「ぼくと一緒に戻って、伯母さんとお茶でもしませんか?」と彼は言った。彼女は笑顔になり、「ご招待を受けていないから」と言った。「そんなことは考えないで。ほら、ぼくたちは正式にはイングランド人ではなくてアイルランドの出で、友達は好きなときにやってくるから」と彼は言った。だが彼女はお礼を言うと溜息をつき、本当は行きたいのだと彼に伝えつつ、もう姉妹の元に戻らねばと言った。執事が伯父のために正面扉を開けていると、彼女は年上の少年がするように、彼の肩を親しげに軽く叩いた。

その後、伯父は二度と提督の娘たちを眺めはしなかった。彼女たちが庭にいるのがちらりと目に入ると、窓に背を向けた。水のように色のない、まじまじと見つめてくるあの目が好きではなかったし、その中には子持ちの女性もいたのに、母親なら口にするはずの「私にも息子がいるけれど、あなたよりずっと小さいわ」という言葉を誰からも聞かなかったことに動揺した。パルテノペのことははっきりと覚えていたため、いつでも鮮やかに思い起こすことができた。彼女があの女性たちと一緒にいるところを見るのには耐えられなかった。なぜなら、彼女も同じように感じている、つまりは絶えず不安を抱えているはずだと伯父は確信していたからだ。そのようなわけで、アイルランドに戻る前日、彼が寝室の窓から外を見て、独り芝生にいるパルテノペを見たとき、彼は窓枠を大きく上げて呼びかけた。だが、彼女の耳には届かなかった。

彼女は独り遊びに夢中になっており、それは彼もよく知っている遊びだった。球を空高くに投げ、両腕を体の脇に下ろすと、ぎりぎりまで待ってから片手を突き出して捕っていた。大人の婦人がするには風変わりな遊びだったが、姉妹がふざけ回ってお喋りをしていたほどには彼の心を悩ませなかった。彼女たちは大人が思い描くような子供の姿そのままであり、愚かで無意味で、悪戯っぽかった。だが、彼女は子供たちの真の姿であり、耐えねばならないことすべてのせいで落ち着き、遊びによってそれを忘れられて喜んでいた。その時期、彼の父親は外国のどこかに赴任が決まるかもしれず、そうなれば一家は揃って何年もケリー州から離れねばならない。そう考えるとき、伯父や兄弟姉妹はそれぞれが外に出て、パルテノペがしているその遊びをするのだった。

伯母か母に聞かれるのではないかと思うと、彼は声を張り上げたくはなかった。一度会ったきりのパルテノペと互いに理解し合っているのだとは、二人は分かってくれないだろう。彼は窓際から立ち上がると部屋から出て、館を下りて庭に出た。馬車置き小屋の中に梯子が一本あり、彼はそれを壁のしかるべき場所に引きずっていくと立てかけ、石で固定すると登っていって「パルテノペさん!」と声をかけた。彼を見かけると、彼女は笑顔になって手を振り、また会えて心から嬉しそうだった。

「ご姉妹は?」と彼は用心深く尋ねた。

「みんな行ってしまったわ。私は明日家に戻るのよ」

「ぼくもです」

「嬉しい？」

「パパがいるから」と彼は言った。「きょうだいたちと、馬丁のギャリティーと、ぼくのポニーもいるし」

彼女はその兄弟姉妹の名前や年齢、家はどこにあるのかを尋ねた。彼はすべてに答え、それから、父親はしじゅう世界各地に派遣されていること、最近では子供たちも、父親がじきに海外に長期赴任するのについて行かねばならなくなるが、それは嫌だと思っていることを話した。父親を愛しているし、そばにいたいとは思うが、ケリー州も大好きだから、と。それを聞くと彼女の顔から笑みが消え、気持ちは分かると言いたげに頷いた。「でも、そうはならないかも」と彼は言った。「そうしたらあなたに泊まりに来てもらって、狩りに行かなくちゃ」

乗馬服を着た彼女の姿を思い浮かべた伯父は、そのとき、自分の母親が着るようなドレスを彼女が身につけていることに気付いた。灰色の布地にきつい胴着と堅いスカートで、組み紐飾りが付いていた。「他のご婦人と同じような格好だなんて妙ですね。いつもライラックの灰色をしたモスリンのドレスを着ているのかと思った」と彼は言った。

彼女はかぶりを振った。「いいえ。私たちがあれを着るのは、ここで姉妹と一緒にいるときだけ。彼女たちが気に入っているから」

「あなたは好きではない？」彼女の口調が虚ろになったため、彼は尋ねた。

「そう」と彼女は答えた。「全然好きではないわ」

そう聞いて彼は嬉しかったが、姉妹が好きだからというだけの理由で、好みでもない服を着ねばならないとは、恐ろしく不公平な話に思えた。彼の一家ではそのようなことはなかった。「じゃあ着なきゃいいのに!」と彼は力を込めて言った。「着ちゃだめです! 好きでもないのに!」

「あなた、梯子を揺らしているわ」と彼女は笑いかけながら言った。「もし落ちてしまったら、私は壁を登っていって助け起こしてあげられない」彼女は館に向けて芝生を歩き始めた。

「他人任せにしていたら自分を見失うってギャリティーは言ってた」と彼はその背中に声をかけた。訛が戻ってきていたが、ギャリティーに言われた口調で話していたのだから偽りではなかった。彼女に正しいことをしてもらい、その愚かな状態から救い出す力が欲しかった。

「さようなら、さようなら」と、次第に遠ざかりつつ彼女は声を上げた。「いい子でね。また来年会いに来てね」

「本当にここにいますか?」と彼は勢い込んで尋ねた。

「もちろんよ」と彼女は約束した。「私たちはいつも夏のどこかでここに戻ってくるから。私の姉妹は世界のどこよりもここが好きなのよ」

「でも、あなたはここが好きなんですか?」彼は怒った口調になった。

もう返事はなかった。彼女はすでに石段を駆け上がってテラスにいた。

翌年、伯父は戻らなかった。恐れていたことが現実となり、父親がカナダに赴任を命ぜられたからだ。だが、伯母が彼の母親に送った手紙から、もし〈カリヴェル・ロッジ〉に戻ったとしてもパルテノペには会えなかったことを彼は知った。その年の秋になり、残っていた二人の妹たちが、姉たちよりさらに渋りつつも結婚の誓いを立てるとすぐ、提督は館を売り払ってしまったのだ。ある冬の日、アリス・ダレルの女中がたまたま窓の近くにいると、その妹たちが芝生を歩いているのが見えた。いつもの奇妙で色鮮やかなモスリンのドレスを着て、川の靄が濃いにもかかわらずマントは羽織らず、涙を流して手を握り合っていた。提督が娘を全員嫁に行かせることを親としての義務だと思っていたとしても、娘たちが集まって幼少期のささやかな幸せに浸れる館くらいは残しておくべきだったのではないか、とアリス大伯母は書いていた。

しばらくして伯父のアーサーはアイルランドに戻り、ダブリンのトリニティ・カレッジに通い、そして英国の文官となってロンドンに派遣された。初めて〈カリヴェル・ロッジ〉に戻ったとき、彼は部屋の窓際に立ち、隣の館のクロッケー用芝生を眺めた。何の変哲もないクロッケーの芝生だった。木の下では二人の男性と二人の女性がティーテーブルを囲んで座り、今よりも当時によくあったように、人類にとって不幸なことなど起こりはしないという風情を装っていた。ひょっとして、幼い想像力によってありもしない話をでっち上げてしまったのではないかという気がしたが、伯母のアリスは彼が覚えている通りだと太鼓判を押してくれた。提督は実際に、娘たちを望まぬ結婚に急き立て、冷酷にも彼女たちの感情は無視していたし、娘たちは実際に風変わりであり、飾り立てたドレス姿で庭をよく走り回っては、子供じみた振る舞いをしていた。ただしパルテノペだけは別で、目を引く存在だった。その後の彼女は社交界で人目を引いていた。ある意味では、娘たちはみなそうだった。かつて、彼女たちの写真はしじゅう新聞を賑わせていたし、美人揃いなのだからそれも当然だった。だが、その日々ももう終わったようだった。実際、彼女たちはみな三十歳を超えているはずだ。だが、パルテノペの勝利はより長続きするものだった。ビクトリア女王からいたく気に入られているとの評判で、よく宮廷に呼ばれていた。

伯父は豪華な晩餐会に招待されて正装するときにはいつもパルテノペのことを考え、そしてオペラの観劇に行くときにはどれが彼女の仕切り席なのかも分かったが、すっかり見た目が変わってしまったのでなければ、彼女は晩餐会には一切姿を見せなかったし、ロイヤル・オペラ・ハウスの仕切り席にもついぞ現れなかった。伯父としては、彼女の威風にはまったく釣り合わない貧しき若者であるうえに、少なくとも十二歳は歳が離れていて世代も違ったため、彼女とお近づきになりたいとは考えていなかった。姿をもう一度見たいとだけ思っていた。だがじきに、それは叶わないという知らせを彼は受けた。ある朝、食事のテーブルで彼は新聞を広げ、ほとんど即座にまた折り畳んだ。一段落だけの記事に、パルテノペが非業の死を遂げたと報じられていたのだ。

晩餐会でもオペラでも彼女の姿を見ることができなかったのは、彼女が海外で冬を過ごし、長い病に苦しめられている二人の姉妹の世話をしていたからだった。当初はニースに落ち着いた彼女たちだったが、あまりに都会すぎるということでグラースにあるホテルに移り、そこで数週間を過ごした。それから友人がイエールに快適な別荘を見つけてくれたため、一行は二台の馬車に分かれてグラースを後にした。パルテノペと二人の妹、それから女中の婦人が一台目に乗り込んだ。もう一人の女中と従者が後ろに続いた。二台目の馬車はかなり遅れていた。後になって御者は、昼食のために立ち寄った宿屋から出るときに奇妙な遅れが生じたことを思い出した。雇い主に渡す手紙があるので御者を探しているという男性のことを聞いたのだが、御者を見つけられなかったその男は、村の通りを少し進んだところにある家に行ったという。御者はその家まで彼を探しに行ったが、そこには誰もいなかった。そして馬の元に戻ってみると、馬具の帯紐が一本切れてしまっており、それを直してからようやく旅を再開することができた。道を急角度で曲がったところで倒れた木の幹に突っ込みそうになり、従者と女中と御者が外に出ると、一台目の馬車はまったく見当たらなかった。数時間後、その馬車は森を通って川に向かう荷馬車道に打ち捨てられているところを発見された。乗客たちは影も形もなかった。その日の後になって、女中は這うようにして農家の扉に辿り着いた。倒れこむ前に彼女は、仮面を被った男たちに襲撃されたのだと言った。三人の姉妹はどのトランクに宝石を収めた箱があるのか言おうとしなかったせいですぐに殺されてしまったと思う、と。女中は揉み合いの最中に逃れ、森を走っていくときに、川の土手の方から上がる長い叫び声を耳にしていた。川は増水していたため、遺体を回収できる見込みはなかった。

伯父は各種の新聞に出ていたその事件の報道すべてに目を通し、噂好きな友人たちの話にできるかぎり耳を傾けた。すると、彼の心にある壁には、街道の強盗を描いたロマンティックな絵が掛けられた——サルヴァドール・ローザの作風で、石炭のように黒い影が、命乞いをして挙げられた手の白さを際立たせている。彼は何の感情も抱かなかった。朝食の席で《ザ・タイムズ》を開いたときには心臓が止まる思いだった。だが今は、時代遅れで平凡な個人所有の美術陳列室の前で、自分の品を過大評価する人に足止めされたような気分だった。

一年ほど経った後、アリス・ダレルは耳にした奇妙な話を彼に披露した。どうやらパルテノペは、二人の病身の姉妹と静かに旅行するにはそぐわないほど多くの宝石を持ち運んでいたらしい。所持していたすべてではないが、五万ポンド相当にもなる宝石を持っていき、その一ペニーたりとも戻ってはこなかった。宝石には保険が掛けられていなかったのだ。彼女の夫は宝石の扱いに関しては妻に任せていた。彼女は保険条項が更新されるその時期に、古い宝石を売って新しく買い替えていたのだが、必要となる弁護士への手紙を書いたのは、イエールに向けて出発する前夜のことであり、手紙は投函されないまま、グラースのホテルで見つかった。

「パルテノペが！」と伯父は言った。「保険を失効させたなんて！　あのパルテノペが！　僕は信じない」

「私もそう言ったのよ」とアリス・ダレルは声を上げた。「他の女性ならともかく、パルテノペにはありえないと。彼女はすべてをきっちり管理していた。といっても、もちろん人が変わってしまったのかもしれない。風変わりな一家だから。ほら、失踪した娘がもう一人いたでしょう。あの事件の後に」

姉妹の一人――アリスが思うにはヘラ――も体調を崩し、看護師とともにフランスに渡ったらしく、そしてある日、彼女の外套とボンネット帽が川の土手で見つかった。

「いい世の中になってくれたらと思うけれど」とアリスは悲しげに口にした。「そうならないときの方が多いのよ」

彼のいるところで、彼女が人生に対して批判めいた言葉を発するのは、後にも先にもそのときだけだったが、彼女自身は悲しい人生を送り、熱帯の病や、憎しみという感情すら持ち合わせていない無名の部族との戦争などで、愛する人を次々に失っていた。その伯母の言葉で、パルテノペを非凡な女性だと思っていたことを知り、彼は笑顔になって言った。「やれやれ、僕たちは彼女のことですっかり惨めな気分になっていますが、判明している確かな事実は、彼女が保険を失効させたことだけですよ」

その後久しく、提督の娘たちについて彼が耳にすることはなく、その間には他に考えるべきことが多くあった。彼の聡明さによって早まったかと思えば、上の空の率直さによって遅れてしまう昇進。年上の既婚女性との長い情事、それよりも短い他の交際。そして、昇進と同じような理由により、成功したとも失敗したとも言えない結婚生活。ある日、社交倶楽部で彼が新聞を読んでいると、二人の男性が、夫を亡くしてから様子がおかしくなった母親のことで悩んでいる知り合いの話をしているのが耳に入った。その母親は寡婦としての館の贈与を拒み、ヨーロッパ大陸に単身渡ったまま家族の元には戻らず、旅先で会うことも拒絶しているというのだ。その母親は古いギリシャ風の名前で、姉妹がいたが、南仏で宝石目当てに殺されてしまったという。伯父はじっと新聞を見つめていたが、心の中にある扉の蝶番が壊れてしまい、前後に揺れているような心持ちだった。

歳月が流れ、アリス大伯母が世を去って伯父は中年になり、子供たちも成人したとき、彼はスペインでの会議から帰国する途中で旅程から離れ、フランス南西部にある町に立ち寄った。その町の名前がかねてから気に入っていた、というだけの理由だった。だがいざ来てみれば退屈な町であり、大きいが特徴のない駅前広場にあるカフェで朝食にしようと腰を下ろしたとき、彼はふとした思いつきで、その近辺で一昼夜を過ごせるような、もう一回り小さく居心地のいい町はないかとウェイターに尋ねた。ウェイターが言うには、もし三十分後に広場の反対側から出る乗合馬車に乗れば、そのウェイターの生まれ故郷である村に行くことができ、そこにはいい宿屋と、はるばるパリからも人が足を運ぶほどの教会があるという。伯父はその通りにした。前の夜は眠れていなかったため、馬車が出発すると間もなく眠り込んだ。そして突然目を覚ましてみると、旅はもう終わっており、彼はまさに期待していたような村にいた。

ゆったりとした広い川が、森に覆われたなだらかな丘の間を縫って流れ、幅三キロメートルほどの円形になったこの平原を潤しており、点在する農家はどれも深い緑の果樹園のそばに立っていた。その円の中心にある村は一本の長い通りにすぎず、とても小綺麗だった。石造りの家々は丘に降る雨に洗われ、道のそばには、石が敷かれた川床の上を小川が流れていた。壁の隙間や、小川のあちこちにかかる一メートルほどの橋の石組みの隙間からは赤いカノコソウが生えていた。通りの突き当たりには小さな広場があり、丸石の地面を挟んで宿屋と教会が向かい合い、刈り込まれたライムの木々が役場と郵便局に日陰を作っていた。伯父は宿屋に部屋を取ると、シーツの洗濯に使ったハーブの匂いのするベッドで一、二時間ほど眠った。起きてみると正午を過ぎていたため、昼食にしようと一階に下り、ジャガイモのスープと鱒、木苺と薄切りのチーズを食べた。その後、教会はいつになったら開くのかと主人に尋ねてみると、いつでも好きなときに自分で開けていいのだと教えられた。司祭と管理人は夕方の礼拝まで戻ってはこず、教会の鍵は宿屋に預けていた。

教会に行った伯父が扉を開けるまでには、かなりの時間がかかった。ポーチに美しい破風があり、最後の審判が描かれていたからだ。色々な意味でくっきりとした図だった。救われたのは誰なのか、地獄に堕ちたのは誰なのかに疑いはなかった。楽園を歩く者の顔には至福の笑みがあり、あたかも暗い色に一筋の日光が射しているかのようだった。さらに、彫刻の隅は、数世紀の時の流れによって磨り減っているとはいえ、単なる鋭さ以上にはっきりとした輪郭を見せていた。独りのときの伯父はしばしば遊び心に身を任せていたので、今回はポーチにある木製の腰掛椅子によじ登ると目を閉じ、もう久しく視力を失っており、祝福された者たちの顔が指先を通じて闇の中に染み込んでいるのだという振りをした。

教会の中に入ると、オークの扉の後ろに、塔の上に通じる階段が見えた。彼が登っていく暗闇は、数歩ごとに覗き穴から入ってくる細い光の筋によって貫かれ、埃とともに躍っていた。塔自体はさして高くはなかったが、そこからは円形競技場のように連なる丘がよく見渡せた。麓の斜面には栗の林が緑色に光り、さらに上がると樅の森と剝き出しになった芝土が帯になり、輝く岩をその上に頂いていた。近くにある丘には道らしき線がいくつかあり、それから伯父が下の村に目を向けると、一回り大きく見える館の楕円形の庭が見えた。その奥には例のごとく、いかにも整然としたフランス式の菜園があった。そして、垣になるように植えられた果樹、さらには、芝生を囲む木々の高さと太さは、それのみから、川が見えなくとも近くにあると分かるほどのものだった。芝生にはクロッケーの輪があり、その周りを動き回る四つの人影は色鮮やかなドレスを着ていた。一人はヒヤシンスの青、一人はプリムローズの黄、一人は翡翠の緑、そして一人は鮮やかな薄赤色。四人ともクロッケーの木槌を手に持っていたが、すでに遊びには背を向けており、伯父が見守っていると四人で集まり、木槌は地面に置いた。少し離れたところで、周囲よりも長身の、黒い服に身を包んだ女性が立ち、彼女たちを見守っていた。

クロッケーをしていた女性の一人が草の上に木槌を倒し、空いた両手をはためかせるような仕草をすると、伯父は塔の上から暗闇と光の筋の中を下りていき、教会の扉に錠を下ろした。広場の角に、彼はかつては村の城館だったとおぼしき建物を見つけた。正方形の堅固な造りであり、その大きさには見合わない高貴さは、十七世紀のフランスの地方で活躍した多くの建築家が成し遂げたものだった。伯父が鉄の門から舗装された庭園に入ると、館の大きな扉が開いているのが見えた。彼は玄関に入り、曲線を描く階段を見上げた。絵はどれも館と同じほど古く、二枚は額に収められ、凹所になった板とちょうど合うようにして掛けられていた。館は昔の姿のままで購入されたにちがいない。奥に続く廊下の入り口で彼はまた足を止めた。その場所の湿った石の匂いは、ケリー州にある父親の館の奥まったところでも、夏の盛りを除けば年中漂っていたものだったからだ。いつでもその館に戻ることができるという幸運に対し、自分が十分に感謝してこなかったことに彼はふと気付いた。二、三週間すればまた戻ろう、と彼は思った。伯父が厨房の開いた扉を通り過ぎると、中では二人の女性が大きな音を立てて皿や鍋を扱いつつ、そっと歌っていた。そして閉じた扉の前に来ると、彼はしばらくそれをじっと見てから把手を回した。

彼は館の端から端まで伸びる大広間にいた。観音開きの窓が三つ、庭を見渡す石のテラスに通じていた。伯父がテラスを抜けて芝生に下りる石段に行くと、近くには棒に載せた鳥かごがあり、中にいる緋色のオウムが騒ぎ出した。芝生にいた女性たちはみな振り向いて彼を見やり、黒服の女性は「何かご用でしょうか、ムッシュー?」とフランス語で声をかけてきた。彼女は片手を胸に当てており、彼としては安心させたかったのだが、離れたところからでは、自分が訪ねてきたわけをどう説明すればいいのか思いつかなかった。そこで伯父は彼女の方に歩いていったが、そこに辿り着く前に他の四人が唐突に駆け寄ると、「出て行って！　よそへ行って！」と叫んできた。彼女たちは蝙蝠の翼のように両腕をばたつかせ、声は上ずっていたが、白い髪の下にある顔には皺はなく、目は水のように色を欠いていた。「出て行って！」と薄赤色のドレスの女性は金切り声を上げた。「私たちの苺を盗みに来たのでしょう。どうして私たちの苺をそっとしておいてくれないの？」だが、黒服の女性が大股で前に出てくると、クロッケーを続けるように彼女たちに言い、もう一度「何かご用でしょうか、ムッシュー？」と尋ねた。

彼女の髪は灰色であり、厳めしく結んだ唇が顔を真一文字に横切っていた。伯父はその顔に、ある男を、彼女の父親である提督を思い出したが、彼女は大人の男性らしくはなく、まだ顔立ちのよく運動好きな、ただし少し老けた少年のようだった。それでも、男性ではない彼女が少年のように見えるとは、まったく奇妙なことだった。彼女と向かい合った伯父は、来訪の理由を説明するのがなおも難しいことに気付いた。彼は口を開いた。「私は今朝たまたまこの村にやって来ました。宿屋で昼食を済ませた後、教会の塔に登り、上からこの庭を見て、ご婦人方が誰なのかを見て取ったのです。私がここに来たのは、もしあなたがたのお力になれるのでしたら何でもするとお伝えしたかったからです。私はしかるべき地位にいる文官ですから、もしご必要でしたら、すぐにお手伝いできるものと思います」

「それはご親切に」と彼女は言い、そして言葉を切った。あたかも片耳に貝殻を当てて海の音を聴いているかのようだった。「とてもご親切に」と彼女は繰り返した。「でも、どちら様でしょう？」

「私はあなたがたの隣人だったダレル夫人の甥です」と伯父は言った。「もう大昔のことですが、彼女からの手紙を持って、ご姉妹が揃って庭にいるときに届けに行ったことがあります」

彼女はゆっくりと笑顔になった。「覚えているわ」と彼女は言った。「父親みたいな男の子だったわね。梯子の上から私にいい忠告をしてくれた。どうしてここにいる私を見つけたのかしら？　世の中の出来事にはすべて意味があるというわけではないでしょうに。さあ、館にお入りになって、私たちがここで作っているチェリーブランデーでも召し上がっていって。料理人をここに呼んで、姉妹を見ておいてもらうから。今では決して彼女たちだけにはしないのよ」

彼女が厨房に行っている間、伯父は広間に座り、調度品と広々した空間と光をもってしても、その館はどこか埃っぽく、かつて提督の館で覚えたのと同じ感覚があることに気付いた。それは別の世界の埃なのだ、と彼は恐怖とともに考えた。この世界の女中たちは、それを相手になすすべもない。この女性たちがどこに住もうとも埃は積もるのだし、パルテノペは彼女たちと暮らさねばならない。

戻ってきた彼女は、ほっそりとしたデキャンタと、とても小さなグラスが載ったお盆を持っていた。二人が座り、無言でチェリーブランデーをすすっていると、やがて彼女が口を開いた。「私は何も間違ったことはしていない」伯父は驚いて彼女を見た。もちろん、彼女は何ら間違ったことをしてはいなかった。彼女は間違ったことなどしない人だ。だが彼女は真剣な口調で言葉を継いだ。「私たちがみな死んだとき、私が宝石の代価として得たお金は手付かずだと分かるわ。私の継息子は一ペニーたりとも貧しくはならない。彼の懐は逆に潤っているくらいよ。なぜなら、私のささやかな相続財産は、あのとき芝居を打ったことでより早く夫のものになっているのだから」

「あなたが誠実に事を運ぶだろうと、私には分かっていました」と伯父は言った。そして言い淀んだ。「とても不思議ですね。あなたについて、私は知るはずのないことを知っていました。あなたが殺されたのではないと」

それから、伯父はじっくりと考えねばならなかった。二人は永遠の絆によって結ばれていたが、互いのことはほとんど知らなかった。それは、男女の間に普通なら起きることとは逆だった。だが、彼女が支えとして生きる信念に対して彼が敬意を欠いてしまえば、二人はただの他人同士という立場で終わってしまうかもしれない。彼はただこう言った。「それから、あなたがご姉妹の面倒を見るためにしたのは酷いことだとも知っていました」

「ええ」と彼女は答えた。「それが酷いことだと誰かの口から聞けて、それに同意できて嬉しいわ。でも、私はそれをしなければならなかった。姉妹を夫たちから引き離さねばならなかった。彼らは私の姉妹のことを恥じていた。閉じ込めて、身の回りの世話は他人任せにしていた。彼女たちの青痣を見たわ」伯父は息をのんだ。「あら」と彼女は言い、絶望的なまでに公正に話を続けた。「彼女たちの面倒を見ていた人たちは、むごい仕打ちをするつもりではなかった。でも結局は赤の他人だったのよ。私の姉妹の扱い方を知らなかったのよ。それに、夫たちも悪い人間ではなかった。もしそうだったとしても、彼らを悪く言うことはできない。騙されたのだから。私の父が彼らを騙していた。母についての真実を、彼らはまったく知らされなかった。母と、母の家族の半分について」彼女はチェリーブランデーのグラスを唇に当てて頷き、もう言うべきことはすべて言ったという仕草になったが、言葉は溢れ出し、グラスを膝元に置いた。「私は真実を話してはいないわ。夫たちも騙していた……いえ、それは違うわ。彼らは騙したのではない。でも、絆を守ることはできなかった。言っても仕方のないことだけれど」

「彼らが妹さんたちと守らなかった絆とは?」と伯父は尋ねた。

「彼らが妹たちと結婚したのは、彼女たちが美人で、簡単に笑わせることができて、数字を理解できなかったからよ。彼らにはこう考えることもできたはず。すぐに笑う女を叫ばせるのは簡単だろうし、数字が意味をもたないのなら、言葉も意味をもたないだろうし、数字にも言葉にも意味がないのなら、思考や感情も何の意味もないだろうと。でも、その男たちは厚かましくも、妹たちを恐ろしいと感じた」

彼女は身震いをして立ち上がり、チェリーブランデーと一緒に甘いビスケットを食べてもらわなければと伯父に言うと、部屋の隅の戸棚にあるから取ってくると言った。肩越しに、彼女は声を上げた。「ぞっとするような女と、ぞっとするからという理由で結婚して、そしてぞっとするという理由で背を向けるなんて、私には想像できない」ウエハースを皿に並べ始める彼女の後ろ姿を見つめていた伯父は、その頭の中を想像することができず、独り呟いた。「彼女たちがぞっとする女性たちだと、彼女は分かっている。その境遇が楽になることはない」

再び腰を下ろすと、彼女は言った。「でも、それは私の父の過ちだった」

彼女がそれ以上は続けなかったため、彼はそっと尋ねた。「あなたの父上の過ちとは？」

「私たちを結婚させるべきではなかったのよ。私たちの館を売却すべきではなかった。妹たちはそこで幸せにしていたし、望んでいたのは、そこで子供のように暮らしていくことだけだった」

「娘たちを嫁がせたのは、自分の死後に誰かに面倒を見てほしかったからでしょう」と伯父は言った。

「それなら私がいた」

「またそんなことを」と伯父は言った。「それは不公平というものです。あなたは父上と同じ類いの人です。それにもし、あなたが男であったなら、きっと女性はおしなべて不適格だとみなしたでしょう。何といっても、優れた男性は愛する女性を守りたいと思うものですし、男の本性にある愚かしさと、たいていは混乱した人生の状況によって、彼らは女性は自分の面倒を見られないのだから男が面倒を見てやらねばならないと考えてしまいます。ある男が出会った女性が逞しく賢明なために、その強さと知恵に疑う余地がなく、彼女を守りたいという思いが、結局は彼女を自らの腕に抱いてその栄光にあずかりたいという思いでしかない、と男が実感するのは、本当に稀にしかありません」

ゆっくりと、慎重に動き、伯父は名刺入れを取り出して彼女に一枚を渡そうとしたところで、ふと閃いた。彼女にはロンドンでの住所だけでなく、ケリー州にある一家の館の名前も知らせておかねばならない。そして、その館にはクリスマスとイースター、夏の間に滞在していることも。必要なときにはいつでも彼を見つけられるはずだ。そうした靴磨きのような奉仕しか、彼は差し出すことができないのだから。

パルテノペは名刺を読み、仰天したような囁き声で、「これはご親切に、ご親切に」と言った。それから立ち上がると、書き物机の引き出しにしまい込み、忌まわしい黒服の腰帯に下がる袋から取り出した鍵で錠を下ろした。「すべてに鍵をかけておく必要があるのよ」とうんざりした口調で彼女は言った。「妹たちに悪意はないけれど、時々紙を取り出して破いてしまうから」

「その名刺には緊急時の連絡先が書いてあります」と伯父は言った。「ですが、今すぐにお手伝いできることは？　あなたが故郷を失った身となって、何の思い入れもないものに囲まれたまま座っていると思いたくはない。何か英国のものをお送りしましょうか。家具や陶器やグラスなどはどうでしょう？　もし私があなたの身なら、自分が子供時代を過ごした館の形見となるものが欲しくなるでしょうし」

「私の身なら、そうは思わないでしょう」と彼女は言った。「本当にご親切な申し出だけれど、私の一家に起きたことを考えれば、子供の頃を思い出したいという気持ちにはまったくならない。私たちはみな愛らしい子供だった。誰もが、私たちは幸せになる定めなのだという口振りだった。

そしてあの頃は、誰もママのことを恐れてはいなかった。雁のように愚かだから笑っているだけだった。それからあれこれと出来事が続いて、ママについて、そして私の姉妹についてもはっきりとしたことが分かった。そして今の私には、それ以前の良かった時代を考えることは耐えられない。まるで誰かがすでに知っていて、私たちを嘲笑っていたかに思える。でも、いつでも訪ねられる人がいると思えるのは素晴らしいことだわ。ほら、私には支援があったけれど、それはなくなりつつある。本当に、どうやって私が彼女たちをここに連れてきたのか、あなたには分からない？」

伯父はかぶりを振った。「私はただ新聞に出た記事を読み、それは真実ではないと知っていただけです」

「でも、私に手助けがあったことは見当がついたでしょう」と彼女は言った。「街道強盗を手配する必要があった。それをすべてやってくれたのは、英国人だけれどフランスで多くの人脈があり、アレトゥーサのことをとても好いていた人だった。アレトゥーサは庭であなたに話しかけた、いつも赤い服を着ている妹よ。その男の人は、彼女の夫とは違った。彼女の状態が悪化していったときも彼は怖がらず、ただ可哀想に思ってくれていた。彼はいつも私を支えてくれたけれど、私たちよりもかなり年上で、三年前に亡くなった。その後は、パリにいる彼の弁護士もいい友人になってくれたけれど、その彼ももう高齢だから、じきに世を去るものと覚悟しなければ。私が死んだら彼女たちがどうなるのか、それはもうすべて手筈を整えてある。この近くの修道院に行くことになる。修道女たちはとても親切だし、将来のための準備もしている。修道女の誰かしらが毎日ここに会いに来てくれるから、彼女たちは見知らぬ顔に怯える必要はない。それに、今と同じ速度で悪化していったなら、修道女たちから、私は事情があって出かけているだけですぐに戻る予定だという方便を聞かされても、それを信じるようになっていると思う。でも、その時が来るまでは、助言を求めることのできる人がいて嬉しい。あなたは信頼できる人だと分かるから。アレトゥーサを愛した人のように。可哀想なアレトゥーサ！　ときどき私は思うのだけれど」と彼女はぼんやりと言った。「結婚した相手が彼だったなら、あの子は大丈夫だったかもしれない。でも違ったのよ」と声を上げると、彼女は首を振って我に返った。「私たちの誰も、結婚などすべきではなかった。私も含めて」

「あなたが結婚すべきでなかったというのはなぜです？」と伯父は尋ねた。「ご姉妹については理解できます。でも、あなたは？　あなたには何の問題もない」

「そうかしら？」と彼女は尋ねた。「家族も家も捨てて、街道での強盗殺人をでっち上げ、後には策略をめぐらせて嘘をつき、嘘をついて策略をめぐらせ、旅の中で目をつけていた庭に姉妹を連れてきた。あの子たちが若かった頃に奪われた庭と似た場所に。私の正気が姉妹の狂気を救うために取った手立ては突飛もないもので、もはや正気というより狂気に近づいている」

「そんなことを考えてはいけません」と伯父は言った。「あなたのおかしな人生が、あなたの行動をおかしなものにしてしまうのであって、あなた自身がおかしいのではありません。あなたを動かしたのは愛です。彼女たちの青痣を見たのですから」

「そう、彼女たちの青痣を見た」と彼女は頷いた。「でも」と躊躇いがちに付け加えた。「あなたの優しさに応えて、私は正直にならなければ。私がこの逃亡を企てたのは、姉妹への愛のためだけではなかった。私が自分の人生に耐えられなくなったせいでもあった。私は完全に無私無欲だったわけではない。悲劇の登場人物になるとはどういうものか、あなたは知らない。何か出来事があって、あなたが神から容赦ない悪意を向けられているのだとしか思えないのに、誰もそれを認めてくれない。あなたは親しい人々に囲まれて、その尋常ではない事態を無視しなければならないと言われる。あるいは——いつも聞かされていた言葉は何だったかしら？——『うまく均衡を保たなければ』とか『考えすぎてはいけない』と言われる。それがあなたの経験を否定することだ、つまりはあなたは今もその時も存在しなかったのだという振りをするように強いるのだとは、彼らは分かっていない。あなたを愛していない人たちからは笑い物にされる。私たちの悲劇は馬鹿らしく、笑い声はかなり大きかった。閉じ込められる前の母と姉妹がしていたことについては、本当に可笑しな話がいくらでもあった。悲劇の登場人物であることのもう一つのひどい面がそれよ。あなたは同時に、笑劇の登場人物にもなってしまう。自分を騙しては駄目よ」と彼女は言うと、優しく悲しげな目を彼に向けた。「私は古典に出てくる悲劇の女性ではない。イフィゲネイアでも、エレクトラでもアルケスティスでもなく、馬鹿げたパルテノペだから。私の人生に尊厳はない。私の身にあまりに多くのことが起きてきたせいでもある。一つの不幸は同情を呼ぶ。二つの不幸が同じものを求めると、同情を得られはするけれど少なくなる。不幸が三つとなると、多すぎると思われてしまう。四つ、さらには五つと言われると、今度は滑稽になる。神は同じ人間を繰り返し打つだけで、その人を道化にしてしまう。私にまつわることで滑稽でないものはない。姉や妹たちとの逃亡すら冗談になった」彼女はグラスを一口啜った。「彼女たちの夫や、義理の親族は、私たちの居場所をすでに突き止めているはずよ。私の夫は知らなかったと思う。突き止めていれば、私に会いに来たでしょうから。でも、他の人たちが知っていながら口をつぐみ、かくも恐ろしい醜聞を表沙汰にはしないようにしている気配は至るところにある」

「ご主人はあなたに会いに来たはずだとおっしゃいますか？」と伯父は確かめようとした。「もしそうなら、あなたは愛されていたことになる」

ついに、彼女の目に涙が浮かんだ。声を震わせて彼女は言った。「そうね、夫と私との間はうまく行ったかもしれない。もし私に愛することができたなら。でももちろん、それは無理な相談だった」

「それはあなたの思い違いです」と伯父は言った。「あなたを妻とする以上に、男に望めるものはありません。もしあなたがそれをご存知なかったのなら、ご主人がそれを分からせてあげるべきだった」

「いいえ、違う」と彼女は言った。「夫にも私にも非はなかった。責められるべきは、その名にふさわしいことができなかった愛よ。確かに愛は奇跡を、少しの奇跡を起こせるけれど、人生を耐えられるものにするまでに必要となる奇跡のすべてを起こせはしない。いいこと、私は自分の姉妹を愛しているけれど、心から愛するような勇気はない。心から彼女たちを愛することは、奈落の淵まで行って、そこから身を乗り出していくことよ。ついには体勢を崩して、彼女たちが住んでいるあの彼岸の闇に落ちてしまう。そのせいで、私は夫の愛を心から受け入れることができなかった。私は奈落なのかもしれないのだし、もし夫が私を理解すれば、もし私たちが心を一つにして生きるようになれば、彼は私の闇に引きずり込まれてしまう、と私は心底恐れていた」

「ですが、あなたの心に闇はありません」と伯父は言った。「あなたは奈落などではなく、堅固な岩です」

「どうしてあなたはそこまで私を買いかぶるの？」と彼女は不思議がった。「もちろん、ある程度は正しいわ——私は自分で思っていたような深い奈落ではない。でも、若かったときにどうやってそれを信じられたかしら？　毎晩、寝床に入るときには、その日に愚かなことをしなかったかどうか一つ一つ確かめた。癇癪を起こさなかったか、度を越してはしゃいでしまわなかったか。私は結核持ちの一家にいて、自分の咳を今しがた耳にしてしまった娘のようなものだった。それから流れた歳月のみが、私は妹たちとは違うと確信させてくれたし、それが分かるまでは、自分自身を抑えねばならなかった。夫という素晴らしい男性を、私の父の過ちに巻き込むわけにはいかなかった」

「あなたの父上の過ちとは？」と伯父が尋ねるのは、広間に入ってから二度目だった。

またもや彼女は非難がましい様子になり、目は鋼鉄のようだった。だが今回は、彼女はいささかの逡巡もなく即座に答えた。「父は母を愛するべきではなかった」

「ですが、それは子供じみた言い分です！」と伯父は声を上げた。「誰かを愛することで人を責められはしない」

「父に会ったことはあるかしら？」と尋ねる彼女の目は、遠くを見ているせいで無表情だった。

「ある？　あなたは小さな男の子だったでしょうけれど、父の堂々とした体格は分かったはずよ。それに知性もあって、数学者だった。航海術について書いた本は素晴らしいと言われた。王立協会で講演してほしいと頼まれたこともある。そして父の顔を見れば、誰もが善意と強さに溢れていると思うような人だった。そんな人がどうして、母のような女性を愛せたのかしら？　父が私たちを結婚させたやり方はまったく狂っていた。どうして父は、彼女の心という奈落に身を乗り出して、その闇に引きずり込まれるに任せたのかしら？」

「そんな風に小声になってはいけません」と伯父は懇願した。「それでは――それでは――」

「怖くなってしまうのね」と彼女は言い添えた。

「ですが、母上に対しては何の思いもないのですか？」と彼は食い下がった。

「もちろんある」と言う彼女の声は震えていた。「母のことは大好きだった。でも母が闇に落ちてしまったとき、私は別れを告げねばならなかった。でなければ、姉や妹たちの世話をすることはできなかったから」彼女は泣き出すかに見えたが、厳しい態度を崩さず、また尋ねた。「どうして父はそんな女性を愛せたのかしら？」

伯父は立ち上がり、彼女の椅子の前に膝をつくと、震える彼女の両手を包み込んだ。「答えはありません。ですから、その問いを発するのはおやめなさい」

「発するしかない」と彼女は言った。「確かに、答えのない問いを発してもいいと認めるのは冒瀆になってしまう。でも私は尋ねるしかない。どうして父は、母の心という奈落に身を乗り出して飛び降りていき、次々に道連れを引きずり込んでいったのか——ただ引きずり込むのではなく、道連れを作り出すこと自体を目的として、無から犠牲者を呼び出して、彼女たちがひたすら落ちていくようにした。どうしてそんなことを？　もしそれに答えがないのなら——」

彼は片手で彼女の唇を押さえた。「子供を授かったときの彼は、彼女が狂っているとは知らなかったに違いありません」

彼女は問いを発することで消耗しきっていた。かすかに笑みになると言った。「そうね。でも父や姉妹の夫たちが使った言い訳に、私はどうにも納得できなかった。みな口を揃えて、最初は妻がかなり愚かなだけだと思っていたと言う。私なら、愚かだと思う人を愛することなどできない。あなたは？」

「私はそんなことはしませんでした」と伯父は言った。「チェリーブランデーをもう少し頂いても？」

「お気に召して嬉しいわ」と彼女は突然明るい口調になった。「でも、これは違うグラスだわ。

私のよ」

「知っていましたとも」と彼は言った。「あなたのグラスから飲みたかったのです」

「私もあなたのグラスから飲みたいと思う」と彼女は言い、ほんのしばらく二人とも無言になった。「教えてくださるかしら」とパルテノペが言う柔和な口調は、もう自らを彼の手に委ねたかのようだった。「私の身に何があったのかを話すのは間違っていたかしら？　家にいたときはいつも、考え込むのはよくないと言われていた」

「何と馬鹿げたことを」と伯父は言った。「フェードルとベレニスの主たる不運は、間違いなく、二人の不幸についてのラシーヌの明晰な議論を読めなかったことです」

「あなたの言う通りね」とパルテノペは言った。「本当に、悲劇的な人々に対するラシーヌの優しさ！　彼は一瞬たりとも、彼らが滑稽なのだとは思わせなかった。当時の宮廷の人々は、哀れなベレニスやフェードルのことを陰でこっそり笑っていたはずよ。でも、ラシーヌはそんな人々には目もくれなかった。あなたも彼のように優しい」観音開きの窓のガラスを叩く音があり、彼女の顔はさっと曇った。「何があったのかしら？　ああ、今度は何があったの？」と彼女は呟いた。窓を叩いたのは、深刻な顔をした料理人だった。

パルテノペは外に出ると、彼女としばらく言葉を交わし、そして戻ってきたときには涙で目を潤ませていた。「今日は一日ご一緒しようと頼むつもりでいた」と彼女は言った。「夕食をご一緒できればと。でも私の姉妹は、見知らぬ人がここにいることに耐えられない。みんなラズベリーの陰に隠れているし、叫び声はあなたも耳にしたはずよ。オウムの鳴き声もあるけれど、彼女たちの声も混じっている。なだめるのに数時間かかってしまうこともある。仕方がないわ。お暇してもらわなければ」

伯父はパルテノペの両手を取ると喉に押し当て、「さようなら」という彼女の呟きに、喉にこみ上げる思いを感じた。

だが、舗装された庭から門に向かうとき、「待って！ 止まって！」と呼ぶ声が聞こえ、振り返ると、彼女がすぐ後ろにおり、スカートを足首まで持ち上げて大股で歩いていた。「本当に不思議だわ」と笑いながら彼女は言った。「ここで私が使っている名前を、まだあなたに伝えていなかった」彼女は綴りを言い、彼の日記に書き留めてもらうと、「それを忘れるなんて！」と声を上げげつつ館に戻り始めた。だがそれからまた体を翻すと、急に青ざめた顔になって言った。「でも、私に手紙は書かないで。名前を教えたのは、私から伝言を送ったときにあなたが返事をできるようにと思ってのことよ。でも手紙は書かないで」

「どうしてです？」彼は憤然として言った。「どうして？」

「あなたは私の人生に係わり合ってはいけない」と彼女は言った。「世界の外には、私も、私の家族もみな憎んでいる力がある。私に頻繁に手紙を出せば、その憎しみはあなたにも向かうかもしれない」

「その危険は引き受けます」と彼は言ったが、彼女は目を覆って叫んだ。「駄目、駄目よ。あなたの勇気は、わずかに残った私の幸せを壊してしまう。あなたが他人でいてくれたなら、私はあなたの思い出を保っていける。だから私の言う通りにして」

彼は諦めるという仕草をし、二人は再び別れた。だが、彼女が扉のところに戻ると、今度は彼の方から呼び止めて急ぎ足で戻った。「あなたには、故郷を思わせるものは何も送りません」と彼は言った。「ですが、時おり贈り物をしてもいいでしょうか――さしたるものではなく、少しの間あなたを楽しませるような、ささやかな物を？」

彼女は躊躇ったが、やがて頷いた。「ささやかな贈り物ね。本当にささやかなものなら」と彼女は譲歩した。「それから、あまり頻繁にではなく」彼女は教会で見た救われた者のような笑みになると、彼の前でゆっくりと扉を閉めた。

だが、彼が広場に出て宿屋に向かっていると、「待って！　止まって！」と叫ぶ彼女の声がまた聞こえた。今度はかなり彼の近くまで来ると、悪いことをしたと認める子供のような調子で彼女は言った。「もう一つ、お願いしたいことがある。私に必要なものがあれば手紙を書いてもいい、とあなたは言ってくれたし、それは実務的なことだとは分かっている――男が女に与える類いの助言だと。でも、もしよければ、それ以上のお願いをできるかしら。あなたは本当に優しい方だから。私は人生での最も恐ろしいことはすべて知っているけれど、死については何も知らない。普段は、この世に別れを告げることは惜しくはないと思っているけれど、ほんの時おり、夜に目を覚まして、それが冷え切った冬のときは特に、死に際して怯えてしまうのではないかと不安になる」

「私も時々それを恐れます」と彼は言った。

「それに、この世界で恐ろしいことが起きてはいても、そこを去るのは残念に思える」と彼女は続けた。「何をもってしても損なうことのできないものがあるから——春や夏や秋が」

「それに、冬もそうですね」と彼は言った。

「そう、冬もそうだわ」と彼女は言うと、円形競技場のように村を囲む丘を見上げた。「ここに雪が積もるとどれほど美しくなるか、あなたにはきっと想像も及ばないでしょう。でももちろん、人がずっと待ち望んでいるのは死なのかもしれない。死がすべての根本だということもありうる。それでも、その時が来ると怖くなってしまうかもしれない。だから、もし私が突然の死を迎えず、予兆を受け取ったとしたら、あなたに来てもらってしばらく一緒に過ごしてもらえるかしら？」

「あなたとならいつでもご一緒したいですし、そのときはもちろんあなたの元に向かいます」と彼は言った。「そしてもし、私が死の予告を受けて、あなたが旅をできるのなら、私の方からもお呼びしましょう」

伯父はすぐに宿に戻りたくはないという思いに気付き、丘陵地帯に続く道路を進んでいった。そこから、教会の塔から目に留まった道の一つを上がっていき、剝き出しの岩に着くと腰を下ろし、黄昏時になるまで眼下の村を見つめていた。ロンドンに戻るとすぐ、彼は記憶にある峡谷の眺めを水彩で描くと本に貼り付け、ベッド脇にずっと置いていた。時おり、骨董店や宝石店の窓にある品を見てパルテノペのことを思い出すと、それを彼女に送っていた。最もふさわしい品だと彼が喜んだのは、サクソン時代のものらしき、二枚の葉の形になった金の指輪だった。そうした贈り物に対し、彼女は簡潔な手紙で受け取ったことを知らせてきた。そして少なからず彼を喜ばせたのは、あくまで手短に書こうとする彼女の決意が崩れて一、二文が付け加えられ、その日に心が明るくなった出来事を伝えてきたときだった——迷子の子鹿を庭で見つけたことや、サクランボが大量に実り、木々が真っ赤に見えたことなど。だが数年すると、手紙は途絶えた。彼女の年齢、彼よりも何歳年上だったのかを考えれば、おそらくは世を去ったのだと彼は悟った。少なくとも彼女は唐突な死に恵まれたのだ、と伯父は自らに言い聞かせ、やがて彼女のことは考えなくなった。それはあたかも、彼女の思い出は彼の頭に収まりきらないほど大きいかのようだった。彼女のことを思い起こそうとすると、彼は実際に痛みを覚えた。それは、ロンドン近くの最高のキンポウゲ畑や、ヴァンクーヴァー艦長の墓が彼にとっては一大事に思えていた時期だった。だが、宿屋にいた若い娘がパルテノペの名で呼ばれるのを耳にした日から、彼女のことを考えるのが再び楽になった。そして、それから死ぬまでの五年間、私によく彼女の話をしてくれた。

編者あとがき

若島　正

この『ベスト・ストーリーズ』は、一九六九年に早川書房から出版された『ニューヨーカー短篇集』（全三巻）をお手本にして、《ニューヨーカー》に掲載された数々の小説や記事の中からこれはと思うものを選《よ》りすぐり、お手本と同じく全三巻にまとめたアンソロジーである。

「最も都会的な雑誌『ニューヨーカー』その『ニューヨーカー』に掲載された短篇小説こそあわただしい日常生活の哀歓を洗練されたタッチでさりげなく描く都会人のための都会小説　アメリカ文学を語る者は『ニューヨーカー短篇集』に密かな重みを感ぜずにはいられないだろう」

これは、『ニューヨーカー短篇集』の帯に書かれていた文句である。この当時、「おしゃれな雑誌」「都会派の雑誌」というふれこみで、《ニューヨーカー》とそこに集まる作家たちが大きく紹介された。その紹介者および翻訳者として活躍したのが常盤新平だった。一九七〇年頃に出た『ニューヨーカー短篇集』の類書としては、『ニューヨーカー作品集』（一九七一年、月刊ペン社）、『マドモアゼル傑作集』（一九七〇年、角川文庫）、『マドモアゼル短篇集Ⅰ・Ⅱ』（一九七二年、新書館）、『ニューヨーカー・ストーリイズ』（一九七五年、新書館）が挙げられる。そのすべてが常盤新平編なのだから、驚かざるをえない。こうした流れがあって、《ニューヨーカー》の作家たちも我が国でよく読まれるようになった。その代表格はアーウィン・ショーで、おしゃれな都会派小説というと短篇「夏服を着た女たち」がその代名詞のように思われていた時期があったのである。

その頃から四十年以上が経過した今、当然ながら《ニューヨーカー》は雑誌としての性格も変化した。掲載される小説に話をかぎれば、それは都会人による都会人のための雑誌という性格をかたくなに守るような作品ばかりではなくなった。昔のエピソードで最も有名なのは、一九四八年六月二十六日号にシャーリイ・ジャクスンの「くじ」が掲載されたときのものだろう。この短篇を読んだ《ニューヨーカー》の愛読者から、記録的な抗議の電話や手紙が殺到したという。そうした昔の読者たちが、もし今の《ニューヨーカー》を手に取ったとしたら、卒倒してしまうかもしれない。

ここで個人的な感慨を綴れば、わたしが《ニューヨーカー》誌を定期購読していたのは七〇年代の後半である。その頃、わたしは《ニューヨーカー》と《プレイボーイ》が世界最高の雑誌だと思っていた。雑誌が出す最高の稿料を支払っていたこの二誌には、世界中の有名作家たちが集まっていたからだ。その他には、硬派の男性雑誌《エスクァイア》も小説に力を入れており、七〇年代はその意味で最も華やかな時代だった。そこを過ぎると、《プレイボーイ》誌の凋落ははなはだしくなり、《エスクァイア》誌も何度か身売りをするたびに小説欄が縮小されていった。しかし《ニューヨーカー》だけは、一九二五年の創刊から一世紀近くが経過したのに、いまだに健在なのは驚くべきことだ。言い換えれば、《ニューヨーカー》は今なお世界最高の雑誌なのである。

さてここで、本書を編集するに当たって採用した、基本的な編集方針を説明しておこう。まず、《ニューヨーカー》九十年の歴史を伝えるように、三巻の構成を作品の発表順に並べ、各巻を時代区分としておよそ均等にした。第1巻は創刊から一九五九年まで、第2巻は一九六〇年から一九八九年まで、そして第3巻は一九九〇年から現在に至るまで、という構成になっている。旧シリーズの『ニューヨーカー短篇集』に収録された作家たちは、ほぼ第1巻に入ることになる。また、旧シリーズとの収録作品の重複を避けるために、原則として未訳作品のみを選ぶことにした(ごく少数の作品には既訳があるが、目につきにくい媒体に掲載されていたというようなさまざまな理由で、新訳の価値ありと判断した)。たとえば前述のシャーリイ・ジャクスンの「くじ」

のように、いわばニューヨーカー・クラシックスと呼べそうな作品を並べ、それを新訳で紹介するという方法もあっただろうが、そういう方針は取らなかった。さらに、『ベスト・ストーリーズ』という題名ではあるが、短篇小説ではない記事も収録する方向で考えたことも、基本方針の一つである。《ニューヨーカー》と言えば、売り物は必ずしも小説ばかりではなく、エドマンド・ウィルソンの書評、ポーリン・ケイルの映画評といったものも思い浮かぶ。ジョン・ハーシーの「ヒロシマ」やレイチェル・カーソンの「沈黙の春」が最初に載ったのも、ここ《ニューヨーカー》である。ある一人の人物を取り上げて描き出す、「プロフィール」欄も、かなりのページ数が割かれる、《ニューヨーカー》誌の定番記事であり、その中にはノンフィクションとして名作も数多い。そういう記事を、短篇小説を読むように読んでも楽しめるはずだ、というのが編者の考えだった。さらには、いわゆるユーモアに属するものも短篇小説と区別することなく選んだ。かつて早川書房から出ていた、浅倉久志編・訳の『ユーモア・スケッチ傑作展』のように、我が国でもユーモアのジャンルが多くの読者に受け入れられていたという事実を踏まえてのことである。

作品を選ぶ手順としては、ぜひ収録したい作家のリストを作成し、それぞれの作家が《ニューヨーカー》に発表した未訳作品群を抽出して、その中から編者の判断で最終的な決定を下した。もちろん、ジョン・オハラやジェイムズ・サーバーのように、未訳作品群があまりにも数が多い場合には、すべての作品に目を通すことが不可能なため、アンソロジー・ピースとして比較的有名なものなどを選んだ。こういう作業は骨の折れる仕事だが、調べているうちに、アーウィン・ショーの未訳作品がたった一篇だけ残っているのを発見したのは、編者冥利に尽きる出来事だった。本書に収録した「救命具」は、なぜかアーウィン・ショーのどの短篇集にも収録されないままに終わった作品で、未訳で残っていたのはそういう事情からなのだが、お読みになっていただければおわかりになるとおり、いかにもアーウィン・ショーらしい短篇である。どうしてこれが忘れられたままになっていたのか、理由を想像することは難しいが、とにかく本書にアーウィン・ショーの未訳短篇を収録できたのは幸運だったとしか言いようがない。

作品の選定のみならず、翻訳者についても編者の好みを活かせるラインアップになった。この作家をこの翻訳者の訳で読みたい、と指名させていただいたケースが多く、岸本佐知子訳のドロシー・パーカー、片岡義男訳のジョン・オハラ、という夢の組み合わせが実現したのは、編者というよりは海外文学の一愛読者としてこの上なく嬉しいことだった。

最後に、『ベスト・ストーリーズ』の第1巻となる本書がカヴァーしている、創刊から一九五九年という時期の《ニューヨーカー》誌について、ごく簡単に触れておこう（《ニューヨーカー》のくわしい歴史は、常盤新平が『ニューヨーカー短篇集』の巻末に書いているので、そちらをお読みいただきたい)。《ニューヨーカー》の創刊号は一九二五年二月二十一日号。このときの表紙を飾ったのが、トップハットをかぶり、片眼鏡ごしに蝶を見つめているというポーズを取ったダンディーの姿で、リー・アーヴィンが描いたこの「ユースタス・ティリー」と名付けられることになる紳士は、《ニューヨーカー》誌ではおなじみのマスコット・キャラクターになった。初代編集長はハロルド・ロスで、《ニューヨーカー》にすべてを捧げたこの名物編集長のさまざまなエピソードについては、ジェイムズ・サーバーの *The Years with Ross*(一九五九年)にくわしい。ハロルド・ロスは、マンハッタンにあるアルゴンキン・ホテルのレストランで昼食をとりながらおしゃべりを楽しむ、「アルゴンキンの円卓」と呼ばれる集まりの一員であり、その中心的人物としては、本書に収録したドロシー・パーカーやロバート・ベンチリーがいた。ロスの死後、一九五二年から二代目の編集長に就任したのが、有能な編集者だったウィリアム・ショーンで、その在任期間は一九八七年まで続いた。《ニューヨーカー》に登場した作家たちの中には、『フラニーとゾーイー』を彼に捧げたJ・D・サリンジャーをはじめとして、ウィリアム・ショーンを

1925年2月21日号

称讃する人々が多い。ウィリアム・ショーンは、妻子持ちでありながら、《ニューヨーカー》のスタッフの一人であったジャーナリストのリリアン・ロス（「ヘミングウェイの横顔」を本書に収録）ともうひとつの家庭を営んでいた。その二人の秘められた恋の物語は、リリアン・ロス本人が『「ニューヨーカー」とわたし』（古屋美登里訳、新潮社）という回想記で一九九八年に公表している。ウィリアム・ショーンの編集長時代に《ニューヨーカー》誌がいかに隆盛に向かったかについては、また第2巻の終わりに触れたい。

二〇一五年十一月

訳者略歴（五十音順）

片岡義男
作家，翻訳家
著書『スローなブギにしてくれ』，『花模様が怖い』（ハヤカワ文庫ＪＡ），他多数

岸本佐知子
翻訳家
著書『気になる部分』，『なんらかの事情』，訳書『あなたを選んでくれるもの』ミランダ・ジュライ，『サミュエル・ジョンソンが怒っている』リディア・デイヴィス，他多数

木原善彦
大阪大学准教授
著書『ＵＦＯとポストモダン』，『ピンチョンの『逆光』を読む』，訳書『逆光』トマス・ピンチョン，『民のいない神』ハリ・クンズル，『オルフェオ』リチャード・パワーズ，他多数

佐々木徹
京都大学教授
著書『ディケンズ鑑賞大事典』（共著），訳書『ズリイカ・ドブソン』マックス・ビアボーム，『大いなる遺産』チャールズ・ディケンズ，他多数

柴田元幸
アメリカ文学研究者，翻訳家，東京大学特任教授
著書『アメリカン・ナルシス』，『翻訳教室』，訳書『優しい鬼』レアード・ハント，『プリティ・モンスターズ』ケリー・リンク（早川書房），他多数

谷崎由依
作家，翻訳家，近畿大学講師
著書『舞い落ちる村』，訳書『アニマルズ・ピープル』インドラ・シンハ（早川書房），『ならずものがやってくる』（ハヤカワ epi 文庫），他多数

中村和恵
明治大学教授
著書『日本語に生まれて』，『ドレス・アフター・ドレス』，訳書『ドラゴンは踊れない』アール・ラヴレイス，『LIFE ON MARS 火星の生命』トレイシー・Ｋ・スミス，他多数

藤井 光
同志社大学准教授
訳書『煙の樹』デニス・ジョンソン，『紙の民』サルバドール・プラセンシア，『アヴィニョン五重奏』ロレンス・ダレル，他多数

古屋美登里
翻訳家
訳書『観光』ラッタウット・ラープチャルーンサップ，『双眼鏡からの眺め』イーディス・パールマン，『海を照らす光』Ｍ・Ｌ・ステッドマン（以上早川書房），他多数

桃尾美佳
成蹊大学准教授
著書『幻想と怪奇の英文学』（共著），訳書『プラハ　都市の肖像』ジョン・バンヴィル（共訳），『見えない日本の紳士たち』『国境の向こう側』グレアム・グリーン（共訳，ハヤカワ epi 文庫）

森慎一郎
京都大学准教授
訳書『フリーダム』ジョナサン・フランゼン（早川書房），『夜はやさし』Ｆ・スコット・フィッツジェラルド，『アップダイクと私』（共訳），他

若島 正
京都大学教授
著書『乱視読者の英米短篇講義』，訳書『ロリータ』ウラジーミル・ナボコフ，他多数

編者略歴　京都大学教授　著書『乱視読者の英米短篇講義』，『乱視読者のＳＦ講義』，訳書『告発者』ジョン・モーティマー（ハヤカワ・ミステリ），『記憶よ、語れ』ウラジーミル・ナボコフ，編書『異色作家短篇集18 狼の一族』（早川書房），『アップダイクと私』ジョン・アップダイク，他多数

ベスト・ストーリーズ I
ぴょんぴょんウサギ球《だま》

2015年12月20日　初版印刷
2015年12月25日　初版発行

編者　若島《わかしま》　正《ただし》

発行者　早川　浩

発行所　株式会社早川書房
東京都千代田区神田多町2－2
電話　03－3252－3111（大代表）
振替　00160－3－47799
http://www.hayakawa-online.co.jp

印刷所　株式会社亨有堂印刷所
製本所　大口製本印刷株式会社

Printed and bound in Japan

ISBN978-4-15-209588-6 C0097

わが闘争　父の死

Min kamp

カール・オーヴェ・クナウスゴール

岡本健志・安藤佳子訳

46判上製

執筆に励む作家カール・オーヴェ・クナウスゴールは、十年前の父の死を回想する。冷たく専制的だった父は、少年時代にも、そしてその後にも、どこか遠い存在だった――。ジェフリー・ユージェニデス、ゼイディー・スミスなど、世界の読書人を熱狂させたノルウェー人作家のベストセラー。想像を絶するほど赤裸々に描かれる家族の肖像と青春の日々。世界を席巻した破格の自伝的小説！